Die heute 50-jährige Autorin **Frida Cordes** ist in München geboren und lebt nach einigen anderen Stationen mittlerweile im oberösterreichischen Alpenland und genießt dort die Ruhe und Natur mit ihren vierbeinigen Gefährten. Doch im Herzen ist sie immer auch ein bayrisches Mädel geblieben.

FRIDA CORDES

Die Hopfstädter-Saga

DER GESCHMACK DER FREIHEIT

Erstausgabe Oktober 2024

Die Hopfstädter-Saga

ISBN 978-3-98998-606-0
E-Book-ISBN 978-3-98778-896-3

Covergestaltung: Anne Gebhardt
Umschlaggestaltung: ARTC.ore Design
Unter Verwendung von Abbildungen von
shutterstock.com: © Pyty, © Konstanttin, © Stefan Wilmer
stock.adobe.com: © Masson , © lovelyday12x
Lektorat: Katrin Gönnewig
Satz: dp DIGITAL PUBLISHERS GmbH
Druck und Bindung: Books on Demand GmbH, Norderstedt

In Gedenken an meine Großmütter

und meine Mutter.

Euer Erbe glimmt in meinem Herzen

als ewige Fackel des Glaubens

an mich selbst.

Prolog

Renata wanderte ziellos durch den Regen. Die Kopfhörer mit den orangefarbenen Ohrpolstern unter der Kapuze ließen die Straßengeräusche zu einem fernen Hintergrundrauschen verschwimmen, während auf dem Discman *Nothing Compares 2 U* in Dauerschleife lief.

Nichts ist vergleichbar mit dir, diese Songzeile sagte all das, was Renata fühlte. Wie sollte sie weiterleben ohne den Menschen, der sie vervollständigt hatte? Sie war nicht lebensfähig ohne ihren Engel. Ohne Judy. Der bloße Gedanke an ihr letztes Gespräch, an diesen fürchterlichen Streit, verursachte Renata körperliche Schmerzen. Ihr Magen krampfte sich zusammen. Vor Scham und Schuld. Vor Wut und Angst.

Wie hatte es nur so weit kommen können? Wie hatte das Schicksal ihr die einzigen beiden Lebensanker in so kurzer Zeit hintereinander stehlen können? Erst ihre Mutter und nun ihr Herz – Judy, ihre große Liebe.

Ein Schwall Wasser spritzte auf, klatschte Renata ins Gesicht und lief ihr trotz des hochgeschlossenen Reißverschlusses in den Ausschnitt ihrer Jacke. Ein BMW-Fahrer war kurz vor dem Bürgersteig durch eine der Pfützen gebrettert und klopfte sich jetzt wahrscheinlich vor Schadenfreude auf die Schenkel.

Doch Renata reagierte nicht, schrie ihm nicht mit geballter Faust hinterher, ließ es über sich ergehen, so, wie sie es vielleicht Stunden zuvor im Biergarten in den Isarauen hätte tun sollen. Aber dieses spezielle Gen für Gleichmut und Duldsamkeit fehlte den Hopfstädter Frauen offenbar.

Väter und Ehemänner waren gekommen und gegangen, doch die Frauen hatten standhaft gegen alle Widerstände ihren Platz behauptet. Den politischen, wirtschaftlichen und sozialen Normen zum Trotz. Weder ihre Mutter Gerda noch ihre Großmutter Henrietta oder deren Mutter Annie Hopfstädter hatten sich vor der unerbittlichen Knute des Lebens oder der erhobenen Hand der Männer gebeugt. Trotz Krieg, Entbehrungen und emotionaler Tiefschläge. Sie hatten weitergekämpft. Für die Liebe, die Freiheit und das Familienerbe. Was war ihr Geheimnis? Wie hatten sie das damit verbundene Leid ertragen oder sogar überwunden?

Es war zu spät, diese Frage einer der Frauen zu stellen. Wieder so eine verpasste Gelegenheit, weil sie zu sehr mit sich und ihren eigenen Gedanken und Nöten beschäftigt gewesen war, statt sich in die Sicht der anderen hineinzuversetzen. Da war zu viel Trotz gewesen. Zu oft hatte sie nach dem Motto „mit dem Kopf durch die Wand" gelebt. Dafür hatte sie die Quittung erhalten.

Sie war allein. Verlassen. Ein schreckliches Gefühl. Nicht etwa, weil es schmerzte. Sondern, weil da gleichzeitig diese Leere war, die in ihr wuchs und sie auszuhöhlen begann. Das war es, was Renata Angst machte. Während sie mitten in der Münchner Innenstadt durch die Straßen und an Menschen vorbei lief, fühlte es sich in ihrem Inneren an, als würde sie fallen. Tiefer und tiefer in dieses dunkle Loch.

Nach dem Streit mit Judy konnte sie nicht nach Hause. Nicht in die gemeinsame kleine Wohnung. Ihre Mutter lag in einem feuchten Grab. Wen sonst gab es noch, der sie auffangen, in die Arme nehmen und ihr ein bisschen Geborgenheit schenken würde?

Mit Tränen in den Augen hielt Renata inne und ließ ihren Blick schweifen. Die regennasse Allee entlang, über die mehrstöckigen Gebäude, hinüber zur Statue der Bavaria und über den großen, weitläufigen Platz. Die Wiesn. Ein so schlichter Name für so ein riesiges Spektakel. Obwohl das Oktoberfest – wie es hochoffiziell hieß – erst in über sechs Wochen eröffnen würde, waren die Budenbesitzer, Schausteller und Brauereien bereits fleißig dabei, ihre Hütten, Fahrgeschäfte und Bierzelte aufzubauen, um anschließend zwei Wochen lang das größte Volksfest der Welt zu feiern.

Ein Gedanke, der Renata zum Lächeln brachte. Plötzlich wusste sie, wo sie hingehen wollte. Wo sie Antworten und Halt finden würde. Sie schaltete ihren Discman aus, suchte die nächste U-Bahn-Station, fuhr bis zum Hauptbahnhof und stieg dann in die S7 Richtung Kreuzstraße um. Es wurde Zeit, heimzukehren.

Die Fahrt dauerte eine knappe Stunde. Graue, anonyme Betonbunker rauschten an den Fenstern vorbei, gefolgt von Einfamilienhäusern, Schrebergärten und schließlich Feldern und Wald. Alles Sinnbilder für die Stationen ihres bisherigen Lebens. Zwanzig Jahre war sie alt. Zu jung, um sich wirklich erwachsen zu fühlen, und zu gereift, um noch als naives Kind durchzugehen.

Sie hatte die Verantwortung für ihr Leben zu tragen. Für ihre Siege genauso wie für ihre Niederlagen.

Trotzdem. Sie war noch nicht bereit für die Last des Familienerbes. Wollte es nicht auf ihre Schultern laden. Nicht ohne Judy. Aber das, was sie wollte, spielte keine Rolle. Denn mit dem Namen Hopfstädter hatte sie Pflichten in die Wiege gelegt bekommen. Und die hatte man zu erfüllen.

Als die U-Bahn endlich an ihrer Station hielt, stieg sie mit neuer Entschlossenheit aus. Sie kannte den Weg. Vom Bahnhof aus ein kleines Stück die Hauptstraße entlang bis zur Einfahrt mit dem gemauerten Torbogen, über dem das Firmenlogo samt dem berühmten Schriftzug „Hopfstädter Bräu – der Geschmack von Himmel und Erde" in gusseisernen Lettern prangte.

Es hatte aufgehört zu regnen, und strahlender Sonnenschein sorgte dafür, dass die Nässe auf dem sich aufheizenden Asphalt verdampfte. Die Luft roch nach schwülwarmem Sommer, nach satten Gerstenfeldern und Malz.

Bevor Renata näher trat, zog sie die Kapuze zurück und nahm die Kopfhörer ab, fuhr sich durch das zerzauste Haar und öffnete die Jacke.

Tom, der alte Pförtner, blickte auf und hob sichtlich überrascht die Brauen. „Renata, Kleines, wie schön, dich zu sehen." Dann stockte er, schien sich zu besinnen und fügte mit gesenktem Haupt hinzu: „Mein tiefes Beileid für Ihren Verlust, Frau Hopf..."

Sie unterbrach ihn. „Danke, Tom. Aber Renata ist vollkommen ausreichend. Du kennst mich schon mein ganzes Leben lang. Also bitte lass uns beim Du bleiben.

Egal, was passiert. Zumindest das soll sich nicht ändern. In Ordnung?"

Er hob den Blick und nickte mit diesem so sanften Lächeln, das Renata immer schon an ihm geliebt hatte. „Soll ich jemandem Bescheid geben, dass du da bist?"

Sie schüttelte den Kopf und drückte ihre flache Hand gegen die Scheibe, so wie sie es früher als Kleinkind getan hatte, anstelle ihm artig zuzuwinken. „Ich will nur kurz ins Büro und einen ersten Blick in die Unterlagen werfen, bevor alles offiziell wird und ich in Seidenkostüm und Stöckelschuhen hier einmarschieren muss, um als Chefin anerkannt zu werden", sagte sie mit gequältem Grinsen.

Er lachte. „Tu das nicht! Sonst kommen die Jungs vor Glotzerei nicht mehr zum Arbeiten."

„Dafür werde ich schon sorgen." Sie zwinkerte schelmisch und lief betont die Hüfte schwingend auf den Hof der großen Brauereianlage. Ihr Ziel war das Gebäude ganz im Norden – der Sitz der Geschäftsleitung und Administration.

Die Menschen, denen sie begegnete, grüßten verhalten. Renata konnte ihnen in den Gesichtern ablesen, dass sie verunsichert waren. Gerda Hopfstädters plötzlicher Tod hatte bereits am ersten Tag für wilde Spekulationen gesorgt. Die Belegschaft fürchtete einen Verkauf der Brauerei und aller angeschlossenen Betriebe. Und auch Übernahmeangebote hatte es bereits wenige Stunden nach der offiziellen Traueranzeige gegeben. Doch Renata wollte weder einen Zusammenschluss mit einer der größeren Firmenbetriebe, noch wollte sie das Familienerbe einfach so scheibchenweise an den

Meistbietenden verhökern. Nicht mehr. Nicht, nachdem Judy einen Teil ihres Herzens mit sich genommen hatte. Denn der andere Teil war untrennbar mit diesem Unternehmen – ihrem Erbe – verbunden.

Die Chefetage lag im vierten Stock und bot einen wundervollen Ausblick auf das gesamte Betriebsgelände. Rechts die Lagerhallen und der Parkplatz für die firmeneigene Lkw-Flotte. Links das Brauhaus mit den Kesselanlagen für die verschiedenen Biersorten, daneben das Testlabor, dazu die Kühlsysteme und schließlich auf der anderen Seite die Abfüll- und Verpackungsanlagen, die keinen Tag im Jahr stillstanden.

Eve, die Sekretärin, kam herein und stellte Renata ungefragt einen Kaffee auf den Tisch. Mit Milch und Zucker, wie sie es gerne mochte. Eine Glanzleistung an Erinnerungsvermögen, denn man konnte Renatas Besuche in den letzten Jahren an einer Hand abzählen.

„Danke", sagte sie und setzte sich zögernd auf den Stuhl, der hinter dem großen, ausladenden Schreibtisch auf die junge Herrin wartete. Das war es also, ihr neues Reich.

Ihr Blick glitt über das blank polierte Holz. Auf der einen Seite lagen ein paar sauber geordnete Akten. Dazu ein altmodischer Stifthalter inklusive Brieföffner. Unpersönlicher Bürokram. Locher, Tacker, Heftklammern. Und schließlich der neu angeschaffte PC samt Monitor, Tastatur und Maus auf der anderen Seite.

Das eigentliche Prunkstück der Sammlung aber waren die in moderner Schlichtheit designte Schreibtischlampe und eine Reihe von gerahmten Bildern. Hauptsächlich Kinderfotos, ein verblichenes Bild ihrer Großmutter Henrietta am Strand. Und noch eines, das Renata und Judy lachend in inniger Umarmung zeigte.

Sie schluckte. Wann hatte ihre Mutter das Bild aufgestellt? Vor ihrem großen Streit oder erst danach? Es war ein Handy-Schnappschuss, den sie ihr letzten Herbst aus Venedig geschickt hatte. Zu einer Zeit, als sie und Judy noch ein unzertrennliches Paar gewesen waren. Als Renata noch Träume hatte, die bis zum Mond und zurück gereicht hatten.

Sie und Judy als Revolutionäre. Die Ersten, die es wagen würden, das Ende der Großkonzerne einzuläuten. Stattdessen sollte ein Netzwerk aus kleinen Familienbetrieben ihren Platz einnehmen. Bio natürlich. Um gemeinsam die Vorteile beim Einkauf zu nutzen und gleichzeitig der Individualität von Mensch und Tier wieder zu neuer Blüte zu verhelfen.

Eine *kommunistische Idee* hatte ihre Mutter es genannt. Viel zu teuer. Unrealistisch. Sie hatten gestritten. Und dieser Streit war schließlich klammheimlich auf Renatas und Judys Beziehung übergeschwappt, hatte sie zermürbt und am Ende zu der Trennung geführt. Indirekt.

Renata blinzelte eine Träne fort, nahm den Rahmen und legte ihn mit der Bildseite nach unten auf den Tisch. Sie hatte genug geweint. Genug in Selbstmitleid gebadet. Es wurde Zeit, etwas zu unternehmen.

Sie überlegte, den Rechner anzuschalten, entschied sich aber dagegen, griff sich die Kaffeetasse, stand auf und schlenderte die deckenhohen Einbauregale entlang. Aus Nussholz, wie ihre Mutter vor ihren Besuchern immer so gerne betont hatte.

Die meisten Fächer waren mit Ordnern, alten Geschäftsbüchern und gesammelten Werbebroschüren vollgestopft. Hier und da stand ein bisschen Dekoration. Die Schale, die Renata ihr in der achten Klasse zum Muttertag getöpfert hatte. Darin weitere Fundstücke. Kleine Notizzettel, ein Freundschaftsbändchen, ein alter bröckeliger Schneemann aus Knete.

Daneben fand sich ein in Leder gebundenes Buch, das auf den ersten Blick wie ein dickes Fotoalbum aussah. Neugierig zog Renata es aus dem Regal, klemmte es sich unter den Arm und ging zurück zum Schreibtisch.

Als sie dort endlich am Kaffee nippte, war er nur noch lauwarm und für ihren Geschmack trotz Milch und Zucker viel zu bitter. Also stellte sie ihn beiseite, schlug den Lederband auf und erkannte überrascht, dass es kein Fotoalbum, sondern eine Familienchronik war. Beginnend mit einem aufklappbaren Stammbaum und einer Liste mit Namen und Geburtsdaten, die über die Jahre und Jahrzehnte von verschiedenen Personen handschriftlich eingetragen worden waren.

Fasziniert glitt Renata mit dem Finger über die alte Tinte und suchte nach Bekanntem. Der erste Name, der ihr vertraut vorkam, war der ihrer Urgroßmutter Annie Frida Hopfstädter, geborene Sonnreith. Mit ihr und ihrem Mann Ferdinand hatte einst der Aufstieg der Dynastie Hopfstädter begonnen. Hier in Dornheim, kurz nach dem Ersten Weltkrieg.

Kapitel 1 – Aus der Not geborene Ideen

Dornheim bei München, 12. November 1918

Heinrich Hopfstädter war während der Novemberrevolution gefallen, als er für die Neuordnung und Ausrufung der ersten demokratischen Republik in Deutschland gekämpft hatte. Er war ein Freidenker und Philosoph gewesen, auch wenn das Schicksal ihn in eine Dynastie von Landwirten hineingeboren hatte.

Annie hatte ihren Schwiegervater für diese Haltung immer bewundert und sich vier Jahre zuvor in genau diesen fortschrittlichen Geist verliebt, der auch in seinem Sohn Ferdinand brannte. Doch dann war der Krieg gekommen und hatte sich weder von der Liebe noch von wagemutigen Ideen aufhalten lassen.

Kurz nach der Hochzeit war Ferdinand genau wie sein Vater einberufen worden. Und für die Frauen auf dem Hof hatte eine ganz neue Ära begonnen. Plötzlich waren sie alleine für das Bestellen der Felder, das Vieh und die Ernte verantwortlich gewesen.

Vier Jahre lang hatte Annie fest daran geglaubt, dass bald wieder alles beim Alten sein würde. Dass die Männer zurückkehren und ihre Rollen wieder übernehmen würden. Doch auch das war anders gekommen.

Die Beerdigung ihres Schwiegervaters Heinrich Hopfstädter fand an einem verregneten Sonntag statt, drei Tage nachdem Philipp Scheidemann die Weimarer Republik ausgerufen und gegründet hatte. Es herrschte wieder Frieden und die Welt hatte sich neu geordnet.

Das erste Mal überhaupt durften Frauen wählen. Doch alles, was Annie spürte, war Angst. Solch eine Angst, dass sie selbst die tiefe Trauer um den Verstorbenen überdeckte. Denn obwohl der Krieg vorüber war, gab es noch immer kein Lebenszeichen von ihrem Mann. Ferdinand galt offiziell als vermisst.

Heinrich war ihr, seit sie ihn kannte, väterlich zugetan gewesen. Er hatte ihr Mut zugesprochen, als sie sich als Vorstadtmädel auf dem Hof verloren und fehl am Platz gefühlt hatte. Doch Ferdinand hatte sie seine Visionen von der Zukunft sehen lassen. Jetzt waren nur noch die Frauen übrig.

Seit sie den Brief mit der schrecklichen Nachricht über den ungewissen Verbleib ihres Ehemannes erhalten hatte, quälten sie Albträume von seinem Tod. Im Wirtshaus tuschelte man, er könnte sich womöglich unerlaubt abgesetzt haben. Einen feigen Deserteur schimpfte man ihn hinter vorgehaltener Hand. Das zumindest hatte Marie ihr erzählt, eine der Mägde, die ihre dralle Figur nutzte, um sich an ihren freien Tagen hie und da als Aushilfe ein paar Groschen dazuzuverdienen.

Denn das Leben auf dem Land war durch den Krieg nur noch härter geworden. Die meisten Arbeiten mussten von Hand verrichtet werden, weil die Soldaten die Pferde für den Kriegstross geholt und große Teile des

Viehs geschlachtet und zu Trockenfleisch verarbeitet hatten. Dennoch wollte das Land bestellt werden. Eine Mühsal, die Annie als Tochter eines Tabakhändlers zwar nicht vollkommen fremd war, die ihren Körper aber ohne die Unterstützung der Männer Stück für Stück in die Knie zwang.

Immer wieder brach sie unter der Last der Vorratssäcke zusammen, die für den bevorstehenden Winter sicher und trocken eingelagert werden mussten. Nicht nur deshalb betete sie jeden Abend dafür, dass Gott ihr ihren Ferdinand zurückbringen mochte. Doch die Wege des Herrn waren nicht nur unergründlich, sondern bisweilen auch grausamer, als der menschliche Geist es sich zu erdenken vermochte.

Ende November fiel der erste Schnee, begrub das Land unter einer eisigen Decke und brachte einen unerwarteten Besucher auf den Hof.

Es war noch dunkel, als Annie im Stall die verbliebenen Kühe melkte. Trotz der frostigen Temperaturen draußen war es in dem engen, niedrigen Stall verhältnismäßig warm. Die Geräusche des Viehs, ihr gemächliches Wiederkäuen und ungeduldiges Aufstampfen, gaben Annie ein Gefühl von Geborgenheit.

Die frische Milch, die sich schäumend im Eimer sammelte, war wie ein Schatz, den sie täglich barg. Denn Milch war nahrhaft. Man konnte daraus Butter und Käse machen – die Grundbausteine einer reichhaltigen Mahlzeit.

Als das Tor hinter ihr unvermittelt aufschwang und der Wind weiße Flocken in den Stall trieb, zuckte Annie auf ihrem Schemel erschrocken zurück und hätte dabei um ein Haar mit dem Fuß den halb vollen Kübel umgestoßen.

Fluchend raffte sie ihren Rock zusammen und erhob sich, um das Tor wieder zu verschließen, als sich eine Gestalt aus dem Schatten schälte. Dick in Schal und Decke gehüllt, trat ein Mann in den Raum.

„Wenn du um Almosen bitten willst, dann geh in die Küche. Dort wird man dir ein Stück altes Brot und etwas Warmes zu trinken geben", sagte Annie mit energisch erhobener Stimme. „Aber Arbeit haben wir keine zu vergeben und Raufbolde oder Diebespack haben auf dem Hof nichts zu suchen."

Sie blickte dem Vermummten mit erhobenem Kinn entgegen, doch innerlich flatterte ihr Herz wie ein unsteter Schmetterling. In Kriegszeiten war es keine Seltenheit gewesen, dass Männer die Höfe besucht hatten, um sich an den Frauen zu vergehen oder das wenige zu plündern, das nach all dem Leid noch übrig war.

Als der Mann etwas Unverständliches in seinen Schal nuschelte und einen Schritt auf sie zu machte, griff Annie entschlossen nach der Mistgabel. „Ich sagte, geh!"

Sie konnte zwischen den Lagen der über den Kopf geschlungenen Decke sehen, wie er die Augen aufriss. Die eine Hand erhoben, stolperte er rückwärts, während er sich mit der anderen unbeholfen den Schal abstreifte.

„Ich bin es, Annie. Der Arno", nuschelte er. Doch diesmal verstand sie seine Worte.

Und als sie endlich sein Gesicht sah, erkannte sie, dass er halb erfroren war. Seine Lippen waren blau. Auf seinen unrasierten Wangen prangten violett verfärbte Flecken. Ob durch Kälte oder Schläge war nicht auszumachen.

Arno. Unschlüssig starrte sie ihn an. Diese kleinen, stechenden Augen kamen ihr tatsächlich bekannt vor. Hatte ihr Mann nicht einen Cousin, der diesen Namen trug?

„Beweis es", sagte Annie und drohte erneut mit der Mistgabel.

„Ich bin heim nach dem Krieg. Wollte dort mein kaputtes Bein auskurieren, nachdem sie mich aus'm Lazarett entlassen hab'n. Aber ... aber der Hof ist dem Feuer zum Opfer gefallen. Ma und meine Schwester sind verbrannt, zusammen mit'm Vieh und ... und so gut wie allem, was die Familie besaß. Und Pa ist ja schon zu Beginn gefallen. Da ... da hab ich nicht gewusst, wohin", erzählte Arno stotternd. Ob nun vor Kälte, Aufregung oder Schock.

Doch noch war das eine Geschichte, die auf jeden Dritten in der Gegend zutreffen konnte. Also blieb Annie, wo sie war, und wartete ab.

„Ich weiß, wir hatt'n keinen großartigen Kontakt. Weil mein Vater und sein Bruder, der alte Hopfstädter Heinrich, zerstritten waren. Wegen der alten Kesselanlage. Aber als der Ferdl uns zur Hochzeit eingeladen hat, sind wir gekommen. Weil's doch wichtig ist, die Familie zusammenzuhalten."

Sein Tonfall bekam etwas Flehendes und Annie glaubte ihm. Sie erinnerte sich an die alte Fehde zwischen Heinrich und seinem Bruder Franz, auch wenn sie nie ins Detail hinterfragt hatte, was der eigentliche Streitpunkt gewesen war. Ihr Ferdinand hatte mit der Einladung Frieden stiften wollen. Doch die Streithähne waren sich den ganzen Tag über aus dem Weg gegangen.

Für sie war Arno kein Feind. Ihre Schwiegermutter würde das allerdings womöglich anders sehen. Annie senkte die Mistgabel und nickte. „Ich kenne dich. Und trotzdem muss ich wissen, was du hier willst."

„Ich schaff es nicht, den Hof alleine wieder aufzubauen. Mir ist nichts geblieben als mein Leben. Aber ich kann noch zupacken, was wegschaffen", sagte er und seine Worte kamen ihm nun flüssiger über die bebenden blauen Lippen. „Ich weiß, ihr schuldet mir nichts. Aber ich bin nicht mein Vater. Gebt mir Arbeit. Weil's Blut dicker ist als Wasser oder einfach, um wie der liebe Gott Gnade zu zeigen."

Arno machte einen weiteren Schritt auf sie zu, wobei er sein rechtes Bein deutlich nachzog. Mit flackerndem Blick sah er sie an. So hoffnungsvoll und gleichzeitig verzweifelt, dass Annie schluckte. Dieser verdammte Krieg tat auf so vielfältige Weise weh. Durch Entbehrung, Krankheit, Hunger und Tod und weil man die Menschen leiden sah und nicht helfen konnte.

Heinrich war gerade erst gestorben und Ferdinand immer noch verschollen. Herrin über Haus und Hof war damit Heinrichs Frau Sophie. Trotzdem mühte sich Annie um ein Lächeln und stellte die Mistgabel endgültig beiseite.

„Komm, wärm dich ein wenig im Stall und trink einen Schluck Milch, während ich die restlichen Kühe melke. Danach sehen wir, was sich tun lässt."

Sie sprach es nicht aus, aber Arno verstand auch so, dass die Entscheidung nicht bei ihr lag. Dankbar kauerte er sich ins Stroh und achtete darauf, nichts zu verschütten, als Annie ihm die volle Schöpfkelle reichte.

„Wie bist du hergekommen?", fragte sie, während sie den Schemel richtete und mit beiden Händen nach jeweils einer Zitze griff.

„Zu Fuß die meiste Zeit. Oder mal mit aufm Karren, wenn einer vorbeikam. Aber die Leut sind misstrauisch und müd. So viel Grau in ihren Gesichtern. So viel Gram. Als würd das Kanonenfeuer vom Schlachtfeld immer noch durch die Straßen und über die Feldwege weh'n und einen einnebeln."

Ein Lächeln huschte über Annies Lippen. Trotz seines heruntergekommenen, ja fast schon wilden Aussehens steckte ein überraschend poetischer Geist in diesem Mann.

Seine Hände waren mit Stofffetzen umwickelt, die vielleicht einmal ein Hemd gewesen waren. Er trug noch immer seine Regimentsstiefel und die zugehörige Hose, soweit Annie das unter den mit Frost überzogenen Decken, in die er sich gewickelt hatte, erkennen konnte.

Sie war versucht, ihn nach Ferdinand zu fragen. Doch wenn er etwas gewusst hätte, hätte er es wohl erzählt. Schon, um seine Chancen zu verbessern. Zu hören, dass immer noch Männer heil, wenn auch nicht völlig unversehrt, heimkehrten, gab ihr dennoch neue Kraft.

Sie würde auf ihren Liebsten warten, ganz egal, was Sophie dachte. Sie kannte ihren Sohn eben nicht gut genug. Er würde alles tun, um zu ihr zurückzukommen. Weil sie aus Liebe geheiratet hatten. Aus wahrer, tief empfundener Liebe.

Noch heute konnte sie diesen letzten innigen Kuss auf ihren Lippen spüren, als er sich von ihr verabschiedet hatte, um für Kaiser Wilhelm II. in die Schlacht zu ziehen.

Heute, vier Jahre später, gab es keinen Kaiser mehr. Und das alles nur, weil Österreich-Ungarn die Deutschen in ihren Konflikt mit Serbien hineingezogen hatte. Ein Funke, der nicht nur ein Land, sondern die ganze Welt in Brand gesteckt hatte. Zumindest war das ihr politisches Verständnis, wenn sie zwischen den Zeilen der Kriegsparolen und Propaganda las. Aber wer fragte in diesen Zeiten schon eine Frau?

„Ihr könnt die Kessel haben, wenn's hilft", sagte Arno in ihre Gedanken hinein. Dabei rieb er sich mit einer Handvoll Stroh die Hosenbeine ab, um sie von Nässe und Eiskrusten zu befreien. „Viel mehr ist nicht übrig von der Anlage."

„Wie soll man die denn den ganzen Weg herschaffen?", fragte Annie, während sie sich daran machte, die letzte Kuh zu melken.

Doch Arnos Angebot pflanzte eine Idee in ihre Gedanken. Eine schier wahnwitzige, fürwahr, und doch könnte sie die Zukunft bedeuten und den Hof auf lange Sicht retten.

Die Anlage, um die sich die Brüder gestritten hatten, war früher einmal zum Brauen verwendet worden. Ferdinands Großvater hatte das Hopfstädter Bräu noch ganz ohne die modernere Kühltechnik allein in den Wintermonaten hergestellt und damit für den Wohlstand gesorgt, von dem selbst seine Enkel noch gezehrt hatten. Bis sich der Kaiser gnadenlos an ihrem Vieh und den Vorräten bedient hatte.

Die Konzession zum Bierbrauen musste immer noch in den Büchern der Familie stehen. Mit diesem Gedanken im Hinterkopf stand Annie schließlich auf, verteilte eine Fuhre Heu und trat dann auf Arno zu.

„Lass uns nachsehen, was die Mägde für ein Frühstück zubereitet haben und ob Sophie gewillt ist, dich über ihre Türschwelle zu lassen."

Arno nickte und rappelte sich auf. Sein rechtes Bein schien wegen einer Verletzung am Knie steif zu sein. Auch seine Hüfte wirkte dabei unnatürlich eingeknickt. Doch seine Augen strahlten trotz seines jämmerlichen Zustandes immer noch Kraft aus. Kraft und etwas Dunkles, das Annie gleichzeitig abschreckte und neugierig machte.

Familienfehde hin oder her, eine billige Arbeitskraft konnten sie gut gebrauchen. Zumindest, solange seine Arme noch funktionierten und er vertrauenswürdig war. Das musste selbst Sophie einsehen. Hoffentlich.

Kapitel 2 – Nicht gewollt, aber geduldet

„Der kommt mir auf keinen Fall ins Haus!", hatte Sophie gerufen und sich dann doch erweichen lassen, nachdem Annie ihr die Vorteile aufgezählt hatte, die ein Mann im Haus bieten würde. Auch wenn es nur ein Halber sein mochte.

„Eine Woche zur Probe. Und er muss in der Scheune schlafen. Essen gibt es nur, wenn er gearbeitet hat. Wir füttern keine Faulpelze und Schmarotzer durch, nur weil sie vom gleichen Blut abstammen." Harte Worte, doch Annie kannte ihre Schwiegermutter gut genug, um zu wissen, dass ihr Verstand die Vor- und Nachteile bereits abgewogen hatte. Arno würde bleiben, wenn er sich nichts allzu Schlimmes leistete.

Während es draußen langsam hell wurde, saßen sie zusammen in der Küche, frühstückten und besprachen die anstehenden Arbeiten, als wäre dies ein ganz normaler Tag.

Arno war klug genug, sich nicht mit seiner Leidensgeschichte in den Vordergrund zu spielen. Stattdessen trank er dankbar seinen starken Kaffee und konzentrierte sich auf das Essen.

Seine Hände hatte er vorher notdürftig in der Spüle gewaschen. Doch er würde Salbe und frischen Verband benötigen, dazu ein Bad und eine anständige Rasur, um aus ihm wieder einen ansehnlichen Menschen zu machen. Marie, die Magd im Haus, würde das sicherlich gerne erledigen.

Und wenn es Sophie recht war, würde Annie ein paar alte Wintersachen ihres verstorbenen Schwiegervaters heraussuchen. Heinrich hatte zwar deutlich breitere Schultern gehabt und war ein wenig größer gewesen, aber das ließ sich mit ein paar zusätzlichen Nähten und Hosenaufschlägen leicht beheben.

Das Wetter beruhigte sich, also würde Annie nach getaner Arbeit im nahen Wald Tannenzweige sammeln, am Abend ein paar Kränze daraus binden und aus den Wachsresten neue Kerzen gießen. Die Tage wurden zusehends kürzer und die Adventszeit stand kurz bevor.

Die Familie Hopfstädter legte großen Wert darauf, die alten Bräuche zu pflegen. Besonders die kirchlichen. Annie hingegen wollte vor allen Dingen, dass ihr Heim Wohnlichkeit und Geborgenheit ausstrahlte, wenn ihr Mann zurückkam. Er sollte sehen, dass sie den Hof in seiner Abwesenheit so gut, wie es eben möglich gewesen war, am Laufen gehalten hatten.

Ihre Schwiegermutter war wegen ihres Rückenleidens zumeist an das Haus gebunden. Sie würde mit Marie und der alten Erna Gemüse und Obst einkochen und den Sauerteig für die nächste Woche vorbereiten.

Bis zur Brotzeit am Mittag hatte sich Arno dank Maries Hilfe wieder in einen ansehnlichen Kerl verwandelt. Sein rabenschwarzes Haar war gewaschen und gestutzt, seine fleckigen Wangen wirkten bereits rosiger. Der Bart war bis auf einen schmalen Schnauzer verschwunden.

Sophie hatte sich offenbar nur von den ältesten und bereits mehrfach geflickten Kleidungsstücken ihres toten Mannes trennen können, aber auch das genügte, um Arno wieder menschlich aussehen zu lassen.

Annie zeigte ihm, wo er in der Scheune schlafen konnte und wie er das Heu für die Kühe vorbereiten musste. Dabei war sein Bein immer wieder ein Hindernis. Dennoch mühte er sich ohne Klagen die Leiter auf die Tenne hinauf und humpelte tapfer mit der vollen Schubkarre über die Rampe hinunter in den Innenhof, während Annie sich um die Hühner und die zwei verbliebenen Schweine kümmerte.

Eines davon würde wohl als Weihnachtsbraten herhalten müssen. Das andere war ihre Fleisch- und Fettreserve, wenn der Winter zu lang andauern oder besonders hart werden würde. Damit blieben ihnen nur noch das Rindvieh und die fünf Hektar Grund, auf denen sie vor dem Krieg Gerste angebaut hatten. Mittlerweile pflanzten sie stattdessen vorwiegend Kartoffeln auf den Äckern. Das war billiger und sie brauchten weniger Hilfskräfte für die Pflege und später im Herbst die Ernte.

„Warum hat dein Vater die Kesselanlage nie in Betrieb genommen, nachdem sie ihm zugefallen war?", fragte Annie, während sie den Schweinemist in einen Eimer schaufelte. Sie wusste, dass sie damit vielleicht ein sensibles Thema ansprach, doch der Gedanke an die Möglichkeiten, die sich daraus ergaben, ließ sie nicht mehr los.

Arno hielt bei seiner Arbeit inne. „Es gab viele Gründe, die mein alter Herr dazu parat hatte. Aber wenn ich's recht bedenke, ging's ihm wohl vor allem ums Rechthaben und Gewinnen. Er wollt' seinen Bruder ausstechen. Weil der ja sonst immer der Bessere war. Mit dem Klugsein, den Mädchen und auch sonst."

Annie schmunzelte. „Ist doch immer das Gleiche mit Geschwistern, oder?"

„Kann ich nicht sagen. Bei mir hat's für einen Bruder nicht gereicht. Und die erste Schwester is' damals noch im Kindbett gestorben. Hätt' meine Ma fast mit umgebracht, weil die Geburt so schwierig war", antwortete Arno und hob die Schultern an.

„Umso mehr Zuckerl sind dir dann geblieben", sagte Annie.

Arno wiegte den Kopf hin und her und grinste dann fast schon verschämt. „Und umso mehr Hiebe, wenn was angestellt wurde. Weil's keinen anderen gab, der dafür infrage kam."

Annie lachte auf. Es war erfrischend, mit jemandem reden zu können, der so offenherzig seine Meinung sagte, statt sich immer nur in geheimniskrämerisches Schweigen zu hüllen. So wie es Ferdinand gerne tat.

Arno mochte vielleicht nicht der Gebildetste sein, aber das lag wohl eher daran, dass es für Kinder wie ihn schwer war, zur Schule zu gehen. Sie mussten von klein auf auf dem Hof mithelfen. Da blieb wenig Zeit und Gelegenheit für anderes. Die Söhne sollten den Hof übernehmen, statt die Nasen in Bücher zu stecken und von einer Karriere in der Stadt zu träumen.

Bei Annie war das anders gewesen. Ihre Eltern hatten nicht das Glück gehabt, einen Sohn als Stammhalter zu bekommen. Stattdessen hatten sie mit zwei Töchtern vorliebnehmen müssen, hatten sie großgezogen und alles darangesetzt, um sie zu guten Ehefrauen zu erziehen und sie möglichst gut zu verheiraten. Elise war die Ältere. Für sie hatte ihr Vater einen verwitweten Geschäftsfreund gefunden, der geeignet war, die Firma *Sonnreith Tabakwaren Import* nach seinem Abdanken zu übernehmen. Damit war Annie frei gewesen, mitzuentscheiden und eine Wahl zu treffen, die auf Liebe fußte statt auf finanzielle oder gesellschaftliche Vermählungsgründe.

Ferdinand war ihr bei einem Bankett vorgestellt worden, das die Familie seines besten Freundes gegeben hatte, um die jüngste Tochter in die Gesellschaft einzuführen. Ein Blick in seine warmen braunen Augen hatte genügt, um sich Hals über Kopf in ihn zu verlieben.

Kaum ein Jahr später feierten sie Hochzeit. Ihr Glück schien geradezu perfekt, als sich die politische Lage im Süden drastisch zugespitzt hatte und Deutschland wenige Wochen später bereits an der Seite Österreich-Ungarns in den Krieg gezogen war. Auf einen Schlag waren alle kampffähigen Männer zu Soldaten geworden.

Annie sah zu, wie Arno sich weiter mit der Schubkarre abmühte. Das Gesicht vor Anstrengung und unerbittlichem Willen zu einer Grimasse verzogen.

Er musste einige Jahre älter sein als Ferdinand und hatte von der Bruder-Fehde zwischen Franz und Heinrich wahrscheinlich deutlich mehr mitbekommen. Oder aber Ferdinand hatte sich aus Respekt vor seinem Vater einfach nie vor Annie dazu geäußert. Umso mehr wollte sie es jetzt wissen. Schließlich waren Franz und Heinrich beide bereits tot. Das hier war womöglich die letzte Gelegenheit, um aus dem brachliegenden Gut doch noch etwas zu machen.

Denn auch für sie war es vielleicht die letzte Chance, dem drohenden Ruin zu entgehen. Genau der stand ihnen bevor, sollte Ferdinand trotz aller Gebete nicht mehr heimkehren. Nicht so sehr, weil er geschickter darin wäre, den Hof zu führen. Es lag viel mehr an dem Altherrenklüngel, der ihnen das Überleben schwer machte. Als Frauen bekamen sie auf dem Markt selten das nötige Saatgut oder nur zu einem völlig überhöhten Preis. Das war einer der Gründe, warum sie von Getreide auf Kartoffelanbau umgestiegen waren.

Für die Bierproduktion würde es hingegen ausreichen, nur auf einem Teil der eigenen Fläche erneut Gerste anzubauen und dafür vorzugsweise eigenes Saatgut zu verwenden. Auf dem Stück im Süden, das Hanglage hatte, könnten sie stattdessen Hopfen ziehen, während der Rest weiterhin als Kartoffelfeld erhalten bleiben konnte. Das bedeutete zwar, dass sie sich zusätzliches Wissen aneignen müssten, dafür wären allerdings die Parzellen, die jeweils zu bestimmten Zeiten bearbeitet werden mussten, kleiner und leichter zu bewirtschaften.

Zumindest für Annie klang das nach der Lösung all ihrer Probleme. Wenn Arno denn der Sache offen gegenüberstand und sie es irgendwie bewerkstelligen würden, die Kessel zu sich auf den Hof zu schaffen. Denn an zwei Standorten zu arbeiten, kam nicht infrage. Und dann war da natürlich noch Sophie und ihre Sicht auf die Welt.

Annie seufzte bei dem Gedanken und ihre Schultern sackten ein Stückchen tiefer. Sophie war die Herrin von Hof und Haus, solange Ferdinand verschollen blieb. Was, wenn sie Heinrich zuliebe nichts von einer Zusammenarbeit wissen wollte? Würden sie die Kessel holen, wäre Arno im Grunde so etwas wie ihr Partner. Die Brauereilizenz war höchstwahrscheinlich in seinem Besitz, wenn sie nicht verbrannt war. Genau wie die Rezeptbücher der alten Hopfstädter Braumeister.

Es würde einen Vertrag brauchen, um sich abzusichern. Um einem weiteren Familienstreit vorzubeugen. Würde Sophie sich darauf einlassen? Und was würde Ferdinand bei seiner Heimkehr dazu sagen? Er war einverstanden gewesen, mit der Einladung zur Hochzeit Frieden zu stiften. Aber würde er Arno als Geschäftspartner akzeptieren? Immerhin war das Unternehmen auch ein Risiko. Was, wenn sie scheiterten und eine ganze Ernte für ungenießbare Plörre verschwendeten?

Die Fragen türmten sich in Annies Gedanken zu einem schier unüberwindlichen Berg auf und ließen ihre Euphorie schrumpfen. So weit, dass sie schließlich den Kopf schüttelte und sich selbst schimpfte: „Du blauäugiges Huhn, was bildest du dir ein? Glaubst du, du könntest den Hof mit so einer Schnapsidee retten? Mit Bier? Auslachen wird man dich, sonst nichts."

Einmal mehr schüttelte sie den Kopf, verbannte diese Gedanken in die hinterste Ecke ihres Verstandes und ging wieder an die Arbeit.

Am Abend saßen Annie und Sophie zusammen mit Erna und Marie in der Küche. Annie arbeitete an ihren Kränzen, während die anderen mit dem Einkochen des Obstes und sauer Einlegen von Gemüse beschäftigt waren.

Vor den Mägden vermied Annie es, über Themen zu sprechen, die den Hausstand und die Finanzen betrafen. Dafür lud Sophie sie neuerdings in das Arbeitszimmer ihres verstorbenen Mannes ein. Vielleicht würde sich morgen eine Gelegenheit ergeben, die Idee mit dem Bierbrauen anzusprechen. Auch wenn Annie das Ganze nicht mehr so rosarot wie zu Beginn sah.

Im Ofen prasselten die frisch eingelegten Holzscheite, malten tanzende Schatten an die Wände und spendeten wohlige Wärme. Hier auf dem Land war das immer noch die gängige Art, sein Heim zu heizen. Auch wenn es in den großen Städten wie München oder Berlin bereits Rohrsysteme in den Zimmern gab, durch die stattdessen heißes Wasser gepumpt wurde. Aber auch das musste erst mit Holz oder Kohle erhitzt werden. Wo also lag der Sinn bei dieser Erfindung?

Solchen und noch viel mehr Gedanken ging Annie im Geiste nach, während sie sich stumm ihren Haus- und Handarbeiten widmete. Es gefiel ihr, über die Welt und all die Sonderbarkeiten darin nachzudenken. Die Zeitungen berichteten seit Beginn der Industrialisierung Mitte des letzten Jahrhunderts fast wöchentlich von neuen, sagenhaften Erfindungen. Und auch wenn der Krieg diese geballte Kraft vornehmlich in den Aufbau einer möglichst zerstörerischen Kriegsmaschinerie umgelenkt hatte und die Ausrufung der Republik nur wenige Tage zurücklag, spürte man in den Nachrichten den Aufwind zwischen den Zeilen. Warum also nicht selbst etwas wagen?

Kapitel 3 – Konkrete Tagträumereien

Voller Pläne und Hoffnungen stand Annie am nächsten Morgen auf, schlüpfte in ihre Kleidung, zog sich ein extra Paar dicker Wollsocken über und band sich ihre Haare mit einem Kopftuch zurück, um bei der Arbeit keine lästigen Haarsträhnen im Gesicht hängen zu haben.

Als sie die knarrende Treppe nach unten ging, blickte ihr die alte Erna noch im Nachthemd und mit Öllampe entgegen.

„Ist hundskalt draußen", sagte sie mit missbilligender Miene. Als hätte Annie Schuld am Wetter, so wie sie immer Schuld hatte, wenn etwas auf dem Hof nicht zum Besten stand. Und davon gab es mehr als genug.

„Hast wohl deinen Teller gestern wieder nicht leer gegessen", entgegnete Annie und grinste. Erna mochte durch ihre vielen Dienstjahre die Gunst der Hausherrin besitzen und sich so bärbeißig wie ein alter Wachhund benehmen, aber mehr als bellen konnte sie nicht.

„Schau lieber, dass dein Landstreicher nicht in der Nacht mit dem Vieh auf und davon ist", meckerte die alte Haushälterin und schlurfte in die Küche.

Annie hingegen zog die Stiefel an, warf sich eine dicke, verfilzte Strickstola über und ging in die Scheune, um Arno zu wecken.

Der Hof lag noch im Dunkeln und obwohl es wirklich bitterkalt war, genoss sie den Blick in einen klaren Nachthimmel. Der Mond war bereits hinter den Bergen im Westen verschwunden. Umso heller strahlten die Sterne. Winzige Stecknadelköpfe auf dem riesigen Firmament, dass es einen ganz ehrfürchtig machte, aber auch hoffnungsvoll. Wenn die Welt so unvorstellbar groß war und sich so weit erstreckte, dass es ihre Vorstellungskraft überstieg, dann gab es vielleicht auch hier unten noch Wunder, an die sie aus Kleingeistigkeit nicht mehr glauben konnte.

Bitte, ihr Sterne, bringt mir meinen Ferdl zurück. Ein Gebet, das Annie jeden Morgen gen Himmel schickte.

„Gut'n Morgen", sagte Arno.

Er stand bereits am Tor und sah ihr erstaunlich gut gelaunt entgegen.

„Du bist also noch da", erwiderte Annie und lächelte.

„Ich würd eure Barmherzigkeit nie enttäuschen. Es war nicht gelogen, dass ich für die Bleibe arbeit'n tu. Wirst seh'n. Mit mir wirste wieder Fleisch ansetzen."

Seine direkte und doch herzliche Art ließ Annie auflachen, während sie zusammen Richtung Stall liefen. „Du findest mich also hässlich dünn?"

Arno neben ihr riss die Augen auf und hob abwehrend die Hände. „So war's nicht gemeint. Gar nicht. Du warst die schönste Braut, die ich je geseh'n hatte bei der Hochzeit."

„Aber?", fragte Annie mit einem Schmunzeln nach.

„Bisschen Polster sind besser, statt aufm knöchrigen Hintern hocken. Da friert man auch nicht so sehr."

Zu Annies Überraschung grinste Arno. Im Schein der Lampe wirkte sein Gesicht immer noch eingefallen und zerschunden. Aber da blitzte auch etwas Spitzbübisches auf. So ehrlich und unbedarft, wie es Annie sonst nur von Kindern kannte.

„Du willst also alleine die Kühe melken, während ich danebenstehe und mir Speck anfuttere?" Sie wippte herausfordernd mit den Augenbrauen.

„Ich wär fürs Teilen. Sowohl mit der Arbeit als auch mit'm Speck. Dann ist die Arbeit schnell getan, ohne dass die Hände bluten. Und am Ende bleibt einem Kraft genug, um sich's gut gehen zu lassen."

Annie schob die Stalltür auf, hängte die Lampe an den Wandhaken und griff nach Eimer und Schemel. „In Ordnung. Ich melke die Kühe und du versorgst sie mit Heu. Dabei musst du mir aber erzähl'n, was du mit der Kraft anstellen wirst, die dir übrig bleibt."

Arno nickte mit einem Grinsen auf den Lippen und machte sich eifrig an die Arbeit. Genau wie Annie.

„Ich würd in den Wald gehen, mir 'n gutes Stück Holz suchen und daraus 'ne Pfeife für kalte Winterabende schnitzen."

„Du kannst schnitzen?", fragte Annie, während sie nach dem Euter der ersten Kuh griff, über die Zitzen strich und schließlich mit geübter Hand die Milch in den Eimer spritzen ließ.

„Mit'm Messer von meinem Pa, das er mir als Kind geschenkt hat. Damals war's mit der Zeit noch anders bestellt. Obwohl ich immer mit angepackt hab. Von klein auf."

„Und wenn es Sommer wäre, was würdest du dann mit deiner zusätzlichen Kraft tun?", fragte Annie nach. Es tat gut, wieder mit jemandem sprechen zu können, der einen nicht von morgens bis abends tadelte.

„Ich würd beim Sonnenschein über 'ne Wiese laufen. Zwischen all den Gräsern und Blumen durch. Mit den Fingern dran entlang, um den Duft aus den Blüten zu schütteln und darin zu baden. Weißte, wie ich mein?"

„Und sich dann einfach mit ausgebreiteten Armen in die Wiese fallen lassen und den Wolken beim Fliegen zusehen", ergänzte Annie.

„Bis die Vögel zum Abend hin zwitschern und man die Kraft wieder braucht, um heimzukommen." Arno sagte es so versonnen, als würde er die Szene vor sich sehen. Wie ein Tagtraum oder eine Erinnerung an Kindertage.

Annie hörte, wie er das Heu aufgabelte, den Gang entlang verteilte und dabei immer wieder schleifend sein Bein nachzog. Ohne Murren, obwohl ihm sicher noch der Körper von der mühseligen Reise schmerzte.

Er war ganz anders als Ferdinand. Wenn der träumte, dann ging es darum, den Hof zu vergrößern. Es ging um das Feilschen mit den Händlern, um das Bewirtschaften der Felder und das Erledigen von Arbeiten.

Er liebte es, sich die neuesten Erfindungen anzusehen. Fuhr dafür extra nach München rein, wenn im Oktober auf der Wiesn die große Ausstellung für Landwirtschaftstechnik stattfand.

Annie hatte sich in ihrer Zeit dort eher von den bunten Lichtern und Buden angezogen gefühlt. Von den wandernden Schaustellern und fremden Düften. Ein bisschen so, wie Arno mit seiner Blumenwiese.

„Denkst du, man könnte mit den Kesseln wieder eine Brauereianlage aufbauen?", fragte Annie nach einer Pause.

„Dafür bräucht's mehr als nur Kessel."

„Zum Beispiel ein Rezeptbuch?"

„Und frische Schläuch', Geräte für'n Druck und das alles. Dazu am besten 'nen Keller und Eis für die Kühlung."

„Und die nötigen Zutaten", sagte Annie sinnend.

Die Ausgaben dafür würden das Ersparte auffressen, wenn es überhaupt reichen würde.

„Ich glaub, die Flaschen haben den Brand überlebt", sagte Arno. Er war mittlerweile dazu übergegangen, mit einer Schaufel den Dung aufzusammeln.

„Und das Rezeptbuch?"

„Müsst noch da sein", erwiderte Arno. „So gut wie alles aus'm Keller. Ist nur ein bisschen angekokelt, aber heil. Weil's die Flammen nicht übern Stein hinuntergeschafft haben."

Annie wanderte mit Eimer und Schemel durch die Reihen der Kühe und ließ ihren Gedanken freien Lauf. Sie roch das Heu, hörte das ungeduldige Stampfen der Tiere und das rhythmische Mahlen ihrer Zähne. Doch auf der Zunge meinte sie bereits das kühle Prickeln eines Bieres zu schmecken. Das neue Hopfstädter Bräu.

Frisch und süffig müsste es sein. Ein Helles, das klar und gülden in der Sonne glänzte, wenn es im Biergarten serviert wurde.

Sie würden es nicht in Flaschen, sondern in Fässer abfüllen, um es besser in die umliegenden Dörfer transportieren zu können. Die Qualität würde sich herumsprechen und irgendwann würden sie selbst ein Zelt auf dem Oktoberfest haben. Neben all den anderen großen Marken.

Bier und Feste waren eine sichere Geldanlage. Sie überlebten jeden Krieg, egal wie sehr die Bevölkerung gelitten hatte. Bier gehörte zur bayrischen Kultur, wie der weiß-blaue Himmel, die grünen Wiesen und die Berge.

„Ich will es versuchen", sagte Annie.

Arno hielt in seiner Arbeit inne. „Was genau meinste?"

Sie sah auf, sah ihn an. In seine kleinen, gar nicht mehr so stechenden Augen. „Ich will Bier brauen. Hier am Hof. Ein gutes Bier, das sich verkaufen lässt."

Annie fürchtete, er würde lachen oder ihr klarmachen wollen, dass es dafür mehr Männer brauchte, weil die Arbeit schwer sein würde. Arbeit, die zusätzlich anfallen würde. Aber nichts davon tat Arno. Er stand da, die Arme auf die Mistgabel gestützt und blickte sie an.

„Du müsstest mir wohl helfen", sagte Annie in die eingetretene Stille hinein. „Nicht nur mit den Kesseln und dem Rezeptbuch. Du müsstest mir zeigen, wie es funktioniert. Wie man eine Biersorte ansetzt. Welche Schritte es braucht, damit es gelingt."

Immer noch sah Arno sie einfach nur an. Sie war zu weit weg, um ihm seine Gedanken von den Augen ablesen zu können.

„Und du wärst natürlich beteiligt", ergänzte Annie. „Es wäre ein Familienbetrieb zu Ehren der beiden Brüder. Heinrich und Franz Hopfstädter."

„Lass die Großväter ruhen", sagte Arno. „Zwei tote Streithähne wären keine guten Schirmherren."

Annie senkte den Blick und nickte. Wahrscheinlich hatte er recht. Es war eine Schnapsidee gewesen.

„Ich fänd Annies Bräu viel besser."

Als sie erneut zu ihm sah, grinste er über das ganze Gesicht.

Und auch Annie strahlte. „Darüber reden wir, wenn wir Sophie von der Idee überzeugt haben."

Das würde schwer genug werden. Aber Annie war fest entschlossen, etwas zu unternehmen. Sie würde mit allem, was sie aufbringen konnte, dafür kämpfen, den Hof zu halten. Solange, bis ihr Mann zurückkommen würde.

An diesen Gedanken klammerte sie sich voller Inbrunst und Verzweiflung fest, egal wie schlecht die Chancen dafür stehen mochten. Denn der Glaube versetzte Berge, so hieß es in der Bibel und so hatten ihre Eltern es sie gelehrt.

Bitte, Herrgott, ich weiß, dass du mich mit meinem Leben schon genug beschenkt hast. Dass ich aus Liebe heiraten durfte und den Krieg überlebt habe. Aber bitte, Herr, gib ihn mir zurück. Wenn nicht für mich, dann für Sophie. Ihr bleibt doch sonst nichts mehr auf dieser Welt.

Kapitel 4 – Ein störrischer Festtagsbraten

Der Schnee blieb bis in den Dezember hinein und machte es schwer, die Kraft für neue Pläne aufzubringen. Annie stand noch ein wenig früher auf und schrieb bei Kerzenschein auf, was sie für die Umsetzung ihrer Idee brauchen würden. All jene Gerätschaften und Maschinen, die es neben den Kesseln brauchte, um aus Gerste, Hopfen und Wasser die Maische herzustellen.

Eine Möglichkeit für eine große Feuerstelle, um den Sud zum Kochen zu bringen und dann acht Tage gären zu lassen, bevor die Bierbrühe erneut erhitzt und schließlich abgekühlt und gefiltert wurde. Außerdem brauchten sie Fässer und eine Abfüllanlage.

Dazu mussten sie im Frühjahr neue Saat auf dem Markt besorgen. Die Felder neu abstecken und das erste Mal Hopfen anbauen. Davor hatte Annie am meisten Respekt.

Seit sie auf dem Hof lebte, hatte sie gelernt, dass die Bewirtschaftung immer auf zwei Dingen fußte: auf viel Wissen, das zumeist über Generationen hinweg weitergegeben worden war, und auf göttlichen Beistand, damit die Saat spross, die Triebe stark und groß wurden und die Ernte nicht noch von Regen und Sturm zunichtegemacht wurde.

Es würde schwer werden, das alles ohne zusätzliche Arbeitskräfte zu stemmen. Aber für die zusätzlichen Investitionen würden sie jede Münze sparen müssen.

Wenn Annie draußen bei den Tieren und auf dem Hof zu tun hatte, war Arno zumeist an ihrer Seite. Er ging ihr zur Hand und sie nutzte die Gelegenheit, noch mehr über das Brauen zu erfahren.

„Ich war 'n junger Bursch, als der Großvater die Anlage noch in Betrieb hatte", erzählte Arno, während sie den Hühnerstall ausmisteten und mit neuem Stroh auslegten. „Hab's Bier selbst kosten dürfen. Weil's stark macht, hat er immer gesagt."

Annie bemerkte, dass er sich gedankenverloren das Bein rieb. Doch sie hatte sich vorgenommen, es zu ignorieren und ihn wie jeden anderen Gesunden zu behandeln.

„Pa hat's auch gekostet, um zu prüfen, wie bitter es schmeckt. Weil's dann vielleicht zu viel Hopfen war. Aber dafür hat's auch besser gewirkt." Er hob einen Mundwinkel. „Der Pfarrer hat's mal bei seiner Predigt das bayrische Manna genannt. Weil's einen satt macht. Aber im Krieg war's dann anders."

An seinem glasigen Blick konnte Annie sehen, dass Arnos Gedanken zurück in eine der Schlachten zurückkatapultiert worden waren. Seine Bewegungen wurden dann mechanischer. Als würden seine Arme und Beine versuchen, ohne den Kopf zu funktionieren. Als würden sie die Handgriffe nachahmen, ohne zu wissen, wozu.

Die meisten Rückkehrer sprachen nicht über die Zeit an der Front oder wie sie sich ihre körperlichen Verletzungen zugezogen hatten. So was verheilte oder blieb, egal, ob man ein Wort darüber verlor. Aber die Erinnerung lauerte weiterhin direkt hinter der Stirn. Unsichtbar. Lauernd. Um einen Grund zu finden, die Männer wieder zu packen und durchzuschütteln. Als würden die Kugeln sie noch mal treffen, die Bajonette sich erneut in die Schulter oder sonst ein Körperteil bohren. Und so viel mehr.

Aber auch daheim waren viele schreckliche Dinge passiert. Und Annie fühlte sich gesegnet, dass sie verschont geblieben war. Der Krieg hatte Frauen und Männer zerstört. Von innen und außen. Solche Sachen schwebten überall in der Luft. Wie eiserne Käfige, die einen auf Abstand hielten.

„Aber das Arno Bier wird keine wässrige Plörre werden", rief sie ein wenig lauter als nötig.

Arno blinzelte und kratzte sich über seine geschundene Wange. „Wir könnten's auch Sophie Bräu nennen."

Annie lachte auf. „Du meinst, wenn es ordentlich bitter geworden ist?"

„Oder Hühnchen Bräu!", rief Arno. Dabei reckte er ein Ei, das er aus einem der Verschläge geholt hatte, in die Höhe, als wäre es der heilige Reichsapfel von Wilhelm II.

Sie lachten so ausgelassen, dass Annies Schwiegermutter heraus in den Hof kam und mit ihrem Gehstock in der Luft herumwedelte. „Ihr sollt arbeiten und nicht wie kleine Kinder die Köpfe zusammenstecken!"

Arnos und Annies Blicke trafen sich und er zwinkerte ihr zu, bevor er sich zu Sophie umdrehte und auf sie zu humpelte. Das Ei noch in der Hand.

„War meine Schuld. Weil ich mich so übern Schatz gefreut habe, den mir die dicke Henne gemacht hat. Ich glaub, es war eine von den braunen. Da wird's Ei 'ne festere Schale haben." Mit diesen Worten streckte er es ihr hin, als wäre es ein wertvolles Kleinod.

„Wenn das der Heinrich sehen würd", schimpfte Sophie. „Der würde euch die Leviten lesen. Mit dem Kehrbesen und der Mistgabel." Dann nahm sie das Ei und stapfte zurück ins Haus.

Annie sah mit einer Mischung aus Sorge und heimlicher Schadenfreude, dass ihre Schwiegermutter sich mit den Hausschuhen im Schnee abmühte. Sie war eine harte, verhärmte Frau. Klug, aber in einem Leben gefangen, das andere Qualitäten im Alltag forderte. Sich durchbeißen zu können mit schneidend scharfer Zunge, war eine davon.

Aber Annie wusste, dass ihre Schwiegermutter tief im Herzen einsam war und sich nach ihrem verstorbenen Mann sehnte.

Am Nachmittag stand ein Ausflug an. Die Sonne hatte sich ausnahmsweise gezeigt und das schlimmste Eis auf den Straßen war geschmolzen. Deshalb sollte Annie fahren und eine der Säue zum Schlachthof bringen, damit zum ersten Advent Fleisch auf dem Teller lag.

Weil sie das Schwein ja nicht zu Fuß durch die Straßen treiben konnten, spannte sie zusammen mit Arno ihren Ochsen vor den Transportkarren. Die Schwierigkeit war nur, das Tier dann die Planken hinauf auf die Ladefläche zu kriegen.

„Du musst das Seil festhalten und zieh'n!", rief Arno, während er sich abmühte, die Sau von hinten mit einem Brett vorwärtszuschieben.

„Ich zieh ja!" Annie stemmte die Füße links und rechts gegen die Wand des Kutschbocks und lehnte sich mit ihrem gesamten Körpergewicht nach hinten. Das Seil hatte sie dabei für die bessere Hebelwirkung über die Schulter und um die Hüfte geschlungen.

Ihre Muskeln brannten vor Anstrengung, genau wie ihre Hände. Immer wieder fasste sie nach, krallte sich mit allen zehn Fingern in das grob gedrillte Hanfseil, während das Schwein grunzend und quiekend auf den Planken vor und zurück tänzelte.

„Wart's nur ab, gleich gibt sie auf!", rief Arno keuchend. Ihm schien die Rangelei einen Riesenspaß zu machen. Wie auf dem Jahrmarkt beim Tauziehen. „Ich könnt ihm auf den Buckel springen und ihn hochreiten."

Annie prustete. „Die würde dich im hohen Bogen abwerfen. Vielleicht musst du es mit ein paar Komplimenten versuchen."

Er sah zu ihr auf und lächelte, die Wangen nicht nur vor Anstrengung gerötet. „Da war der Ferdl immer besser drin."

Bei der Erwähnung ihres Mannes presste Annie die Lippen aufeinander. Ihr Ferdinand war zwar kein Poet, aber einem schöne Augen machen, konnte er gut. Frech und ein bisschen forsch, aber nie ein ungehobelter Klotz. Das liebte sie an ihm. Wenn er über die Stränge schlug und erst spät aus dem Wirtshaus heimkam, redete er ungewöhnlich viel und auch herzlich. Aber das kam selten vor.

Wenn sie das Bier bald direkt auf dem Hof selbst brauten, würde er den Verkoster spielen müssen. Und alles würde wieder gut werden. Wenn er nur endlich zurückkäme.

Einen Moment lang hatte Annie sich diesen Tagträumen hingegeben. Nur einen winzigen Moment. Doch das Schwein suchte sich genau diesen aus, um unvermittelt im Galopp hinauf auf die Ladefläche zu laufen. Der Zug auf dem Seil war weg und Annie stürzte rückwärts über den Kutschbock, die Beine in den Himmel gereckt.

„Wart, ich helf!", rief Arno. Doch er war klug genug, erst die Klappe zuzumachen, bevor er angelaufen kam.

Annie kämpfte unterdessen mit ihrem Kleid und Unterrock, die sich beide hochgestülpt hatten und den Blick auf viel zu viel Haut freigaben.

Als Arno ihr dennoch die Hand hinstreckte, schlug sie sie lachend zur Seite. „Sophie schaut bestimmt durchs Fenster. Die denkt doch gleich sonst was, wenn ich dir jetzt die Hand reiche."

„Die denkt doch immer nur das Schlechteste von einem", erwiderte Arno und kämmte sich mit den Fingern dabei die schwarzen Haare aus dem Gesicht. „Aber ich will gar nix sagen. Wir ham alle unsere Erfahrungen gemacht. Ich versteh's, dass sie lieber ihren Sohn da hätt statt mich."

Annie rappelte sich hoch und sah ihn an. Es war schon richtig, dass Sophie jeden Tag nach Ferdinand Ausschau hielt. So wie auch Annie immer noch jeden Abend für seine Rückkehr betete. Aber das änderte nichts daran, dass sie auch froh war, Arno hier zu haben.

Sie überlegte, was sie antworten sollte. Doch der Moment verstrich. Also hob sie nur unbestimmt die Schultern, setzte sich auf den Kutschbock und nahm die Zügel. „Willst du mit zum Schlachthof?"

Wieder strich Arno sich durchs Haar und schüttelte dann den Kopf. „Hab's nicht mehr so mit Blut."

Annie kniff die Augen zusammen. Natürlich, wie hatte sie nur so trampelig sein können, ihn das überhaupt zu fragen. Aber so war er, der Krieg. Er mischte sich überall ein, selbst nachdem er längst beendet war.

Das Land war gerade erst dabei, Tod und Teufel hinter sich zu lassen. Die Marktpreise waren immer noch schwindelerregend hoch. Für so gut wie alles, was man zum Leben brauchte, aber nicht selbst erwirtschaften konnte.

Dieser Winter war deshalb besonders hart. Aber wenn sie es hindurchschaffen würden, rein ins neue Jahr und hin zu einem hoffentlich milden Frühling, dann würde es im Herbst die erste große Ernte nach Kriegsende geben und sich die Regale wieder füllen und die Preise wieder sinken.

Mit solcherlei Gedanken im Gepäck fuhr sie die Straße hinein nach Dornheim. Das Schlachthaus lag im Zentrum und war riesig. Alle Bauern aus der Umgebung und den umliegenden Orten kamen hierher. Und auch die Stadtleute. Denn es durfte längst nicht mehr einfach so auf dem eigenen Hof geschlachtet werden.

Annie fand das gut. Denn nicht jeder hatte das Geschick und den Anstand, ein Tier schnell und möglichst schmerzlos zu töten. Weil sie eben auch Lebewesen mit Gedanken und Gefühlen waren.

Sie konnte der Sau nicht ins Gesicht sehen, als sie an der Registrierstelle die Klappe der Ladefläche öffnete, den Strick löste und es hinabführte. Denn Annie wusste, dass sie darin Furcht lesen würde.

„Du kannst das Fleisch morgen abholen", sagte Karl. Er war der Oberaufseher der Anlage und Ferdinands Schulfreund. Gleich alt, ungefähr gleich groß und beide hatten immer nur die nächste Erfindung und den nächsten Fortschritt im Sinn.

Ganz im Gegensatz zu Arno. Mit keinem anderen konnte Annie sich vorstellen, ein neues Geschäft zu gründen. Weil die meisten glaubten, immer recht haben zu müssen und die Frau unrecht.

Mit Arno konnte sie einfach reden, lachen und Pläne schmieden. Von ihm fühlte sie sich wahrgenommen und ernst genommen.

Und um ihm zu zeigen, wie ernst es ihr damit war, ging Annie auf dem Rückweg im Zunfthaus vorbei, um sich nach der Gültigkeit der Braulizenz zu erkundigen. Das war das Letzte, was sie wissen musste, bevor sie bereit war, Sophie von der Idee zu erzählen.

Kapitel 5 – Harte Verhandlungen

Annie stand mit Pudding in den Knien im Arbeitszimmer ihres Mannes und wartete auf Sophie. Die kleine, karg möblierte Stube ging nach hinten raus mit Blick Richtung Westen. Am Abend konnte man durch das Fenster die Sonne über den Feldern untergehen sehen.

Ferdinand hatte sich eingerichtet, um hier in Ruhe die erwirtschafteten Erträge gegen die Ausgaben aufzurechnen, Marktpreise zu studieren und neue Pläne für den Hof zu schmieden. Vor dem Krieg hatte Annie das Zimmer nur zum Ausfegen betreten. Dabei mochte sie selbst das Hantieren mit Zahlen und war in der Schule gut im Rechnen gewesen.

Ihr Vater hatte darauf geachtet, beiden Töchtern eine höhere Ausbildung zukommen zu lassen und sie früh in die Arbeit im Tabakwarengeschäft eingebunden. Annie hatte oft als Schreibkraft mit in den Verhandlungen gesessen, wenn Geschäftsleute aus der Türkei oder aus Übersee neue Proben gebracht hatten, um Warenverträge zu schließen oder Rohstofflieferungen zu vereinbaren. Die Ein- und Ausfuhr von Tabak war kostspielig und risikoreich aufgrund von Zöllen der Nachbarländer und den hohen Versicherungen für die Schiffspassagen.

Der Verlust einer ganzen Ladung durch Unwetter oder Havarie war keine Seltenheit. Das erhöhte die Spekulationspreise auf dem Markt oder ließ sie in den Keller fallen. Dazu entschied die Qualität des Tabaks am Ende, für welche Produkte er verwendet werden konnte.

Das alles waren Erfahrungswerte, die sich zu einem gewissen Teil sicher auch auf den Markt für Saatgut anwenden ließen. Das Problem war nur, dass Annie keine Ahnung davon hatte, was eine gute Braugerste ausmachte und wie man die Qualität von Hopfen prüfte. Und da Arnos Vater Franz selbst kein Bier gebraut hatte, wusste er es wahrscheinlich auch nicht. Ganz zu schweigen von Sophie.

Sie würden also Hilfe brauchen oder bei den Verhandlungen klug beobachten und bluffen müssen. Das bedeutete wiederum, dass sie erst bei einer zweiten Gebotsrunde einsteigen konnten, wenn die besten Chargen womöglich bereits verkauft waren.

Die Tür quietschte und Sophie betrat das Zimmer. Aufrecht und mit eisiger Miene. Sie wollte das hier nicht. Wollte keine Veränderung und schon gar nicht, wenn sie nicht von ihrem Sohn ausging. Das und noch mehr konnte Annie an diesem verhärmten Gesicht ablesen. Aber es musste sein, sonst würden sie den Hof in den Untergang führen.

„Was stehst du hier herum? Setz dich, Mädel." Sophie deutete auf den Besucherstuhl neben dem Schreibtisch.

Annie war versucht, den Kopf zu senken, doch sie zwang sich, ihrer Schwiegermutter offen entgegenzublicken. Kampfbereit. Während sie der Aufforderung folgte und sich auf dem Stuhl niederließ.

Sophie lehnte sich auf ihren Stock, während sie die wenigen Meter bis zum Tisch ging. Die Sohlen ihrer Schuhe schleiften dabei über den Holzboden. Ihr fehlte die Kraft, die Beine anzuheben. Eine Krankheit, die sich schleichend fortsetzte, hatte der Arzt gesagt und ihr nur noch wenig Zeit gegeben. Doch Sophie war stur. Sie trotzte dem Verfall wie eine Mauer dem Sturm. Das bewunderte Annie an ihr. Nicht aber ihre kühle Art, mit der sie andere Menschen und auch ihren Sohn behandelte.

„Also, was haben wir zu reden?", fragte Sophie, als sie Platz genommen hatte. Ihr Blick streifte die Registrierbücher, die auf dem Tisch lagen, und entdeckte die Mappe, die Annie bereitgelegt hatte.

„Dass der Arno zu uns kam, war ein Geschenk Gottes", sagte Annie. „Wir können seine Arbeitskraft gebrauchen."

Sophie schnaubte. „Nur, bis er von einer Leiter fällt und sich was bricht. Dann ist er ein Klotz, den wir nicht mehr losbekommen. Und ein unnützes Maul, das wir füttern müssen."

„Er ist Ferdinands Cousin. Ob's dir gefällt oder nicht, er gehört zur Familie. Und noch ist er kein Klotz. Er könnte uns sogar mit weit mehr aushelfen. Denn mit dem Hof geht's bergab. Und wenn wir nicht aufpassen, ist nix mehr übrig, wenn der Ferdl heimkommt."

„Pah." Sophie schnaubte erneut und schüttelte den Kopf. „Der kommt nimmermehr wieder. Der ist mausetot wie all die anderen Männer in diesem verdammten Krieg."

„Aber der Krieg ist vorbei. Es kommen immer noch welche heim. Dafür ist Arno das beste Beispiel", entgegnete Annie. Das Gespräch driftete viel zu sehr ab. Sie musste es einfach sagen. Der Schwiegermutter endlich den Vorschlag unterbreiten, an dem sie und Arno so gearbeitet hatten.

Sophie setzte zu einer Erwiderung an, als Annie abrupt aufstand und an den Tisch trat. „Arno ist kein mittelloser Bettler. Sein Hof mag niedergebrannt sein, aber da sind immer noch die Braukessel. Du weißt, dass die immer Streitpunkt zwischen deinem Mann und seinem Bruder Franz waren. Aber der Arno würde sie uns überlassen."

„Um was zu tun? Bier zu brauen?" Sophie lachte schal auf. „Vielleicht bist ja du von einer Leiter gefallen und hast dir dein Kopf gestoßen."

„Genau. Wir zeigen den Leut, dass wir noch nicht am Ende sind. Sondern am Anfang! Das Bier hat schon einmal dafür gesorgt, dass es dieser Familie gut ging. Das können wir wieder schaffen. Es ist alles da. Die Kessel, das Rezeptbuch und die Konzession. Wir müssen sie nur wieder beanspruchen, hat der Notar in der Stadt gesagt. Mit dem Arno als Partner."

Sophie schlug mit der Hand auf den Tisch. „Hirngespinste können wir hier am Hof nicht brauchen!"

Annie spannte sich und biss die Zähne zusammen. Egal wie Furcht einflößend ihre Schwiegermutter sein konnte. Annie musste sie dazu bringen, zuzuhören. „Schau's dir an. Ich hab's durchgerechnet. Wir können den Hof damit retten. Wir bauen im Frühjahr Hopfen an und stellen einen Teil der Ackerfläche wieder auf Gerste um. Der Hof ist groß genug, um hinten im alten

Stall die Brauerei einzurichten mit einer Kühlanlage, damit wir das ganze Jahr über brauen können. Selbst mit ein paar guten Fässern Bier machen wir mehr Gewinn als mit den Kartoffeln. Wir könnten die Wirte in Dornheim beliefern und später die großen Wirtshäuser in München."

Sophie schüttelte nur wieder den Kopf. „Du träumst, Mädel."

„Denk doch nur dran, wenn der Ferdinand zurückkommt und sieht, dass wir den Hof runtergewirtschaftet haben." Annie streckte den Arm aus und schlug mit zitternder Hand ihre Mappe auf. Darauf gefasst, dass Sophie ihr den Arm mit dem Stock beiseiteschlagen würde.

Doch die letzten Worte schienen endlich etwas in Sophie berührt zu haben. Ihre eingefallenen Wangen zuckten, während ihr Blick die erste Seite überflog. Die Liste mit geschätzten Ausgaben und Einnahmen. „Du willst, dass wir den Rest des Ersparten einsetzen für diese Schnapsidee?"

„Wir müssen ein Risiko eingehen oder wir gehen unter. Wir haben nix mehr einzusetzen außer unsere Hoffnung und unsere eigene Kraft. Bier wird immer gekauft. Grad jetzt, wo der Krieg vorbei ist und die Leut sich bald wieder mehr als nur die dünne mit Brandschrot gefärbte Plörre leisten können. Es ist die richtige Zeit."

Sophie griff nach dem Papier und blätterte um. Seite um Seite, die Annie so sorgsam vorbereitet hatte. Sogar eine Skizze hatte sie angefertigt, um zu zeigen, wie sie den Stall ohne viel Umbau nutzen könnten. Sophie strich über das Banner, das über der Zeichnung prangte. „Hopfstädter Bräu", las sie den Namen vor, auf den sich Arno und Annie am Ende geeinigt hatten.

„Es wär mehr als nur Bier. Es wär ein Vermächtnis", sagte Annie und spielte damit ihre letzte Karte aus.

Eine Zeit lang blieb es still, während Annie mit angehaltenem Atem abwartete und Sophie immer wieder mit dem Finger über den Schriftzug fuhr.

„Sie haben sich schier die Köpfe wegen den Kesseln eingeschlagen, als ihr Vater verstorben war", sagte sie leise. „Als könnte dieser Haufen Metall etwas darüber aussagen, wen er lieber gehabt hätte. Damals war's auch ein Irrsinn. Aber in Wahrheit war's nicht der Vater, sondern die Mutter, die den Erfolg gebracht hat. Mit den Rezepten, die die Frauen einander vererbt haben."

Annie atmete zittrig durch und leckte über die vor Aufregung trockenen Lippen. „Das wusste ich nicht."

„Früher konnte jede Frau, die einen ordentlichen Haushalt geführt hat, brauen. Die Leut haben mehr Bier als Wasser getrunken, weil's gesünder war. Weil im Bier höchstens ein Rausch, aber keine Krankheiten gesteckt haben. Bier wurde in der Küche direkt neben dem Herd gebraut, weil's den Appetit angeregt und abends für einen guten Schlaf gesorgt hat."

Als Sophie erneut schwieg und erneut die Listen durchblätterte, fasste Annie Mut. „Dann lass uns die Tradition fortführen. Als Frauen und als Hopfstädterinnen. Denn wenn wir's nicht versuchen, werden wir den Hof nächsten Winter vielleicht kampflos verlieren."

Sophie lehnte sich zurück. „Ich bin dafür da, dass der Familienname in Ehren gehalten wird. Ich kann nicht zulassen, dass unser letzter Groschen verschwendet wird."

Annie wollte innerlich aufschreien. Sie beugte sich mühsam beherrscht vor, stützte die Hände auf den Tisch. „Wird er nicht. Wir ergreifen nur das Geschenk, das uns der liebe Gott gemacht hat. Eben darum, weil wir diesen Dienst aufgrund seiner Barmherzigkeit haben, verzagen wir nicht", zitierte sie am Ende den 2. Korinther aus der Bibel.

„Wir sind von allen Seiten bedrängt, aber wir ängstigen uns nicht. Uns ist bange, aber wir verzagen nicht", gab Sophie eine weitere Stelle aus der Heiligen Schrift wieder.

Draußen riefen die Kühe nach ihrem Futter. Es wurde Zeit für eine Entscheidung. Annie spürte, dass Sophie es erwog, aber Angst vor diesem letzten Schritt hatte. Sie war genauso wenig gewohnt, Entscheidungen zu treffen wie Annie früher. Aber der Hof lag in den Händen der Frauen. Es reichte nicht, ihn einfach nur zu bewirtschaften. Sie mussten anfangen, ihn zu führen. In eine neue Zukunft hinein.

„Wenn wir den Winter ohne Verluste überstehen und die Winterkartoffeln für einen guten Preis verkaufen können, sodass das Geld für das Saatgut reicht, ohne dass wir Vieh verkaufen müssen, dann setze ich meinen Namen auf die Lizenz und ihr könnt die Kessel holen, sobald der Schnee weg und die Straßen wieder fest sind."

Annie hob die Hände und ballte sie vor sich, wie zu einem Stoßgebet.

„Aber ...", sagte Sophie, „... die Brauerei gehört allein uns. Wir setzen nicht den Hof ein, damit irgendein

Cousin ihn sich später unter den Nagel reißt. Der Arno kann bleiben, dafür dass er seinen Teil beiträgt. Nur dann bin ich einverstanden."

Annie wollte aufbegehren. Aber Sophie war bereits aufgestanden.

„Los, an die Arbeit, der Hof bewirtschaftet sich nicht von allein." Mit diesen Worten scheuchte sie Annie aus dem Zimmer.

Draußen tanzte Schnee in der Luft. Der Himmel war bedeckt und die Luft roch nach nassem Heu und Ofenfeuer. Annie hob das Gesicht zum Himmel und spürte, wie die einzelnen Flocken sich auf ihre Haut senkten und zerschmolzen.

Sie hatte es geschafft. Sie hatte sich ihrer Schwiegermutter gestellt und sie am Ende für die Idee gewinnen können. Unter Bedingungen, die schwer waren, aber vielleicht nicht unmöglich. Die Frage war nur, ob Arno dabei mitspielen würde. Kessel und Rezeptbuch waren sein Erbe und ein wichtiger Teil beim Brauen. Auch wenn nach dem Reinheitsgebot nur noch mit Gerste, Hopfen und Wasser als Zutaten gearbeitet werden durfte, ging es doch auch um den Prozess und die zugegebenen Mengen. Das zusammen machte den Geschmack eines Biers aus. So wie es bei einer Zigarre nicht nur darauf ankam, dass sie gut gerollt war, sondern auch, welche Sorten Blätter in welcher Mischung enthalten waren.

Noch bevor sie Arno sah, spürte sie seinen Blick. Er stand bei den Kuhställen auf eine Mistgabel gestützt und beobachtete sie. Es fühlte sich an, als wäre er schon immer mit auf dem Hof gewesen. Nur versteckt hinter Ferdinands lauter und alles bestimmender Gegenwart.

Und manchmal ertappte sich Annie dabei, wie sie sich ihren Ferdl mit der gleichen Sanftmut vorstellte und sich in solche Arme wünschte. Aneinander geschmiegt gehalten zu werden.

Die Kälte der Schneeflocken ließ Annies Lippen prickeln. Sie drückte sie aufeinander, fasste einmal mehr Mut an diesem Tag und ging hinüber zu Arno, um ihm von den Neuigkeiten zu berichten.

„Hat sie Ja gesagt?", fragte er und sie konnte ihm die geradezu kindliche Neugier in den Augen ablesen.

Annie lächelte. „Sie war ein schwerer Brocken. Es hat lange gedauert. Und es war gut, dass wir die Listen geschrieben haben."

„Du hast sie geschrieb'n. Ich hab nur ein bissl aus alten Zeiten erzählt. Und davon war wahrscheinlich die Hälfte Quatsch." Er zuckte mit den Schultern.

Doch Annie wollte auf den Spaß nicht einsteigen. Nicht, bevor sie Arno die Bedingungen genannt hatte. „Sophie glaubt, es ist ein Risiko. Aber ich hab gesagt, dass wir auch ohne den Versuch irgendwann untergehen werden mit dem Hof. Und ich denke, sie hat's verstanden."

Er zog die Brauen zusammen und versuchte, in ihrem Gesicht zu lesen, bevor er nickte. „Aber irgendwas passt nicht. Irgendwas hat sie gesagt, dass de unglücklich bist."

Eine Feststellung, keine Frage. Er war gut darin, sie zu lesen. Einer der wenigen, die sich überhaupt darum scherten, was sie dachte oder meinte. So wie er auch bei den Tieren auf ihre Launen achtete. Wenn eine weniger fraß oder unruhig stand, weil sie sich vertreten hatte.

„Wir müssen schauen, dass wir über den Winter gut wirtschaften und mit den Kartoffeln, die im Keller lagern, einen guten Schnitt machen. Wenn wir es hinbekommen und nicht noch schlechter dastehen, dann gibt sie uns ihren Segen", erzählte sie und zupfte dabei nervös an der Strickstola, die sie sich beim Rausgehen übergeworfen hatte.

Arno legte den Kopf zur Seite. „Was noch?"

„Glaub mir, ich hab alles versucht. Aber Sophie will, dass das Bräu zu hundert Prozent ihr und natürlich Ferdinand gehört, wenn wir's machen."

„Weil ein dahergelaufener Krüppel 'n Risiko ist."

Die Worte hingen wie eine Eiswand zwischen ihnen in der Luft.

„Ich hab ihr gesagt, dass du einen wichtigen Teil beisteuerst. Aber sie hat Angst um den Hof, wenn wir alles auf diese eine Karte setzen." Annie hörte selbst, wie armselig und verzweifelt das klang.

Doch Arno blähte sich nicht auf, schimpfte und randalierte nicht wie ein wild gewordener Bulle. Er nickte nur und zog einen Halm Stroh aus der Tasche, schob ihn sich in den Mund und kaute darauf herum.

„Sie hat gesagt, dass du bleiben darfst. Dass das dein Einsatz ist für den Hof", plapperte Annie mit wachsender Panik weiter. Wenn er jetzt Nein sagte, war alles aus. Dann wäre alles umsonst gewesen. Vielleicht würde er sogar den Hof verlassen wegen der Kränkung.

Als er weiterhin nur zuhörte und auf seinem Halm kaute, riss ihr der Geduldsfaden. „Sag was dazu!"

Er lächelte schief. „Weißt, Annie. Früher hätt ich wohl drum gekämpft. Wegen der Ehr und dem Ganzen. Aber mit'm Krieg sieht man's Leben anders. Ich zumindest hab zu viel geseh'n, um noch an Ehr und Stolz zu glauben. Mir san alle keine Engel. Da fährt man mit der Demut besser."

Annie schluckte.

„Man lernt, ein Dach überm Kopf zu schätzen. Ein einfaches Stück Brot und Wasser, das nicht nach Pisse, Schießpulver oder Blut schmeckt. Ich bin froh, dass ich leb und noch was arbeit'n kann. Da ist mir auch der Platz in der Scheune recht. Oder dass ihr die Kessel kriegt. Ihr seid jetzt meine Familie. Da ist's mir recht, wenn ich meinen Teil beisteuere."

Annie schluckte erneut und Tränen stiegen ihr in die Augen. Sie wollte etwas sagen, doch ihr fehlten die Worte. Also trat sie, einem Impuls folgend, vor und umarmte ihn fest und innig.

Arno gab einen überraschten Laut von sich und einen Herzschlag lang stand er nur stocksteif da, die Mistgabel immer noch in einer Hand und die andere halb abwehrend zur Seite gestreckt. Dann ließ er die Gabel fallen und schlang seine Arme um sie.

„Es wird alles gut, wirst sehen", flüsterte Arno, bevor er sich von ihr löste und einen humpelnden Schritt zurücktrat.

Und zum ersten Mal seit Langem glaubte Annie ebenfalls daran.

Kapitel 6 – Stille Zeit, Weihnachtszeit

Mit dem ersten Advent kam die bittere Kälte zurück. Die Tränken für die Tiere froren zu und sie mussten mehr als einmal das Eis auf den Wegen brechen, um noch arbeiten zu können.

Die alte Erna wurde krank, also half Annie neben den Aufgaben rund um den Hof auch im Haus aus, während Marie sich um Sophie und die Küche kümmerte.

Sie mussten jetzt eisern zusammenhalten. Aber die Geier kamen bereits aus ihren Löchern. Die Bauern der Nachbarhöfe, die auf ein Schnäppchen lauerten. Mit Barbarazweigen und Stollen klopften sie an die Tür, ließen sich zu einem Kaffee einladen und fragten Sophie schamlos aus, wie sie das Gut denn im nächsten Jahr weiterführen würde. Wo sie selbst doch schon so gebrechlich sei.

Selbst der Stadtrat kam, weil er von Annies Anfrage zur Braukonzession gehört hatte. Von da an machte das Gerücht auch in den Wirtshäusern die Runde und Marie befeuerte sie mit ihrem losen Maul nun noch mehr. Und das war nicht das Einzige, was getuschelt wurde, seit Arno auf den Hof gekommen war.

„Habt's ihr Nachricht bekommen? Ist der Ferdinand tot?", fragte die Frau vom Schuster, als Annie zwei Paar Stiefel zum Neubesohlen brachte.

„Er gilt weiterhin als verschollen", sagte Annie steif. „Er könnte jeden Tag heim zu uns finden. Es kehren immer noch welche zurück."

„Ja, man muss dran glauben. Andererseits steht's Leben nicht still. So ein Hof ist viel Arbeit." Die Schustersfrau prüfte die Stiefel, setzte mit einem Stück Kreide einige Markierungen und stellte die Stiefel hinter sich ins Regal.

Annie reckte das Kinn und straffte sich. „Wir sind im Krieg gut zurechtgekommen. Wir schaffen es auch jetzt, wo wir sogar Hilfe haben."

„Stimmt, ihr habt's ja den Jungen vom Heinrich sein Bruder aufgenommen. Der arme Teufel scheint das Pech ja gepachtet zu haben, wie man hört. Erst läuft ihm die Verlobte weg, dann muss er in den Krieg und wird niedergeschossen, nur um am Ende vor den Ruinen des ganzen Besitzes zu stehen. Da war es schon klug, sich eine neue Familie zu suchen, in die er reinschlüpfen kann."

„Arno hat keine neue Familie suchen müssen. Er ist ein Hopfstädter wie wir. Und in der Not hält man zusammen. Wie's sich gehört!", rief Annie und ihre Stimme bebte vor Zorn.

Wie niederträchtig und unverschämt war diese Frau? Was erlaubte sie sich, über andere zu urteilen oder sich gar über sie lustig zu machen? Annie hatte diese Sorte Mensch so satt. Selbstverliebte Affen, die sich für was Besseres hielten und nur auf den eigenen Vorteil aus waren. Selbst im Krieg, wenn einem allein der Instinkt schon sagte, dass Zusammenhalt wichtiger war als solche Zankereien. Doch diese Leute waren unverbesserlich. Und Annie entschied, dass sie das lange genug duldsam ausgehalten hatte.

„Schau lieber selbst, wo die Stiefel deines Mannes so unterm Tisch stehen!", rief sie mit trotzig vorgerecktem Kinn.

„Mein Mo sitzt in der Werkstatt und erledigt seine Arbeit. Der weiß, wo er hingehört. Weißt du es auch noch? Wie man hört, gibt's neuerdings viel in der Scheune zu tun, wo der Cousin vom Ferdinand schläft."

„Schämst dich nicht, du Klatschweib? Der Pfarrer wird bestimmt ganz rot im Gesicht, wennst du zur Beichte gehst", zischte Annie.

Die Schusterin schnappte nach Luft. „Das lass ich mir nicht nachsagen. Nicht von einer Zugezogenen aus der Stadt, die nicht mal Kinder zustande bringt."

Annie zuckte bei den harschen Worten zusammen. Doch sie hielt sich aufrecht. „Ich hab zumindest Anstand gelehrt bekommen und brauch meine Tage nicht mit Klatschgeschichten füllen." Damit zog sie die Geldbörse aus der Manteltasche, knallte das Geld auf den Verkaufstresen und ging. Niemand sollte sehen, dass ihr die Tränen in den Augen standen.

Auf der Straße eilten die Leute vorbei. Eingepackt in dicke Jacken, warme Mützen und gestrickte Schals. Um den Marktplatz herum war ein Adventsmarkt aufgebaut. Die Häuser hatten hübsch dekorierte Tannenzweige an den Türen und Eingängen hängen und Kerzen in den Fenstern stehen.

Auch bei den Hopfstädters wurde traditionell in der Adventszeit das Haus geschmückt und ein Tannenbaum aus dem nahen Wald geschlagen, um ihn für Weihnachten zu dekorieren.

Annie hatte zusammen mit Marie Schleifen aus rotem Band gebastelt und ein paar Holzperlen aufgestickt. Dazu hatten sie aus Stroh verschiedene Sterne geflochten und aus Salzteig kleine Figuren ausgebacken und sie in die Zweige gehängt. Und jeden Adventssonntag gab es Schweinebraten mit Knödeln, Kraut oder Salzkartoffeln. Den Rest der Woche ernährten sie sich von dünnem Eintopf, Brot und altem Speck.

Wenn Annie wie heute auf dem Markt vorbeikam, versuchte sie, Kartoffeln gegen Rüben und anderes Gemüse und Obst einzutauschen. Auch an diesem Tag hatte sie einen kleinen Sack voll im Korb liegen.

Doch das Angebot war dürftig, die Wurzeln bereits schwarz an den Enden und die Äpfel wurmstichig. Dennoch schlenderte Annie durch die Marktstände und blieb schließlich an einer Bude mit geschnitztem Spielzeug stehen. Neben Hampelmännern und Tierfiguren lagen kleine Flöten aus. Für Kinderhände gedacht, doch gerade deshalb erschienen sie perfekt zu Arno zu passen.

Traditionell machte man nur seinen engsten Freunden und Familienmitgliedern ein kleines Geschenk. Für Sophie hatte Annie Wadenwärmer gestrickt und für Ferdinand im Sommer schon ein paar neue Federn für seinen Trachtenhut gesammelt. Sogar eine Adlerfeder war dabei. Damit sie ihm wieder zu alter Stärke verhelfen würde. Dann, wenn er endlich heimkommen würde.

„Wie viel kostet eine Flöte?", fragte Annie an den dürren Burschen gewandt, der hinter dem Stand hockte und bereits an einem weiteren Stück Holz schnitzte.

„Die große kannste für eine Papiermark haben, die kleineren gibt's schon für fünfzig Pfennig."

Annie zögerte. Selbst ein paar Pfennige waren in diesen Zeiten kostbar, auch wenn sie meist nur noch auf einem Stück Papier standen. Kupfermünzen dagegen waren rar geworden. Alles, was nicht niet- und nagelfest war, hatte das Militär an sich gerissen und eingeschmolzen, um mehr Waffen und Munition zu produzieren. Seither gab es neben der Goldmark die Mark als einfache Papiernote in allerlei gedruckten Ausprägungen. Zudem blühte seit dem Krieg auch der Tauschhandel wieder. Not machte eben erfinderisch.

„Wie ist es mit einem halben Pfund Kartoffeln?", fragte Annie.

Der Bursche sah von seiner Schnitzarbeit auf und sah sie abschätzend an. „Nur, wenn es keine fauligen sind. Und sie müssen fest sein, gut zum Lagern."

„Wir haben die besten in der ganzen Umgebung", sagte Annie und zog eilig ein paar der besten aus ihrem Korb. „Vor kaum zwei Monaten geerntet und im Keller eingelagert."

„Und auch keine Bissspuren?" Offensichtlich interessiert stand der Junge auf und beäugte sich die Erdäpfel näher. Er selbst wirkte kaum älter als zwölf. Maximal vierzehn. Das ließ sich bei dem ausgehungerten, drahtigen Körper schwer sagen.

„Bei uns gibt's die Ratten höchstens ganz unten im Stroh oder im Schweinestall. Aber da überleben's nicht lange." Sie zwinkerte.

Der Junge schien zufrieden mit der Qualität, blickte auf die Auslage und schob Annie eine der kleinen Flöten entgegen. Auf ihrer Oberseite war der Umriss eines Vogels eingekratzt. Doch nun war es an Annie, die Ware zu prüfen.

„Pfeift sie denn auch?"

„Klar! Und wenn du abwechselnd die Löcher zuhältst, dann kannst du die Melodie der Amseln nachpfeifen. Oder vom Kuckuck."

Annie lächelte. „Dann lass mal hören."

Einen kurzen Moment zögerte der Junge ob der Herausforderung. Doch das Geschäft schien reizvoll genug, um sie anzunehmen. Er griff nach dem Spielzeuginstrument, leckte sich die Lippen und blies einmal kurz hinein, während seine Finger in schnellem Wechsel einen Triller erzeugten.

Annies Lächeln wurde breiter. „Also gut, wir sind im Geschäft."

Die Waren wurden getauscht und Annie wanderte weiter, während die Turmuhr zur vollen Stunde schlug. Zeit, heimzukehren. Zum Abholen der Stiefel am nächsten Tag würde sie Marie schicken.

Und so vergingen die Tage. Annie und Arno nutzten jede freie Stunde, um den alten ehemaligen Stall für die Brauerei umzubauen, sauber zu machen und notdürftig einzurichten. Sie bauten aus Lehm eine Feuerstelle und Sockel für die Kessel. Außerdem besorgten sie Pech zum Abdichten der Kesselluken und Annie beauftragte den Schäffler im Nachbarort, ihnen ein paar Fässer herzustellen. Gerade so groß, dass sie sie abgefüllt noch selbst auf einen Karren laden konnten.

Es war aufregend, an diesem Projekt zu arbeiten. Aber je mehr sie dafür taten, umso weiter zog ihr Vorhaben Kreise. Immer öfter sahen sie sich kaum verhohlenem Misstrauen und sogar Spott ausgesetzt. Sie hätten den Verstand verloren, in diesen Zeiten eine Brauerei zu gründen. Im Wirtshaus lästerten die Dörfler bei Bier und zünftiger Brotzeit darüber, dass die Hopfstädter Frauen auch noch den letzten Heller für ein Fass ohne Boden verscherbeln würden, solange es ihnen der Cousin vom Ferdl nur schön genug einredete.

Niemand wollte glauben, dass es Annies Idee gewesen war, die alles ins Rollen gebracht hatte. Doch das war ihr nur recht. Sollten sie doch zetern. Wenn der erste Hopfen angebaut, die erste Ernte eingefahren und das erste Hopfstädter Bier gebraut sein würde, dann würden sie schon still sein und sich das Maul danach lecken.

Sophie ließ Arno schließlich sogar ins Haus, wenn auch nur in die Bügelkammer, wo er sich ein Bett und ein Nachtkästchen reinstellte. Die wenigen Kleidungsstücke, die er besaß, lagen in der kleinen Schublade oder hingen auf Holzbügeln am Haken an der Tür.

Er war ein Kompromiss, das verstand Annie. Die Schwiegermutter wollte keinen anderen Mann ins Haus lassen. Nicht offiziell. Arno sollte weder der Ersatz für ihren Mann Heinrich noch für ihren Sohn Ferdinand sein. Und doch hatte auch sie bemerkt, dass Arno in diesen schweren Zeiten gut und wichtig für die Familie war. Auch, um Gesindel fernzuhalten.

In der Woche vor Heiligabend war die Nacht klar und ein sichelförmiger Mond stand am Himmel, als das Geräusch von Rasseln und Schellen die Stille durchschnitt. Annie rannte zur Straße und sah den Fackelzug kommen.

„Arno! Marie! Schließt's die Ställe, versperrt's die Scheune und macht's die Fensterläden zu! Die Damisch'n kommen zum Randalieren."

Sie meinte den Krampuslauf, der traditionell zwischen Nikolaus und Weihnachten begangen wurde. Sie nannten es Tradition, doch in Wahrheit nahmen sich an diesen Abenden ein paar Narren und Säufer heraus, die Dorfgemeinschaften zu drangsalieren, lärmend und plündernd durch die Straßen zu ziehen und Leute zu erschrecken.

„Komm, Annie. Du musst auch ins Haus. Vielleicht laufen's einfach vorbei aufm Weg in die Stadt", rief Arno ihr zu und winkte.

Also lief sie los, packte auf dem Weg den Eimer mit dem Hühnerfutter und die Harke und brachte sich zusammen mit den anderen in Sicherheit.

Es dauerte, bis die ersten Fackelträger vor dem Hof auftauchten. Gefolgt von den urig verkleideten Krampussen. Männer mit Kostümen aus Fell und Leder, mit Schellen um die Fußgelenke und schweren Kuhglocken behängt. Auf dem Kopf trugen sie Hörner und Geweihe. Die Gesichter schaurig bemalt oder mit Masken verdeckt. Sie grölten und riefen, sangen und tanzten wie die wilde Horde persönlich. In ihren Händen schwenkten sie Knüppel und Stöcke, schwangen riesige Rasseln oder Laternen.

Als Kind hatte Annie davon nur in Kinderbüchern gelesen und sich gegruselt. Da war der Krampus der Begleiter vom Nikolaus gewesen, um die Bösen zu bestrafen, während die Guten Geschenke bekamen. Ein liebes Märchen, doch auf dem Land herrschten andere Gesetze. Da tobten die Unholde durch die Straßen wie ein Gewittersturm.

Mit Heinrich und Ferdinand im Haus hatte meistens eine Runde Schnaps gereicht, um sie zu bändigen. Doch im Krieg und ohne die Männer im Haus hatte sich das geändert. Sie hatten Annie, Marie und sogar Sophie nachgejagt, um sich zu holen, was ihnen ihrer Meinung nach zustand. Und nur ein Schuss aus der Schrotflinte hatte sie schlussendlich vertreiben können. Annie würde nie vergessen, wie die alte Erna breitbeinig im Türrahmen gestanden und die Waffe geschwungen hatte, wie der Racheengel persönlich.

Seither ging kein Jahr mehr zu Ende, ohne dass der Krampuszug vorbeikam und auf dem Hof ihr Unwesen trieb. Sie verscheuchten das Vieh, gossen die Milch aus und zerschlugen alles, was ihnen zwischen die Finger kam, während sie dreckige Lieder skandierten.

Als die ersten Fratzen sich im Lichtschein des Feuers dem Haus zuwandten, wusste Annie, dass man sie auch dieses Jahr nicht verschonen würde.

Trampelnd und springend rotteten sie sich am Eingang zusammen, während sie grunzten und schnaubten wie brunftige Tiere. Dann stürmten sie in den Hof, schlugen mit ihren Stecken an die Wände, rüttelten an den Türen und Verschlägen und johlten wie im Wahn.

„Herrgott hilf", wisperte Sophie, während sie von ihrem Platz am Esstisch das Schauspiel durch das Fenster verfolgte.

„Sie haben den Schweinekoben aufgebrochen!", rief Marie, die nebenan in der Küche am Fenster hockte. In einer Hand die Bratpfanne, die andere an die Glasscheibe gedrückt.

„Das können wir nicht zulassen! Die werden uns das Vieh rauslassen und vertreiben!", rief Sophie und sprang auf.

Auch Annie erwachte aus ihrer Starre und sah sich hastig um. Sie brauchte eine Waffe. Irgendetwas, um sich zu verteidigen. Am Ende griff sie nach einem Besen und hetzte zur Tür. Zusammen mit Arno, der bereits in wilder Entschlossenheit die Klinke in der einen und den Dreschschlegel in der anderen Hand hatte.

Annies Herz klopfte vor Aufregung und Angst so schnell, dass ihr das Blut in den Ohren rauschte. Das Kind in ihr wollte fliehen, doch die erwachsene Frau wusste, dass sie Verantwortung trug. Es war an der Zeit, für das Leben, das sie sich hier aufgebaut hatte, zu kämpfen.

„Den vermaledeiten Deibel treib ich die Geister aus!", rief Erna mit verzerrter Miene vom oberen Treppenabsatz aus. Sie hatte sich trotz der immer noch anhaltenden Schwäche in Nachthemd und Morgenmantel aus dem Bett gequält. Einmal mehr die Flinte in der Hand, während sie mühsam die Treppen herunterrumpelte.

„Du bist noch zu krank", sagte Annie, während Arno neben ihr die Tür aufriss und mit einem hörbaren Knurren hinausstürmte.

„Schleich di, geh mir aus'm Weg! Denen les ich die Leviten, diesen Trunkenbolden und Hurensöhnen! Rechtschaffene Bürger behelligen und ihnen ihr Hab und Gut stehlen, so weit kommt's noch!" Mit diesen Worten stapfte die alte Erna barfuß in den Schnee hinaus. So grimmig und vor ungeahnter Energie strotzend, dass Annie sie nicht aufzuhalten wagte.

„Aber der Arno ist schon draußen!", rief Annie und eilte hinterher. Draußen hatten drei der Krampusse ihn bereits umzingelt, neckten ihn und droschen mit ihren Stecken, Stäben und Rasseln immer wieder auf ihn ein, während Arno den beweglichen Kopf des Schlegels um sich herum rotieren ließ, den Stiel dabei fest in beiden Händen. Doch die dicken Felle und Lederkostüme, die Masken und Helme ließen keinen echten Treffer zu.

Erna legte mit zittrigen Händen an. Doch die Waffe schwankte beängstigend hin und her. Dann schoss sie.

Annie hinter ihr schrie auf und auch das Treiben der Unholde kam schlagartig zum Erliegen. Nur um im nächsten Moment in blanke Raserei überzugehen. Ein ziegenböckiger Kerl stieß Erna mit dem Fackelende zu Boden und wollte sich die Waffe schnappen, doch Annie war schneller. Sie griff den Lauf und drosch den Kolben so fest gegen den Kopf des Krampus, dass der rückwärts taumelte und zu Boden ging.

Und wieder setzte Annie nach, packte das brennende Stück Holz und lief auf Arno und seine drei Gegner zu.

„Lasst's ihn in Ruhe!", schrie sie und stieß mit den Flammen in die Reihe der Angreifer hinein. Wieder und wieder. Bis einer sie von hinten an den Haaren packte, mit roher Gewalt nach hinten riss und in den Stapel mit Holzscheiten schleuderte.

Annie stöhnte schmerzerfüllt auf und krümmte sich zusammen. Ihre Rippen schmerzten höllisch. Das Atmen fiel ihr schwer. Nur verschwommen konnte sie das Feuer vor sich erkennen. Wie es an den Holzscheiten hinaufzüngelte.

Panisch tastete sie nach der Fackel, versuchte sie zur Seite zu wischen, doch es war zu spät. Die Ecke der Abdeckplane hatte sich entzündet und mit ihr das Stroh, das zum Aufsaugen der Feuchtigkeit zwischen Plane und Holz gestopft worden war.

„Feuer!", hörte sie Sophie rufen. „So tut doch etwas!"

Jemand ergriff Annies Handgelenk und zog sie fort durch den Schnee, zurück zum Hauseingang. Neben sich sah sie Erna immer noch im Schnee liegen. Die Augen ganz starr. Den Mund geöffnet.

Marie kam von drinnen mit einem Topf voll Wasser und lief auf das Feuer zu.

„Nicht mit'm Wasser. Mit'm Schnee müssen wir es ersticken", erklang da Arnos Stimme. Und als Annie endlich die Kraft fand, sich aufzurappeln, sah sie ihn mit zerrissenem Hemd, zerzaustem Haar und einer Schaufel in der Hand dastehen. Nicht mehr der schüchterne Cousin, sondern der heldenhafte Krieger, der in ihm steckte.

Die Flammen beleuchteten seinen sehnigen Körper und malten Schatten auf ihn. Wie er die Schaufel in den Schnee rammte und ihn auf die lodernden Holzscheite warf. Der Krampuszug indes war lärmend und lachend weitergezogen.

„Wart, ich helf dir!", rief Annie und holte eine zweite Schaufel aus der Scheune.

Gemeinsam kippten sie Fuhre um Fuhre auf den Stapel, bis das Feuer zischend erlosch. Erst dann erlaubte Annie sich, durchzuatmen und sich umzusehen.

Ihr Herz pochte so rasend schnell, dass sie kaum Luft bekam, während die Angst ihren Heldenmut verdrängte. Sie hatten das Feuer zwar gelöscht, bevor es auf das Haus, den Stall oder die Scheune übergreifen konnte. Aber was war mit ihrer Sau? Und – Annie schluckte – was war mit der alten Erna?

Das Tor vom Schweinekoben stand halb offen, doch Arno war bereits dort, reckte kurz den Kopf ins Innere und schob dann den Riegel vor.

Annie drehte sich langsam zum Haus, in Erwartung des Schlimmsten. Doch die alte Magd war nicht mehr zu sehen, genauso wenig wie Sophie und Marie.

„Annie, dein Kopf", sagte Arno. Er war zu ihr herübergeeilt und sah sie mit schreckgeweiteten Augen an.

Erst da bemerkte sie das klebrige, warme Rinnsal, das ihr über die Stirn, den Nasenrücken und hinab zum Kinn rann und in den grauen Schnee tropfte.

„Ich ... ich muss mich gestoßen haben", sagte sie, während sie nach der Wunde tastete. Ihre Finger färbten sich rot. Scharfer Schmerz durchzuckte sie, als sie ihren Schädel berührte.

„Es tut ma leid", flüsterte Arno, bevor er sie griff, auf die Arme hievte und trotz seines Handicaps ins Haus trug.

In der Wohnstube kauerte Erna eingewickelt in mehrere Decken am Kachelofen, die Füße in einen Eimer getaucht. Während Marie heißes Wasser eingoss, rubbelte Sophie der Magd energisch den Rücken und die Arme.

„Schnell, wir brauchen Verband und saub'res Wasser", rief Arno keuchend und setzte Annie in Sophies alten Schaukelstuhl ab.

„Jessas", hauchte Marie und eilte erneut in die Küche.

„Ich werd sie vors Gericht zerren, diese vermaledeiten Hunde!", wetterte Sophie so derb wie selten.

„Was ist mit dir?", fragte Annie und sah Arno prüfend an.

Er grinste schief. „Alles noch dran. Bei mir kann ma kaum noch was kaputt machen. Is ja alles schon hin."

„Dein Kopf ist noch recht heil, wobei ich mir da nicht so sicher bin, nachdem du dich mit dreien gleichzeitig angelegt hast", erwiderte Annie.

Es war falsch, das zu sagen oder zu denken. Aber jetzt, wo sie ihn hatte kämpfen sehen wie einen Wolf, da sah er ganz anders aus für sie. Auf einmal sah sie nicht nur die sanfte, schüchterne Seite. Nicht nur das Hinken und die seltsam eingeknickte Hüfte. Jetzt erst bemerkte sie auch die Glut, die sich in seinem Blick versteckte, das hochgereckte Kinn, wenn er sich einem Gegner stellte, und die unbändige Kraft, die in seinem Körper arbeitete, auch wenn er kein massiger Riese war.

„Deinen werden wir auch wieder hinkrieg'n", antwortete er. Er hob seine Hand und griff vorsichtig nach einer Haarsträhne, um sie beiseitezuschieben. Ganz behutsam legte er die Wunde frei, sodass Marie die Stelle vorsichtig mit einem Tuch säubern konnte.

„Nur ein Kratzer. Nix allzu Tiefes", sagte Arno. „Da wird was von d' Jodtinktur reichen, damit es nicht heiß wird und sich entzündet."

„Ich wusste nicht, dass du neuerdings auch noch Arzt bist", bemerkte Sophie reichlich schnippisch von der anderen Seite.

„Ma' lernt viel im Krieg, wenn's ums Überleben geht."
Er antwortete ganz ruhig, doch Annie sah den Schmerz
in seinen Augen aufblitzen.

„Dank dir schön", sagte sie und legte für einen flüchtigen Moment die Hand an die Wange.

Seine Augen weiteten sich und er ruckte zurück, als
hätte er sich verbrannt. „Ich werd nach'm Schwein
schau'n. Nicht dass es ein Kollaps bekommen hat wegen dem ganzen Tumult."

Und bevor Annie noch etwas sagen konnte, war er
aus dem Zimmer.

Kapitel 7 – Beichttag

Der Rauch verzog sich, doch der Groll blieb. Sophie ließ nach den Gendarmen schicken, um Anzeige zu erstatten. Doch die winkten nur ab. Weil's doch nur ein Spaß gewesen sei und man die Burschen unter den Masken eh nicht ausfindig machen könne.

Annie hatte ihre Schwiegermutter noch nie so aufgewühlt erlebt und nie so fürsorglich, wie sie sich um die alte Erna kümmerte. Es tat gut zu sehen, dass neben all der Härte auch eine weiche Seite in ihr steckte. Aber es versetzte Annie auch einen Stich, dass sie selbst immer nur der eisernen Hausherrin gegenüberstand.

Aber vielleicht war das so, mit Müttern und Schwiegertöchtern. Vielleicht konnte es nur eine Beziehung geben, die aus Kampf bestand, weil die Jüngere gekommen war, um der Älteren den Sohn zu stehlen.

Das Weihnachtsfest begingen sie im Angedenken an die Verstorbenen. Obwohl es noch immer keine Todesnachricht von Ferdinand gab, schwand Annies Hoffnung, ihn noch mal lebend zu sehen. Auch Arno trauerte. Er hatte noch so viel mehr verloren.

Das Gerede der Schusterin ging ihr nicht mehr aus dem Kopf. Dass er vor dem Krieg verlobt gewesen sei. Davon hatte sie nichts gewusst. Aber wie sollte sie Arno darauf ansprechen? Entweder sie würde als ein ebenso scheußliches Klatschweib dastehen oder aber ihn womöglich verletzen, wenn sie damit alte Wunden aufriss.

Also versuchte sie es eines Morgens beim Melken und Füttern auf Umwegen, während sie beide ihrem Tagwerk nachgingen. „Erzähl mir, wie du so warst vorm Krieg. Was du gemacht hast und was du gemocht hast."

„Gearbeitet hab ich. Geschaut, dass mein Pa zufrieden mit mir is, weil ich einmal den Hof übernehmen sollt", sagte Arno lapidar.

„Und das war alles? Bist doch ein fescher Mann, hast dich nie rausgeschlichen, um den Frauen den Kopf zu verdrehen? Warst du nie feiern in der Wirtschaft oder auf der Wiesn in München drin?"

Er zögerte. „Schon", sagte er schließlich. „Aber ich war nie einer, der groß um die Häuser ziehen wollt. Nicht, weil mir's Bier nicht schmeckt. Sonst würd ich sicher nicht an der Brauerei mitarbeiten. Aber mir war die Hinterhersteigerei mit den Dirndln und des ganze Pfauengehabe zu viel. Ich mocht's lieber ruhig. Die Arbeit im Stall hat mir immer Spaß gemacht. Kühe füttern, Pferde striegeln und vor den Wagen spannen."

Annie sah von ihrer Arbeit auf und hinüber zu ihm. Wie er auf die Mistgabel gestützt dastand, den Kühen über die breite Stirn rieb oder zwischen den Ohren kraulte.

„Die Gespanne hab ich gemocht, wenn's so rausgeschmückt auffahren zum Beginn der Wiesn mit dem Festbier. Das wär was, Annie. Dort mit'm Wagen dabei sein mit dem Hopfstädter Bräu. Im eigenen Zelt's Bier an Tausende Leut ausschenken. Mit einer Kapelle und Krügen mit dem eigenen Wappen drauf."

„Und du als Bierkönig oben auf dem Podest!" Annie lachte und Arno lachte mit ihr.

Er war kein Sprücheklopfer und keiner, der in den Vordergrund drängte. Aber er hatte Träume wie sie und ein gutes Herz. Etwas, das Annie mehr und mehr zu schätzen wusste.

Ferdinand dagegen war laut und direkt. Einer, der sich nahm, was er wollte, und bekam, was er wollte. Seine Forschheit hatte sie in den Bann geschlagen, gleich bei der ersten Begegnung. Sie hatte sich das erste Mal im Leben auf diese eine ganz besondere Art begehrt gefühlt, als er ihr den Hof gemacht hatte. Immer gerade drauf zu. Ohne seine Absichten zu verschleiern.

Und so war es auch nach der Heirat gewesen. Sie hatte sich in seinen Wagemut verliebt. In seinen Drang, die Welt zu erobern. Dass es ihm nach der Eroberung schnell langweilig wurde und er sich bald Neuem zuwendete, hatte sie erst später verstanden. Dabei war er ihr treu. Und er war gut zu ihr, wenn sie sich liebten. Doch ihre Liebe geriet im Alltag auf dem Hof bald zu einer Nebensache.

Ihr Ferdinand blieb ein Gipfelstürmer, nur eben nicht mehr bei ihr. Selbst als er einberufen wurde, marschierte er voller Tatendrang vorneweg, um sich im Krieg zu beweisen. Er schrieb ihr Briefe, die wie Abenteuergeschichten klangen. Doch mit jeder Schlacht, in der er kämpfte, wurden es weniger Zeilen.

Annie fragte sich immer öfter, ob es noch etwas anderes gab. Eine andere Liebe, die vielleicht nicht so heiß brannte, aber dafür beständig war. Wenn sie Arno ansah, glaubte sie daran. Und dieser Glaube weckte Gefühle in ihr, die sie mit aller Macht zu unterdrücken suchte. Egal, wie sehr sie nach einer Umarmung hungerte nach all der Zeit allein in einem Bett.

„Warum bist du kein Stadtmädel geblieben? Mit den feinen Herren im Anzug auf Schwabing flanieren mit all den schicken Häusern?", fragte Arno und riss sie damit aus ihren Gedanken.

„Da ging's mir wohl wie dir. Ich stand dabei, an der Seite meines Vaters. Hab viel lernen können, wofür ich ihm dankbar bin. Aber zugehörig gefühlt hab ich mich in den feinen Mittelstandskreisen nie", sagte Annie. Dabei wurde ihr bewusst, dass sie noch niemandem von diesen Gefühlen erzählt hatte. Nicht einmal ihrem Mann.

„Warum?", fragte Arno. Er löste sich von den Kühen und kam langsam auf sie zu, während er hier und da noch ein paar Heureste in die Futterrinne nachschob.

„Das Gehabe der Männer war mir zu aufgesetzt, das Lachen der Frauen zu künstlich. Als würden sie alle nur eine Rolle spielen. Nur dass die Bühne dafür das Leben ist." Annie seufzte und wischte sich mit dem Ärmel über die verschwitzte Stirn, während sie den nächsten Eimer mit Milch füllte.

Als er vor sie trat, grinste sie ihn an. „Aber wahrscheinlich ist das naiv und hochnäsig zu glauben, dass man die einzig andere in einem Schwarm schnatternder Gänse wäre."

„Also bist du eine schnatternde Gans?"

Sie ließ die Zitzen los und wischte sich die Hände an der Schürze ab, während sie ihn weiter anblickte. „Was denkst du?"

Arno wischte sich unbewusst mit der Hand über den Mund, während er zu ihr hinabsah und sein Blick sie abtastete. „Nein, du bist keine Gans. Du bist eine Löwin."

„Warum?", fragte sie und drehte das Spiel um.

„Weil du wie sie deine Kraft schon kennst und der Welt die Zähne zeigst. Aber nur, wenn es notwendig ist. Du musst dich nicht beweisen." Er versuchte, in die Hocke zu gehen, doch das steife Knie ließ es nicht zu. Also hielt er Annie die Hand hin, um sie zu sich hochzuziehen.

„Wenn das doch nur alle anderen auch glauben würden", sagte sie.

Wieder glitt sein Blick über ihr Gesicht. Neugierig. Forschend. Und trotz der Armlänge Abstand fühlte es sich so intim an, dass Annie errötete.

„Wenn ich eine Löwin bin, dann bist du ein Wolf", erwiderte sie und neigte den Kopf.

Seine Brauen wanderten nach oben. „Du hältst mich für 'n Raubtier, das einsam durch den Wald streift, um nach Beute Ausschau zu halten?"

„Ich glaube, du verbirgst dich gut zwischen all den Bäumen, sodass man nur hin und wieder einen flüchtigen Blick auf deine wahre Gestalt erhaschen kann. Ein mutiger Kämpfer, der sein Rudel selbst gegen einen Bären beschützt. Und nachts den Mond anheult, auf der Suche nach ..."

Sie verstummte, als er seine Hand vorstreckte. Seine Finger so nah an ihrem Gesicht, ohne dass seine Finger sie berührten. Dennoch zeichneten seine Kuppen eine prickelnde Linie die Wange hinab und entlang ihres Kiefers.

„Du solltest dich besser vorm Wolf fürchten. Vielleicht beißt er zu, wenn du ihm zu nah kommst und er hungrig ist."

Ein Schauer durchlief ihren Körper bis ganz tief hinab. Sie wollte mehr davon. Doch das durfte nicht sein. Nicht solange Ferdinand als verschollen galt. Und ganz gewiss nicht mit seinem Cousin. Egal, wie sehr ihr bei seinen Worten das Herz in der Brust schlug. Oder wie sehr sie sich danach sehnte, sich in seine Hand zu schmiegen.

„Ist Zeit fürs Frühstück", sagte sie stockend. Und doch blieb sie stehen. Von seinem Blick gebannt. Diesen stechenden Augen, die ihr auf einmal so unendlich schienen wie der Nachthimmel.

„Hast recht, die Sophie wartet sicher schon mit 'nem Haufen Arbeit. Wir müssen schau'n, dass wir die Winterkartoffeln aufm Sonntagsmarkt verkaufen, wenn die Leut für 'n Jahreswechsel einkaufen."

Mit diesen Worten zog er die Hand zurück und trat beiseite, um ihr den Vortritt zu lassen. Doch auf dem Weg hinüber zum Haus glaubte sie, seinen Blick in ihrem Rücken zu spüren.

Am letzten Tag des Jahres besuchten sie gewaschen, herausgeputzt und gestriegelt den Silvestergottesdienst, um den Pfarrer über die Vergänglichkeit, den Neuanfang und die Dankbarkeit sprechen zu hören. Drei Themen, die Annie selbst sehr beschäftigten.

Das vergangene Jahr hatte so vieles verändert. Und das nicht nur, weil der Krieg endlich hinter ihnen lag und sich die Welt wieder an den Aufbau von dem machte, was zerstört worden war. Annie war dankbar für das Dach über dem Kopf. Dafür, dass ihr Vater noch lebte und ihre Schwester in München wohlauf war. Sie war dankbar, dass Gott Arno zu ihnen geführt hatte. Und gleichzeitig verstand sie ihn nicht. Warum führte er sie in Versuchung? Oder war sie es selbst?

In den Nächten in ihrem Ehebett schlich sich immer öfter Arno statt Ferdinand in ihre Träume. Sie versuchte es zu verhindern. Betete dafür, dass der Allmächtige ihr die Kraft geben würde zu widerstehen. Denn warum von etwas träumen, das man sowieso nie haben kann?

Pfarrer Josef sprach von Vergebung für sich selbst und andere. Doch wie sollte das gehen, wenn man in Gedanken weiterhin sündigte. Das Prinzip von Schuld und Sühne hatte sie noch nie verstanden. In München waren sie zwar in die Kirche gegangen, aber gebeichtet hatte Annie nur einmal mit neun Jahren zu ihrer Erstkommunion. Und niemanden hatte es gestört. Stattdessen hatte sie in ihren Gebeten von ihren Sünden erzählt, um es sich von der Seele zu reden.

Hier auf dem Land ging das nicht, ohne aufzufallen. Also war Annie seit der Hochzeit regelmäßig zur Beichte gegangen. Doch nie hatte sie mehr als ein paar kleine Alltagssünden zu erzählen gehabt. Sie war treu gewesen, auch im Geiste, trotz der fehlenden Aufmerksamkeit. Bis jetzt.

Arno hatte sich in ihre Gedanken geschlichen und wenn sie ehrlich war, wollte sie es nicht mehr anders. Doch es war eine Sache, sich selbst für die Hölle zu entscheiden. Eine andere, jemanden mit hinabzuziehen.

Deshalb musste das, was Annie so deutlich zwischen sich und Arno spürte, ein Traum bleiben. Für die Wirklichkeit war ihre Freundschaft wichtiger. Aus so vielen

Gründen. Um den Hof zu bewirtschaften, um die Brauerei zu eröffnen und um am Ende nicht auch ihn zu verlieren.

Kapitel 8 – Start in ein neues Jahr

Punkt Mitternacht erleuchtete Feuerwerk den Nachthimmel. Dutzende Raketen, die man vom Hof aus in der Ferne sehen konnte, wie sie bunte Bilder in das samtene Schwarz über der Stadt malten.

Annie, Arno, Sophie und die alte Erna standen beisammen, um das neue Jahr zu begrüßen. Marie half wie so oft im Wirtshaus aus.

Veränderung lag in der Luft, ganz so wie der Pfarrer gesagt hatte. Das konnte Annie spüren. Nicht nur auf dem Hof. Auch in ihr drin. Das ewige Hoffen auf Ferdinands Rückkehr lähmte sie. Gleichzeitig hatte der Abstand zu ihm ihre Sicht auf einige Dinge verändert. Sie wusste jetzt viel besser zu sagen, was sie wollte und was sie nicht mehr wollte. Und das betraf auch ihre Ehe.

Sie hatte in den letzten fünf Jahren erst lernen müssen, zu wie viel sie selbst imstande war. Ein reiner Frauenhaushalt funktionierte anders, egal wie sehr Sophie ihren Heinrich zu imitieren versuchte. Statt auf Befehle zu warten, hatte jede ihren eigenen Bereich, in dem sie herrschte. Natürlich gab es dennoch Reibereien, aber Annie fühlte sich dabei ermächtigt, etwas zu tun und zu entscheiden. Dieses Gefühl war schleichend gewachsen und hatte sie ermutigt, eigene Ideen zu entwickeln. Wie die mit der Brauerei.

Natürlich hatte auch Arno einen Anteil daran. Aber er schob sich nicht in den Vordergrund, um die Zügel an sich zu reißen. Er suchte die Gemeinschaft, genau wie die Frauen im Haus.

Vielleicht war es Zeit, weiterzugehen, Ferdinand in Frieden ruhen zu lassen und nach vorne zu sehen. Denn noch stand Sophies Ultimatum im Raum und damit das Brauerei-Projekt auf der Kippe. Sie hatten immer noch einen Haufen Winterkartoffeln im Keller lagern. Brachliegendes Geld, das sie für Saatgut und weitere Anschaffungen brauchten.

Bis auf ein paar kurze Eisstürme hatte sich das Wetter bisher erfreulicherweise stabil gezeigt. Durch das Feuer in den Raunächten war zwar Brennholz verloren gegangen und ein Teil nass geworden, aber das ließ sich verschmerzen.

Morgen würden sie auf den großen Neujahrsmarkt nach München fahren und jede Stiege Kartoffeln mitnehmen, die sie entbehren konnten, um sie dort meistbietend an einen Händler zu verkaufen. Wenn sich denn jemand für ihre Kartoffeln interessieren würde.

Voller Vorfreude schlüpfte Annie wenig später unter die Bettdecke und träumte von ihrer alten Heimat, von einem Wiedersehen mit ihrer Schwester, einem Besuch bei ihrem Vater und der langen Fahrt an Arnos Seite.

Der Tag begann neblig trüb, aber relativ warm für einen Januarmorgen. Annie erledigte ihr Tagwerk, während Arno bereits den Fuhrwagen fertig machte. Für den weiten Weg hatten sie sich zwei Pferde vom Nachbarn geliehen. Kräftige Kaltblüter, mit tellergroßen Hufen und straffen Muskeln.

Sie waren so groß, dass Annie sich auf die Zehenspitzen stellen musste, um ihnen den Stirnriemen zurechtzurücken und sie an den Ohren zu kraulen. Sie waren kastanienbraun mit cremefarbener Mähne. Es würde vier Hände benötigen, um ihre großen warmen Schnauzen zu umfassen. Auch sie gehörten zum großen Plan. Denn beeindruckende Rösser ließen auf beeindruckende Ware schließen, so hoffte Annie.

„Kommt ja nicht auf die Idee, das Geld gleich wieder auszugeben, nur weil die Marktschreier dort am lautesten brüllen", sagte Sophie mit mahnendem Blick am Frühstückstisch. „Marie hat euch eine Brotzeit eingepackt. Ihr braucht also in kein Wirtshaus oder sonst was gehen."

„Und die Pferde müssen am Abend zurück im Stall stehen. Abgeduscht und trocken gerieben", ergänzte Annie die Litanei der Schwiegermutter.

„Besser ist das", sagte Sophie, und ihrer Miene war anzusehen, wie angespannt sie war.

„Du vergisst, dass ich kein Naivchen bin, das zum ersten Mal in die große Stadt fährt. Ich bin dort aufgewachsen", entgegnete Annie.

„Es ist etwas anderes, im Sonntagsanzug über den Marktplatz zu schlendern oder dort Ware zu verkaufen. Wirst schon sehen. Sich zwischen den Gockerln zu behaupten, braucht Mumm und ein Mundwerk, das verkaufen kann."

„Wirst sehen, wie ich das kann", erwiderte Annie mit wachsendem Trotz. „Ich leg dir so viel Geld für die Kartoffelfuhre auf den Tisch, dass du es nicht fassen wirst."

„Wer's glaubt, wird selig", sagte Marie im Nuschelton, während sie den Reiseproviant in ein Tuch einschlug und es zuknotete.

Als Annie und Sophie die Magd daraufhin mit zu Schlitzen verengten Augen ansahen, zuckte diese nur mit den Schultern.

In dem Moment tauchte Arno in der Tür auf. „Ist alles fertig für die Abfahrt." Er hatte sich für seine Verhältnisse schick gemacht. Er trug einen wollenen braunen Anzug, den er in der hiesigen Schneiderei für ein paar Mark hatte umändern lassen. Seine Regimentsstiefel hatte er mit ein paar robusten Arbeitsschuhen getauscht, die Sophie ihm aus Heinrichs Garderobe überlassen hatte. Sein Haar war ordentlich zur Seite gekämmt und der Bart ordentlich gestutzt.

„Siehst aus, als würdest du auf Brautschau fahren", rief Marie und beschenkte ihn mit einem koketten Augenaufschlag.

Sophie schnaubte. „So weit kommt's noch, dass der eine anschleppt. Schaut lieber, dass ihr nicht übers Ohr gehauen werdet. Und lasst euch in Goldmark bezahlen, wenn's möglich ist. Die papierenen verlieren schrecklich schnell an Wert."

Mit diesen guten Ratschlägen, dem Proviant und Dutzenden Stiegen Kartoffeln machten sich Annie und Arno wenig später auf den Weg nach München.

Es war das erste Mal, dass sie für so lange Zeit beieinandersaßen, ohne dass jemand anderes dabei war. Eigentlich hatte Annie sich darauf gefreut. Doch jetzt war ihr geradezu schlecht vor Aufregung.

Was sollte sie sagen?

Sollte sie überhaupt etwas sagen?

Warum sagte er nichts?

Die Gedanken rotierten in ihrem Kopf, während sie verlegen mit den Kordeln ihrer Strickjacke spielte.

„Is' kalt, oder?", fragte Arno unvermittelt, als sie zwischen schneebedeckten Feldern die Straße entlangfuhren.

„Nicht so schlimm", sagte Annie.

Trotzdem zog er eine Decke unter dem Kutschbock hervor und legte sie ihr um die Schultern. Und eine zweite breitete er über ihre und seine Oberschenkel. „Kälte ist 'n tückischer Feind. Der lullt einen ein, sodass man gar nicht merkt, wie er einem tief in die Glieder fährt und dir die Lebenskraft stiehlt."

„Danke." Annie lächelte und sah zu ihm auf. Selbst im Sitzen überragte er sie. Doch sein Blick war über die Pferde hinweg in die Ferne gerichtet. Es war schwer, nicht zu fragen, wenn er immer wieder solche düsteren Andeutungen machte. Und meistens beließ sie es dabei. Aber die Fahrt würde lang werden. Vielleicht wollte er sich etwas von der Seele reden, um es fortan nicht mehr alleine tragen zu müssen.

„Hast du das im Krieg erlebt? Eisige Kälte?", fragte sie.

Annie beobachtete seine Mimik, sah das Blinzeln, das Zucken in den Wangen, die Lippen, die er für einen Moment zusammenpresste.

„Du musst nicht darüber reden. Ich dachte nur ..." Sie stockte. „Ich meine ... Ich wollte nur sagen, dass ich zuhören kann."

„So gut wie die Küh, meinst du?", fragte er mit einem raschen Seitenblick zu ihr.

Annie grinste. „Deshalb treibst du dich dort immer herum? Und ich dachte, du schaufelst so gerne Mist und suchst dir neue Strohhalme, um darauf rumzukauen."

„Ich gebe es zu, die Küh verstehen mich am besten. Nichts gegen die Hühner, aber sie machen's mir schwer, zu Wort zu kommen."

„Und unser prächtiges Schwein? Warum zeigst du ihm die kalte Schulter?"

„Es ist zu schlau. Und ich würd's nur langweilen mit meinen Lebensgeschichten." Arnos Lächeln verrutschte zu einer Grimasse. „So, wie du auch viel zu schlau für einen wie mich bist, Annie."

Sie sog hörbar die Luft ein, blickte zur Seite, suchte nach Worten und fand keine. Er hatte sie überrascht. Oder verstand Annie ihn falsch? Interpretierte sie zu viel hinein? Wieso dachte sie das, wo er ihr doch nur ein kleines nettes Kompliment gemacht hatte.

„Du bist mindestens so schlau. Denn du hast überlebt. Hast es zurückgeschafft aus einem Krieg", antwortete sie nach zwei zittrigen Atemzügen.

„Ich hab nur Befehle befolgt. Meinen Dienst getan. War 'n braver Soldat. Hab in Stiefeln geschlafen und bin durch 'n Matsch gekrochen. Im Regen und Schnee. In der Hitze und der Kälte. Wär ich schlau gewes'n, wär ich aufgestanden und gegangen."

„O nein, weglaufen ist ganz sicher keine Lösung, wenn die andere Seite Blut sehen will. Dann verschleppt man es nur, zieht andere mit hinein."

„Einfach nur 'n Kopf für andere hinzuhalten, ist nicht schlauer", widersprach Arno. „Is nicht mein Krieg gewesen. Und nicht deiner. Wir waren nur die Waffen, die Munition und's Kanonenfutter für die große Obrigkeit. Weil sie's Schachspiel nicht mehr nur auf dem

Brett spielen wollten, sondern auf der echten Land-
karte. Ich versteh vielleicht nicht viel, aber dass ich eins
der Bauernopfer werden sollt, das schon."

Annie schwieg. Ihr Blick wanderte an Arno vorbei zu
den weiß glitzernden Feldern und Wiesen, an denen sie
vorbeibrausten. Die Pferde trabten kraftvoll dahin. Das
regelmäßige Hufgeklapper wirkte beruhigend auf sie.
Wie ein Taktgeber für ihre Seele, um die Orientierung
nicht zu verlieren.

„Ich kenn mich nicht aus mit der Politik", sagte sie
schließlich. „Du bist genauso viel wert wie jeder andere.
Wie Ferdinand und sein Vater. Und wie mein Vater.
Egal, woher man stammt. Wo man aufgewachsen ist
oder lebt. Wenn's nicht so ist, dann läuft etwas schief."

„Klar läuft was schief. Gewaltig sogar, wenn de mich
fragst. Und ob's eine Republik besser macht, wird sich
erst noch zeigen müssen."

„Dann glaubst du nicht dran? Dass es besser wird?"
Annie sah einen Bussard in eines der Felder hinabstür-
zen und einen Augenblick später samt seiner Beute
wieder hoch in die Lüfte steigen.

Arno schnalzte mit der Zunge und trieb die Pferde an.
Annie meinte schon, er würde gar nicht mehr antworten, als er kopfschüttelnd seufzte. „Sind doch nur wieder die gleichen Köpf', die auch vorher schon mitge-
mischt haben. Ob sie's nur im Geheimen bestimmt haben oder jetzt mit'm Segen des Volkes, das Ergebnis
bleibt eh dasselbe. Die Großen bestimmen und die Kleinen bluten dafür."

„Aber genau dafür sollen es doch Volksvertreter geben. Damit wir auch eine Stimme erhalten, die was
zählt", widersprach Annie.

„Mag eine schöne Idee sein. Und ich würd's gutheißen, wenn im Rat ein Bauer sitzt, ein Schuster und ein Knecht. Aber am Ende werden es die Bürgermeister sein, die Adeligen und Reichen. Weil sie sich's leisten können neben ihrer sonstigen Arbeit."

Annie zog die Decke über ihren Schultern zurecht. Der Wind wurde schneidender und der Himmel dunkler. „Was dann? Wie würd's besser werden?"

Wieder blickte Arno zu ihr. „Vielleicht bräucht's mehr Frauen da oben. Ihr wisst's, wie man einen Haushalt führt und den Hof am Laufen haltet. Bei euch geht's nicht darum, euch zu brüsten und zu prahlen. Ihr seid's keine Hähne."

Annie lachte auf. „Du meinst, wir Hühner krakeelen weniger und scharren mehr. Zusammen statt allein? Ich bin nicht sicher, ob das ein Kompliment ist."

„Wohl! Ihr habt's ohne Männer hinbekommen, während die sich die Köpfe eingeschlagen haben. Is nur gut, dass ihr jetzt auch wählen dürft. Da müsst ihr jetzt nur noch den Rat übernehmen."

„Und am Ende die ganze Welt!", rief Annie so laut, dass die Pferde einen Satz machten.

Arno grinste schelmisch. „Wär sicher nicht von Nachteil."

Als sich ihre Blicke trafen, hielt Annie es nur einen Atemzug lang aus, bevor ihr Herz viel zu schnell und viel zu laut in ihrer Brust hämmerte und sie rasch die Augen niederschlug. „Bevor wir das tun, verkaufen wir erst mal Kartoffeln und bauen uns eine eigene Brauerei auf."

Der Weg hinein nach München war beschwerlich. Es waren so viele Leute auf den Straßen unterwegs, dass sie immer wieder ausweichen oder warten mussten. Doch irgendwann hatten sie es geschafft. Sie bekamen einen Standplatz auf dem Markt zugewiesen und während Arno die Pferde ausspannte und versorgte, kümmerte sich Annie darum, ihre Ware möglichst gut zu präsentieren.

Die Stiegen mit den größten Kartoffeln stellte sie obenauf und rieb jede einzelne davon mit einem Tuch ab, um sie von Erde und losen Schalenfetzen zu befreien. Zum Schluss schnitt sie zwei davon sauber auf, damit man die kräftig goldgelbe Farbe und die feste Struktur prüfen konnte. Doch sie waren bei Weitem nicht die Einzigen mit Erdäpfeln im Angebot.

Immer wieder kamen Händler vorbei, betrachteten sich die Ware, nickten Annie freundlich zu und gingen wieder.

„Was passt ihnen nicht? Warum gehen alle weiter, ohne ein Angebot zu machen?", fragte sie, als Arno zu ihr trat.

„Gibt hier sicher viele Stammplätze und geschäftliche Verbandelungen. Da ist's schwer, von außen einen Stich zu machen."

„Aber unsere Ware ist gut. Wir haben sie so sorgsam gepflegt, dass die Kartoffeln aussehen, als hätten wir sie gerade vom Acker geklaubt", sagte sie voller Kampfgeist.

Als der Vormittag verstrich und immer noch niemand ein ernsthaftes Gebot abgegeben hatte, beschloss Annie, sich an den Rat ihrer Schwiegermutter zu halten. Sie musste laut sein, um Erfolg zu haben? Bitte schön, das konnte sie. Denn es stand viel auf dem Spiel.

Also stieg sie auf den Wagen, zog trotz der kühlen Temperaturen ihre Strickjacke aus, rückte ihr Mieder zurecht und breitete einladend die Arme aus. „Werte Herren, werte Damen, hier gibt's mehr als nur Kartoffeln im Angebot. Wer Hopfstädter Erdäpfel kauft, der bekommt goldenes Mana aus der Erde! Himmlische Knollen, die nicht nur eure Bäuche füllen, sondern euer Herz höherschlagen lassen!"

Sie pries ihre Ware auf jede erdenkliche Art an, und als die Leute die Köpfe hoben und sich zu ihr umdrehten, da winkte Arno sie heran. „Kommt's näher. Kommt, bevor sie euch ein anderer wegschnappt."

Damit hatten sie ihre Aufmerksamkeit, und als die Leute am Ende sogar Beifall klatschten, war es gewiss, dass sie die ganze Fuhre zu einem guten Preis verkaufen würden.

„Wir haben es geschafft!", rief Annie begeistert, als auch die letzte Stiege abgeholt und ihr Geldbeutel prall gefüllt war.

„*Du* hast's geschafft", sagte Arno und verbeugte sich gespielt. „Die haben sich am Ende die Finger nach unser'n Knollen geleckt, nicht weil sie so viel besser war'n, sondern weil sie's Herzensgefühl von dir mit eingepackt bekommen haben."

Annie hob die Brauen. Da war sie wieder, diese poetische Seite an ihm. Einfach so. Ohne schwulstiges Getue oder auswendig gelernte Gedichte von anderen. Seine Poesie war ganz rein und ohne viel Schnörkel. Nicht erdacht, sondern gefühlt und ausgesprochen.

„Annie!", erklang da eine Stimme, und als sie sich suchend umsah, entdeckte sie eine groß gewachsene Frau in elegantem Mantel und extravagantem Hut, die auf sie zulief.

Kapitel 9 –
Familientreffen

„Elise!" Annie konnte es kaum glauben. „Ich wollte euch später im Geschäft überraschen."

„Und so haben wir nun dich überrascht", sagte ihre Schwester und hakte sich bei ihrem ebenso elegant gekleideten Ehemann unter.

„Du hast dich zu einer stattlichen Frau gemausert, Annie." Sein Blick glitt unangenehm an ihr hinab und wieder hinauf, während er sich über den Schnurrbart strich.

Annie kannte den Geschäftsmann und Freund ihres Vaters aus Kindertagen. Es war immer noch seltsam, ihre Schwester an seiner Seite zu sehen. Sie hatte sich Sorgen darum gemacht, ob sie glücklich werden würde. Oder ob es eine reine Vernunftehe war, um das Tabakgeschäft abzusichern. Doch Elise wirkte fröhlich. Ihr Gesicht war runder, wie auch ihre Statur. Und ihre Kleidung schien von den besten Schneidern zu stammen.

„Das ist Arno, Ferdinands Cousin." Annie deutete zur Untermalung auf ihren Begleiter. „Er ist eine große Hilfe auf dem Hof."

„Dann gibt es noch immer keine Nachricht?", fragte ihre Schwester. Sie musste nicht aussprechen, dass sie Ferdinand meinte.

Annie schüttelte den Kopf.

„Kommt, lasst euch auf Bier und Braten einladen", sagte Elise. „Es gibt viel zu erzählen."

„Aber die Pferde", sagte Annie, denn plötzlich war ihr nicht mehr so wohl zumute. Sie wollte nicht über das Vergangene reden. Sich nicht erklären und dafür rechtfertigen müssen, dass es ihr trotz Ferdinands Abwesenheit gut ging. Statt inniger Verbundenheit zu ihrer Schwester fühlte Annie sich viel eher von ihr vorgeführt. Annie, die kleine Bäuerin, die von der höfischen Dame mit einer warmen Speise beschenkt wurde.

„Geh nur, ich hab die Brotzeit da und pass so lang auf den Karren auf", erwiderte Arno, während er den Wassertrog wie einen Schutzwall vor sich hielt. Auch er spürte offenbar die Kluft, die sich zwischen ihnen auftat.

Etwas, das Annie früher nicht gekannt hatte. Als Tochter eines Tabakhändlers war sie zwar nie auf die prunkvollen Feste des Adels geladen worden, aber im gehobenen Mittelstand hatten sie Umgang mit einigen bedeutenden Industriellen gepflegt, Speisen von Silbertabletts gegessen und mit Sekt angestoßen. Jetzt war sie eine einfache Bäuerin. Und das erste Mal seit ihrer Heirat fühlte sie sich neben ihrer Schwester schmutzig und schäbig deswegen, als sie an sich hinabsah.

„Ich kann nicht. Wir sind spät dran und die Schwiegermutter wartet schon auf uns", sagte Annie und spürte, wie ihr die Lüge heiß in die Wangen schoss.

„Aber wir haben uns doch so lange nicht gesehen." Ihrer Schwester war die Enttäuschung anzusehen.

Eine Pause entstand, die sich unangenehm dehnte, bis Elise die Fassung zurückgewann, nickte und sich wieder bei ihrem Mann unterhakte. „Natürlich. Ihr habt viel zu tun. Das verstehe ich. Es war ja auch nur ein spontaner Gedanke. Beim nächsten Mal vielleicht."

„Ja, beim nächsten Mal", antwortete Annie. Doch im Herzen wusste sie, dass sie mit München abgeschlossen hatte.

Sie tauschten noch ein bisschen höfliches Geplänkel aus, dann verabschiedete sie sich.

„Ist alles gut?", fragte Arno dicht hinter ihr.

„Nein. Aber das wird schon wieder", sagte Annie und lehnte sich mit dem Rücken gegen seine Schulter. Eine instinktive Geste, um Halt zu finden. Und gleichzeitig eine, die ihr Herz unverhofft pochen ließ.

Näher als so waren sie sich nie gekommen. Immer hatten sie Abstand gehalten. Nie waren sie diesen letzten Zentimeter gegangen. Auch wenn sie seine Finger schon gespürt hatte, wie sie dicht vor ihr verharrt hatten.

Arno stand nur da, den Kopf zu ihr geneigt. Bis auch sie den Kopf ein Stück weit zur Seite neigte und sie seine Stirn berührte. Sie konnte spüren, wie seine Brust sich bei jedem Atemzug hob und senkte. Hören, wie er dicht an ihrer Halsbeuge atmete.

Er roch nach Erde und Schweiß, aber auch nach reifen Weizenfeldern und dunklem Brot. So wie das Land, auf dem sie lebten. Einfach, aber gut. So voller Stärke und Gewissheit wie die Natur selbst.

Langsam, sehr langsam, legte Arno von hinten seine Hand an ihre Hüfte und drückte sich näher an sie heran. Und ebenso langsam legte sie ihre Hand auf seine. Hielt sie an Ort und Stelle und presste sie fester an sich.

„Annie", flüsterte er in ihr Haar.

Da schloss sie die Augen, vergaß die Zeit und alles um sie herum. Gefangen in diesem einen Augenblick der Nähe, der so intim war wie sonst noch nie etwas.

Erst als die Pferde mit den Hufen scharrten und ein anderer Karren dicht an ihrem vorbeifuhr, löste sie sich von Arno und begann eilig, die Pferde einzuspannen.

Doch die Schmetterlinge im Bauch blieben, selbst dann noch, als sie sich auf den Rückweg machten. Sie wollte mit ihm reden, sich in eine Decke gehüllt an ihn schmiegen, aber das war unmöglich. Sie war eine verheiratete Frau und er der Cousin ihres Mannes.

Arno schienen ähnliche Gedanken zu plagen, denn er sagte nichts. Selbst ihre Brotzeit aßen sie in stummer Eintracht. Denn selbst schweigend fühlte sich Annie bei ihm wohl.

Sie hatten es geschafft. Die Winterkartoffeln waren verkauft und sie hatten einen guten Schnitt gemacht. Wenn Sophie ihr Wort hielt, konnten sie nächsten Monat schon Saatgut kaufen und alles für den Transport der Kessel vorbereiten. Sobald der Schnee geschmolzen und der Boden wieder fest war, würde es losgehen. Ihr Traum war dabei, Wirklichkeit zu werden. Und genau das machte Annie Angst.

Auf dem Hof der Hopfstädters angekommen, kamen die Frauen in der Küche zusammen, um von Annie alles über ihren erfolgreichen Handel zu erfahren. Arno hingegen entschuldigte sich damit, die Pferde zu waschen, trocken zu reiben und nach dem Füttern zurück zum Nachbarn zu bringen.

Es war bereits dunkel, als er zurückkam und einmal mehr Zuflucht bei den Kühen suchte. Dort, wo Annie bereits auf ihn wartete.

Er bemerkte sie erst, als er das Tor zugeschoben und die Öllampe entzündet hatte. Die flackernde Flamme warf tanzende Schatten an die Wände. Genau wie Arno trug sie immer noch ihre Sachen vom Tag, zusammen mit den Spuren ihrer Arbeit.

„Annie, was machst denn hier?", fragte er und blieb an der Tür stehen.

„Hab auf dich gewartet", antwortete sie.

Seine Augen weiteten sich und er ruckte mit dem Kopf hoch wie bei einem Tier, das Gefahr wittert. Doch auch als sie auf ihn zuging, blieb er stehen und starrte ihr entgegen.

Annie trat heran. Diesmal wollte sie es sein, die sich näherte. Bewusst und ohne Scheu. Auch wenn sie wusste, dass es zu nichts führen konnte, wollte sie für einen kleinen unwirklichen Moment frei sein. Für ihn.

Behutsam hob sie die Hand und legte sie auf seine Wange und streichelte sie, während er sich schwer dagegen lehnte. Sein Atem verriet ihr seine Anspannung. Aber auch sein Verlangen.

Sie legte ihre andere Hand auf seine Brust, griff in sein Gewand und zog ihn dieses kleine Stück zu sich herab, das ihr an Größe fehlte, um seinen Mund zu erreichen. Ihren so dicht vor seinem, dass sie dieselbe Luft atmeten.

Ihre Nasenspitze an seiner rückte sie dichter, verkrallte ihre Hand fester in den Stoff seines Hemds. Für ihn eine letzte Chance, sich zu wehren, sich zu entwinden und sie von sich zu stoßen. Dann küsste sie ihn.

Ihre Lippen suchten einander, liebkosten sich, drängten aneinander und forderten mehr. Immer noch mehr, bis sie schnaufend und ineinander verschlungen dastanden und Annie abermals Zeit und Raum vergaß. Versunken in diesen einen unendlichen Kuss, nach dem sie sich heimlich schon so lange gesehnt hatte.

Arno stöhnte unter dem Beben ihres Körpers, er packte sie, drängte sie an die nächste Wand und rang um Atem. Nur, um im nächsten Moment ihren Hals mit Küssen zu bedecken.

Sie war so berauscht, dass ihr Tränen in die Augen schossen. Die Hände in sein Haar verkrallt hielt sie ihn auf, als er tiefer hinab in ihr Dekolleté sinken wollte. Stattdessen drückte nun sie ihn an die Wand, drängte ihren Leib an ihn und setzte ihrerseits Küsse auf seinen Hals, hinauf zum Ohr und dann tiefer bis hinab zum Schlüsselbein.

Er keuchte auf, während Schauer durch seinen Körper liefen und ihn zum Erbeben brachten. Wie elektrisiert züngelten unsichtbare Funken zwischen ihren Körpern.

Noch nie hatte Annie so eine Leidenschaft gespürt. Noch nie war ihre Gier so groß gewesen, sich neben einen Mann zu legen, um mit ihm ganz und gar zu verschmelzen. Sie wollte nicht, dass es endete, wollte ihn nie wieder loslassen und sich von ihm trennen. Sie küssten sich, bis ihre Lippen wund waren, ihre Haut glühte, und ihre Kleidung schweißgetränkt am Körper klebte.

Da endlich lösten sie sich voneinander. So widerwillig, dass es schier Stunden dauerte. Er strich ihr durch das zerwühlte Haar, den Blick ganz und gar auf ihr Gesicht konzentriert. Als wollte er nicht die kleinste Regung verpassen.

Bleib, schienen seine Lippen zu formen.

Doch sie schüttelte den Kopf. „Irgendjemand wird sich fragen, wo ich bin. Also lass uns nicht zusammen ins Haus gehen."

Sein Mund öffnete sich, als wollte er etwas erwidern, doch dann nickte er nur. Lächelte sie an. So trunken und entflammt, dass sie ihm noch einen letzten Kuss auf die Lippen drückte, noch ein letztes Mal seinen Duft einsog und dann hinauslief. Zurück zum Haus und in ihr Zimmer.

Kapitel 10 – Saat und Gut

Am nächsten Tag, als das Geld ausgezählt und die Kassenbücher geprüft waren, versammelten sich Annie, Arno und Sophie im umgebauten Stall, um das Urteil der Schwiegermutter zu hören.

„Ihr habt gut gearbeitet, das muss ich durchaus anerkennen. Und wenn es gelingt, ein Bier zu brauen, das in diesen Zeiten genug Alkohol enthält und dazu noch schmeckt, dann wäre es in der Tat die Rettung für den Hof. Oder aber der Untergang. Denn es ist ein viel zu großes Risiko, so etwas ohne große Vorkenntnisse zu wagen."

Annie sank das Herz in die Knie. „Es ist ein genauso großes Risiko, einfach weiterzumachen!", rief sie.

Doch Sophie schnitt ihr mit einer herrischen Handbewegung das Wort ab. „Ich bin noch nicht fertig. Also hör zu!"

Als Annie abermals aufbegehren wollte, trat Arno einen Schritt vor und ergriff ihre Hand.

„Wir haben nur diesen einen Versuch, denn wenn wir zwei Drittel der Anbaufläche mit Braugerste und Hopfen bepflanzen und am Ende nur ungenießbare Plörre im Fass ist, dann bleibt uns mit den paar Kartoffeln nicht genug, um Vorräte für den Winter zu kaufen. Dann sind wir am Ende."

Sophie machte eine Pause und schien mit sich zu ringen. Doch diesmal blieb Annie still. Denn plötzlich verstand sie ihre Schwiegermutter. Sie wollte es, aber sie hatte die Last des Erbes zu tragen. Sie war verantwortlich für den Hof und genauso auch dafür, wenn er unterging. Wenn sie versagten, würde nicht nur das Bier im Abguss landen, sondern auch der Name Hopfstädter.

„Eine Brauerei muss Fässer ausliefern können", sagte Sophie. „Dafür braucht es einen Pferdewagen und kein Rinderfuhrwerk. Deshalb hab ich in den letzten Tagen einen Tauschhandel vereinbart. Die Hafners überlassen uns die zwei Kaltblüter und bekommen dafür drei unserer besten Milchkühe."

Arnos Griff um Annies Finger wurde fester. Ihre Schwiegermutter hatte bereits weit vorausgedacht und selbst Pläne geschmiedet. Das hieß, sie war einverstanden!

„Und bevor ihr jetzt einen Tanz aufführt", sagte Sophie in mahnendem Tonfall, als Annies Gesicht erstrahlte. „Wir stehen gerade erst am Anfang. Und wenn wir nicht zusammenstehen und unseren Schweiß und unser Blut für den Aufbau geben, dann wird die Brauerei uns alle mit hinab in die Gosse ziehen. Denn die Plünderer stehen schon dabei und warten nur darauf, dass wir Schwäche zeigen."

Sophie atmete tief durch, straffte sich. Und als sie zur Tür hin nickte, lief Marie mit einem Tablett herein, auf dem drei volle Schnapsgläser standen.

Annie nahm ihres mit zittriger Hand und auch Arno schien Schwierigkeiten zu haben, sich seine gleichmütige Miene zu bewahren.

„Wir bitten den lieben Herrgott um seinen Segen für das Haus und seine Bewohner und für die Gründung der Brauerei Hopfstädter. Mögen die Feldfrüchte wachsen und reichlich Ertrag bringen, die Gerste malzig sein und der Hopfen schäumen. Auf dass wir ein Bier brauen, das die Welt noch nicht geschmeckt hat!" Mit diesen Worten erhob Sophie ihr Glas, trank es in einem Rutsch aus und schleuderte es anschließend zu Boden, dass es in Dutzende Stücke zerschellte.

„Auf die Brauerei Hopfstädter!", riefen Annie und Arno im Chor und taten es ihr gleich.

Damit war die Gründung der Brauerei besiegelt. Jetzt ging es daran, die ehrgeizigen Pläne in die Tat umzusetzen.

Das hieß, sie mussten neben den Kesseln auch das nötige Werkzeug besorgen. Rührpfannen und Schöpfkellen, eine Zapfvorrichtung und die nötige Kühlvorrichtung, damit sie das Bier nicht nur im Winter, sondern das ganze Jahr über brauen und lagern konnten. Und sie brauchten noch etwas. Jene Zutat, die nicht im Reinheitsgebot stand: Hefe.

Was früher ohne großes Zutun seinen Weg ins Bier gefunden hatte, weil Bier als tägliches Nahrungsmittel von den Frauen in der Küche gebraut wurde, wo sie nebenbei Brot gebacken und ihre Speisen zubereitet hatten, musste in einer Brauerei absichtlich zugegeben werden.

Die Brauhefe sorgte für die nötige Gärung im Gemisch aus Gerste, Hopfen und Wasser. Sie verwandelte das Malz der Gerste in Alkohol und Kohlenstoff. Damit wurde das Bier erst süffig und erhielt seinen sprudelnden Charakter.

Die Hefe war das eigentliche Herz einer Biersorte. Keine einfache Zutat, sondern ein lebender Organismus, der sich unter den richtigen Bedingungen vermehrte und wie ein Schatz von den Braufamilien gehütet wurde.

Bald würden auch sie einen solchen Schatz besitzen.

Anfang Februar machte Neuschnee und Graupelwetter eine Fahrt auf die große Bierbrauermesse nach Nürnberg und Fürth zunichte. Erst zwei Wochen später kam die Sonne endlich wieder hinter den Wolken hervor und erwärmte mit ihrer zurückgewonnenen Kraft die Welt. Schneeglöckchen sprossen, an den Bäumen und Büschen zeigten sich erste Knospen und die Natur erwachte langsam wieder zum Leben. Damit wurde es höchste Zeit, die nötige Saat einzukaufen, bevor sie die Äcker dafür bestellen würden.

Arno hatte sich schnell damit abgefunden, neben den Kühen auch noch Pferde zu versorgen. Für Annie hieß das weniger Arbeit beim Melken, aber damit auch weniger Milch für die eigene Versorgung des Haushalts. Sie würden Butter und Käse zukünftig im Dorf zukaufen müssen.

Außerdem brauchten die Pferde Auslauf. Also trennten sie ein Stück der Wiese hinter der Scheune ab und zäunten es ein. Zudem mussten die Rösser regelmäßig beschlagen werden, damit sie nicht zu lahmen begannen. Viel zusätzliche Arbeit, die sie nicht eingeplant hatten. Doch sie war nötig.

Die Reise zur Brauereimesse wollte Sophie selbst antreten, mit Arno als Unterstützung. Und weil die Fahrt lang und mit dem Pferdewagen zu beschwerlich gewesen wäre, nahmen sie den Zug. Vom Bahnhof in Dornheim über München bis hoch in den bayerischen Norden.

Es war das erste Mal seit Jahren, dass Sophie den Hof für mehr als nur einen Besuch im Dorf verließ. Das gab Annie die Gelegenheit, ganz für sich zu sein. Ohne von ihrer Schwiegermutter beobachtet zu werden. Und es gab Annie Zeit, sich über Arno Gedanken zu machen.

Die Fahrt nach München und der Abend im Stall waren bereits ein paar Wochen her. Seitdem hatte es keine weiteren Momente zu zweit gegeben. Zu viel war zu tun.

Annie redete sich ein, dass es gut so war. Und doch sehnte sie sich hinter geschlossenen Augen zurück in Arnos Arme. Ihr Herz klopfte verräterisch, wenn er auch nur im selben Raum mit ihr war. Ihr Körper zog sich vor Begehren zusammen, jedes Mal, wenn er ihren Namen rief. Und in ihren Träumen machte er noch viel mehr mit ihr, als sie nur zu küssen. So viel mehr, dass sie sich im Halbschlaf in die Laken verkrallte, weil die Lust schier nicht auszuhalten war.

Das Verlangen wurde so quälend, dass sie sich nicht mehr anders zu helfen wusste, als an diesem Tag zur Kirche zu gehen und den Herrgott um Hilfe anzuflehen.

„Annie, wie schön, dich zu sehen", sagte der Pfarrer und kam auf sie zu.

„Guten Tag, Herr Pastor." Annie knickste etwas unbeholfen.

„Liegt dir was auf der Seele?" Die Hände vor dem Bauch ineinandergelegt, stand er in seiner Robe da und blickte ihr offenherzig entgegen.

Sie mochte ihn, weil er noch nicht so alt war und in seinen Predigten oft hilfreiche Ratschläge gab, statt immer nur von Hölle und Verdammnis zu sprechen wie sein Vorgänger. Dennoch fiel es ihr schwer, sich als Sünderin zu offenbaren.

„Ich wollt fragen, ob ich mit Ihnen reden könnt", sagte sie zögerlich und warf einen Blick zu beiden Seiten, um nach ungebetenen Zuhörern zu suchen.

Er nickte, als würde er verstehen. „Möchtest du dich im Beichtstuhl von deinen Lasten befreien, Annie? Denn der gnädige Vater vergibt alles, wenn du nur ehrliche Reue zeigst und Besserung gelobst."

Sie schluckte. Konnte sie das? Reue zeigen und Besserung geloben? Wo doch alles in ihr danach schrie, es wieder zu tun. „Und wenn mir nicht zu helfen ist?"

„Komm, Annie, setz dich zu mir auf die Bank und erzähl mir, was dich bedrückt. Dann wird's dir gleich leichter werden." Statt zum Beichtstuhl deutete er auf eine der Gebetsbänke.

Weil niemand sonst in der Kirche war, setzte sie sich. Den Kopf schamvoll gesenkt, die Hände schützend vor der Brust verschränkt.

Der Pastor nahm neben ihr Platz, ohne sie zu bedrängen. Er griff nach einer Bibel, blätterte darin und las laut vor: „Wisst ihr denn nicht, dass die Ungerechten das Reich Gottes nicht erben werden? Irrt euch nicht. Weder Unzüchtige noch Götzendiener noch Ehebrecher noch Lustknaben noch Knabenschänder weder Diebe noch Habsüchtige noch Trunkenbolde noch Lästerer oder Räuber werden das Reich Gottes ererben."

Annie schluckte und zog die Schultern hinauf. Wusste er es schon? Wusste es womöglich das ganze

Dorf, weil Marie sie gesehen und es im Wirtshaus aus-geplaudert hatte?

Pfarrer Josef blätterte und fuhr fort. „Wenn wir aber unsere Sünden bekennen, ist er treu und gerecht. Er vergibt uns die Sünden und reinigt uns von allem Un-recht. Dann steht uns das Himmelreich offen."

„Warum ist es so schwer, gut zu sein?", fragte Annie und sah ihn verzagt an.

„Das Bemerkenswerte an den Menschen ist nicht, dass sie sündigen, sondern dass sie darum kämpfen, es nicht zu tun. Es ist der gottgegebene Geist, der uns zu Menschen macht und von den Tieren unterscheidet. Wir können wählen, ob wir den niederen Trieben fol-gen oder uns für einen anderen Weg entscheiden. Ei-nen, der uns das Wohlwollen unseres Herrn einbringt. Das heißt nicht, dass wir ohne Fehl und Tadel sind, An-nie. Wir alle sündigen. Dafür gibt es die Beichte."

„Und wenn mein Fleisch zu schwach ist? Ich weiß, ich sollte jeden Tag darum beten, dass mein Mann zurück-kehrt. Aber der Krieg ist vorbei und ich habe schon so lange nichts mehr von ihm gehört, dass ich nicht mehr daran glauben kann."

Als der Pastor ihr eine Hand auf die Schulter legte, war es, als hätte er eine Lawine losgetreten. Einmal aus-gesprochen, waren die Worte und die dahinterliegende Wahrheit nicht mehr zurückzunehmen. Sie schluchzte auf, die Augen füllten sich mit Tränen. „Wie kann ich eine gute Ehefrau sein, wenn mein Mann vielleicht längst gegangen ist und das, ohne einen Erben gezeugt zu haben? Was bleibt dann noch für mich?"

„Der Krieg hat viele Familien zerrissen und zerschla-gen. Gute Männer sind im Kampf gefallen, Kinder und

Frauen dem Hunger oder marodierenden Plünderern zum Opfer gefallen. Aber die Entbehrungen bringen uns Gott näher. Er liebt seine Kinder", antwortete der Pfarrer so voller Überzeugung, dass Annie durch die Tränen hindurch lächeln musste.

„Du musst stark bleiben, Annie. Bis der Heilige Vater dir deinen Pfad offenbart, dir entweder deinen Ehemann zurückbringt oder dich vor dem Richter offiziell zur Witwe macht. Jeder andere Weg wäre ein Weg der Sünde."

Annie wischte sich die Tränen fort, bekreuzigte sich und sprach die einleitenden Worte für die Beichte: „Im Namen des Vaters und des Sohnes und des Heiligen Geistes. Amen."

„Gott, der unser Herz erleuchtet, schenke er dir wahrhaftige Erkenntnis deiner Sünden und dazu seiner Barmherzigkeit. Amen", antwortete Pfarrer Josef, während er seine Hände auf der Bibel faltete.

„Meine letzte Beichte ist viele Jahre her." Annie senkte demütig das Haupt. Dann gestand sie ihr Verlangen in ihren Träumen und darüber hinaus. Sie erzählte von dem Kuss, ohne aber Arnos Namen zu nennen. Denn das hier war ihre Beichte, nicht seine. „Bitte, Vater, ich bereue, dass ich wider die Gebote gehandelt habe. Herr, erbarme dich meiner und zeig mir, wie ich es besser machen kann."

„Du bist ein gutes Kind, Annie, und hast ein schweres Los. Obwohl du für einen Augenblick schwach geworden bist, ist es nicht zum Ehebruch gekommen. Deshalb reicht es, wenn du jeden Abend deinen Rosenkranz betest und dich von weiteren Versuchungen fernhältst, indem du deine Kraft auf andere Werke lenkst, die dem Herrn gefallen."

Der Pfarrer nickte ihr bedeutsam zu und sie kniete nieder, um ihre Erlösung zu empfangen.

„Unser Gott, der barmherzige Vater, hat durch den Tod und die Auferstehung seines Sohnes Jesu die Welt mit sich versöhnt und den Heiligen Geist gesandt zur Vergebung der Sünden. Durch den Dienst der Kirche schenke er dir Verzeihung und Frieden. So spreche ich dich los von deinen Sünden. Im Namen des Vaters und des Sohnes und des Heiligen Geistes."

„Amen", sagte Annie und bekreuzigte sich.

Der Pastor legte ihr die Hand auf das Haupt. „Deine Sünden sind dir vergeben, Annie. Geh hin in Frieden."

„Dank sei Gott, dem Herrn."

Damit endete die Beichte, der Pastor zog die Hand zurück und sie erhoben sich gemeinsam von der Bank.

Annie fühlte sich erleichtert. Doch die Worte des Pfarrers hatten sie auch nachdenklich gemacht. Was, wenn Ferdinand für immer verschollen bleiben würde? Wie lange würde sie warten müssen, um vor weltlichen und himmlischen Gerichten als Witwe zu gelten? Und was dann? Sie hatten keinen Erben gezeugt. Was würde also aus dem Hof werden?

Heinrich hatte ihn seinem Sohn vermacht. Als Frauen hatten sie ihn in der Abwesenheit der Männer nur bewirtschaftet. Wenn auch Ferdinand für tot erklärt wurde, wer kam dann an die Reihe? Sie? Sophie? Oder Arno als nächster männlicher Verwandter?

All das waren Fragen, die Annie mit nach Hause nahm. Genau wie auch den guten Vorsatz, sich von Arno fernzuhalten. Statt vom Küssen würde sie fortan nur noch vom Bierbrauen träumen. Für das Wohl der Familie und ihr eigenes Seelenheil. Und Arbeit würde es genug geben, sobald Sophie und Arno zurück und die eingekaufte Saat geliefert war.

Kapitel 11 – Das Herzstück der Brauerei

Als im März der Schnee endgültig dahingeschmolzen war, die ersten Blätter sprossen und die Vögel vom nahenden Frühling sangen, war es Zeit für einen Umzug.

Arno machte sich ein paar Tage früher auf den Weg zum alten Hof seiner Eltern, um genügend Leute aus der Umgebung zusammenzutrommeln. Denn auch wenn die Kessel in der abgebrannten Ruine gut zugänglich waren, würde ein einzelner Mann sie nicht allein auf einen Wagen hieven können.

Annie fuhr mit dem Pferdegespann hinterher und brachte Zugseile, Stützhölzer und Balken für einen provisorischen Kran mit.

Der Hof von Heinrichs Bruder lag weiter im Südwesten Richtung Holzkirchen und damit noch näher an den Alpen. Die Landschaft war hügeliger und die Wiesen mit mehr Wald durchsetzt. Sie kam an Großhelfendorf vorbei und Fellach, bis sie kurz nach Föching abbog und im Bogen um Holzkirchen herum bis nach Weyarn kam.

Der Gutshof war in der Nähe eines Sees gelegen, von dem Arno ihr erzählt hatte. Dazu rundherum Felder, umgeben von Mischwald. Ein Paradies für Kinder und gewiss ein guter Standort für ein Gut. Doch die meisten Felder lagen brach, weil die Höfe verlassen waren.

Überall sah Annie Ruinen, zugenagelte Fenster und geplünderte Häuser.

Während des Kriegs waren die Leute aufs Land geflüchtet, doch jetzt zog es sie allesamt in die Stadt. Weil sie das, was einmal ihre Lebensgrundlage gewesen war, nicht mehr halten konnten. Die Inflation machte sich jeden Tag mehr bemerkbar. Das hatten auch sie zu spüren bekommen.

Von dem angesparten Geld hatte Sophie ein ganzes Drittel weniger an Gerste und Hopfen erhalten. Was zusätzlich auch ihrer schlechten Verhandlungsbasis geschuldet war. Doch Annies Schwiegermutter hatte sich laut Arnos Bericht mit eisernem Willen behauptet und in reichlich zähen Verhandlungen zumindest das an Saatgut für das Hopfstädter Bräu sichern können.

Insgeheim bewunderte Annie sie für diese Härte, auch wenn sie im Alltag immer noch schwer zu ertragen war. Dann, wenn sie Annie herumscheuchte, als wäre sie eine einfache Bedienstete. Wenn nichts gut genug sein konnte.

Manchmal glaubte Annie, dass die Schikanen und das Gezeter eben Ausdruck ihrer Liebe waren, weil sie sie anders nicht zeigen konnte. Und auch mit der Brauerei würde es nicht anders laufen. Doch am wichtigsten war, dass sie es gemeinsam damit versuchen würden.

Auf Arnos Gutshof waren die Männer gerade damit beschäftigt, den ersten der beiden Sudkessel aus den Trümmern zu befreien und auf die Wiese zu verfrachten. Der birnenförmige Bottich aus Kupfer war nicht nur groß, sondern auch schwer. Über hundert Liter Würze konnte man darin kochen.

Das rotbraune Metall war durch das Feuer angelaufen und am Sockel schwarz verfärbt, doch grundsätzlich intakt, weil das Material die Hitze weitergeleitet und auf die gesamte Fläche verteilt hatte. Eine Eigenschaft, wegen der ein Braumeister zu ebendiesem Metall griff. So viel hatte Annie schon gelernt.

„Wir müssen zwei Böcke auf der Ladefläche aufbau'n", verkündete Arno, nachdem sie sich begrüßt hatten.

Sein Haar klebte ihm vor Schweiß am Kopf, sein Hemd war durchtränkt und seine Arme mit Kratzern und schwarzen Schlieren überzogen.

Annie wollte ihn fragen, wie er sich fühlte. Es musste schwer sein, in den Resten seines ehemaligen Zuhauses herumzuwühlen. Aber sie wusste, dass er sich vor den Helfern keine Blöße geben würde.

„Was ist mit dem Keller?", fragte sie stattdessen. „Hast du deine Sachen gefunden?"

Sie wagte nicht, direkt vom Rezeptbuch zu reden, um niemanden darauf zu bringen, dass noch andere Schätze im unterirdischen Gewölbe versteckt sein könnten.

Arno legte den Kopf schief, doch dann begriff er und sein Blick hellte sich auf. „War alles noch an sein'm Platz. Aber's hat keinen Sinn, noch was hierzulassen. Also hab ich's in Säcken verschnürt und sie zum Aufladen bereitgelegt."

Er deutete auf einen fein säuberlich gestapelten Haufen von etwa acht Säcken, die sie auch noch aufladen mussten.

Jetzt, da Annie das alles von Nahem sah, bezweifelte sie, dass sie es mit einer Fuhre fortschaffen können würden. Arno bestätigte ihre Vermutung.

„Ich hätt's nicht gedacht, aber wir müssen die Kessel einzeln rüberfah'n, weil zwei nicht auf'n Bock passen und zwei Pferde sie wohl auch nicht ziehen könnt'n."

„Aber ich kann nicht allein damit zurück. Wie sollen wir ihn sonst wieder runterbekommen für eine zweite Fuhre?", fragte Annie.

Arno grinste breit. „Deshalb komm ich mit. Schließlich würd ich's mir nie verzeihen, wenn dich der Kessel erschlagen würde, wenn du's allein versuchst."

„Pass nur auf, dass ich dich nicht erschlage!", rief sie. Doch in ihrem Herzen glommen Funken bei dem Gedanken auf, wieder einmal alleine mit ihm zu sein. Auch wenn es nur kaum eine Stunde Fahrt heim und wieder zurück war.

Während die Männer den Wagen beluden, sorgte Annie dafür, dass die Pferde stillhielten. Ihre Schnauzen waren warm und weich und der ältere von beiden hatte lange Barthaare am Kinn, die kitzelten, wenn er mit seiner Lippe in ihrer Hand nach dem Stück Zucker suchte, das sie als Belohnung immer in der Tasche hatte.

Weil ein Pferd kein Schlachtvieh war, hatte Sophie erlaubt, den beiden Namen zu geben. Also hatte Annie sich für Drosselbart und Arno sich für Hans entschieden, damit er ihnen Glück brächte.

„Wenn ihr nachher brav den Wagen zieht, bekommt ihr heute Abend eine extra Gabel Heu und eine Möhre obendrauf", flüsterte sie ihnen zu. Obwohl sie nicht antworteten, glaubte Annie, die Vorfreude in ihren großen dunklen Augen schimmern zu sehen.

Tatsächlich verlief der erste Transport ohne Zwischenfälle. Annie und Arno saßen zusammen auf dem Kutschbock und obwohl sie ihm die Zügel anbot, überließ er sie ihr, lehnte sich zurück und sog die Luft tief in seine Lungen.

„Tut's weh?", fragte Annie nach einer Weile, in der sie einfach nur stumm nebeneinandergesessen hatten.

„Das Bein? Damit komm ich gut zurecht", antwortete Arno und klopfte sich demonstrativ auf den Oberschenkel. „Wenn man erst mal den Dreh raushat, wie man's ohne Knie nutzen kann, lässt sich's gut damit leben. Hast doch gesehen, wie ich hoch auf den Wagen bin, um die Halteseile festzuzurren."

Sie lächelte. „Und ob ich das gesehen habe. Wie eine Gazelle bist du rumgeklettert!"

„Schön wär's, aber mit einem Bock nehm ich's allemal auf, wenn's um die Sturheit geht." Er lachte.

Und Annie lachte mit ihm. Allein diese Unterhaltung rief ihr in Erinnerung, warum ihr Herz heimlich für diesen Mann schlug. Weil er unerschütterlich war und weil er mit ihr sprach. Nicht nur, um ihr Anweisungen zu geben oder sie zu ermahnen. Sie konnte mit ihm über Verletzlichkeit reden, über Gefühle und Träume. Etwas, das sie mit Ferdinand nie so erlebt hatte. Da ging es nur um seine Visionen, seine Pläne und die Aufgaben, die er ihr dafür übertrug.

Erst Arno hatte sie erkennen lassen, dass es auch anders ging. Dass Einfühlsamkeit nicht nur Frauensache war. Deshalb wagte sie es, bei Arno nachzuhaken. „Und den alten Hof der Eltern so zu sehen? Tut das weh?"

Sein Blick wanderte gen Himmel und sie sah, wie seine Kiefermuskeln arbeiteten. Doch schließlich nickte er. „Ich träum jede Nacht davon. Mal's mir in Schreckensbildern aus, wie der Hof brennt, das Vieh brüllt und meine Ma zusammen mit meiner Schwester elendig zugrunde gehen. Weil ich sie nicht retten konnte."

Annie ergriff seinen Arm. „Aber du warst im Krieg. Du hast selbst um dein Leben gekämpft. Erst auf dem Schlachtfeld und dann im Lazarett."

Er schloss die Augen und schüttelte den Kopf. „Ich hätt mich nicht verwunden lassen soll'n. Vielleicht wär ich dann rechtzeitig zurück gewesen."

„Selbst dann hättest du nichts tun können, wenn der Herrgott sie zu sich hat holen wollen."

Sein Blick wanderte hinab zu ihrer Hand auf seinem Arm. Sie fürchtete schon, er würde sie mit der anderen beiseiteschieben, doch er legte sie obenauf, umfasste die ihre. „Wie könnt ein Gott so grausam sein und mir die Liebsten nehmen? Wie könnt ich noch zu ihm beten? Ihm gefallen wollen? Wieso sollt ich mich von ihm aufhalten lassen, wenn er mir verbieten will, was ich lieb?"

Annie öffnete den Mund und schnappte zittrig nach Luft.

Doch er hielt sie mit seinem Blick fest. „Ich kann's nicht länger verleugnen, Annie. Egal, was der Pfarrer predigt. Selbst wenn ich in die Hölle komme, war's das wert. Weil ich dich wirklich lieb hab. Mit ganzem Herzen. Das sollst du wissen. Egal, was kommt. Selbst wenn du oder die Sophie mich vom Hof jagt."

Bei seinen Worten wurde Annie schier schwindelig. Sie hatte gebeichtet, hatte Besserung gelobt und es so fest versucht, doch in diesem Moment wusste sie mit

Bestimmtheit, dass sie zu schwach sein würde, dieses Beichtversprechen zu erfüllen. „Selbst wenn ich in die Hölle komm", wiederholte sie flüsternd und drückte seinen Arm.

Ein gegenseitiger Schwur und verheißungsvolles Versprechen. Doch bevor sie sich einander zuwenden konnten, mussten die Kessel sicher auf dem Hof ankommen.

Zum Abladen des ersten lehnte Arno ein Dutzend Bretter an die offene Seite des Karrens, schlang die Seile um den schmal zulaufenden Kupferhals und zog den Kessel mithilfe des Ochsen herunter und nach einigen Versuchen auch durch das Tor bis hinein in den umgebauten Stall.

Doch schon auf der Fahrt zurück nach Holzkirchen zogen sich Wolken zusammen und verdunkelten den Himmel. Wind zerrte an den Büschen und Bäumen. Drosselbart und Hans stemmten sich tapfer dagegen, doch das eigentliche Problem war die Rückfahrt.

Nur mit Mühe schaffte es Arno, mit den verbliebenen Helfern den zweiten Kessel auf den Wagen zu ziehen. Immer wieder rissen Böen an den Seilen und auch Annie hatte alle Mühe, die unruhigen Pferde in Zaum zu halten. Statt sie an der Trense zu halten, bei der sie kräftemäßig keine Chance gehabt hätte, hielt sie die Zügel fest im Griff und sprach beruhigend auf die beiden ein.

Als dazu noch Regen einsetzte und in der Ferne erstes Donnergrollen zu hören war, rief Annie: „Ihr müsst euch beeilen. Ich kann die Pferde nicht mehr viel länger halten!"

Arno hob die Hand, zum Zeichen dafür, dass er sie trotz des Getöses verstanden hatte. „Wir haben's bald!

Der Kessel ist gleich oben. Dann müssen wir ihn nur noch festzurren und die Säcke auflad'n!"

Dennoch dauerte es eine gefühlte Ewigkeit, bis die Männer fertig waren, Arno ihnen ihren Lohn in die Hand drückte und endlich zu Annie auf den Karren kletterte.

In der Zwischenzeit hatte sich der Wind zu einem ausgewachsenen Sturm zusammengebraut. Regen peitschte ihnen ins Gesicht, während sie zusammen die Pferde antrieben und auf dem Weg hielten. Ein Unterfangen, das schwerer als gedacht war, denn die Wagenladung bot viel Angriffsfläche. Immer wieder drückte der Wind den Wagen zur Seite und auf die Gräben links und rechts der Straße zu.

Erste Blitze zuckten über den Himmel, gefolgt von donnerndem Getöse. So laut und böse, dass Annie sich unwillkürlich fragte, ob das die strafende Hand Gottes war. Weil sie ihn mit ihren Geständnissen erzürnt hatten. Immerhin hatte so auch die große Sintflut begonnen. Weil die Menschen sich nicht gottesfürchtig genug gezeigt hatten. Dennoch schickte Annie ein Stoßgebet hinauf in den Himmel und bat um Beistand.

Die Baumkronen bogen sich. Abgerissene Blätter fegten durch die Luft und Sandwehen peitschten von der Seite gegen das Fuhrwerk, als sie von der Hauptstraße ab- und auf den Grund der Hopfstädters zufuhren.

Sie hatten es gerade auf den Hof geschafft, da schlug ein Blitz in einen der Bäume am Wegesrand ein. Der Knall war so laut, dass die Pferde panisch die Köpfe hochrissen, stiegen und einen gewaltigen Satz vorwärts machten. Und der schwere Fuhrwagen mit ihnen. Der Kessel oben schwankte, die Halteseile spannten sich bis zum Bersten, während Marie und Sophie durch den Sturm zu ihnen herüberkamen, um zu helfen.

Doch der Kessel rutschte auf der Ladefläche zu einer Seite und brachte den Wagen zum Kippeln. Und eine Windböe später riss eines der Seile mit lautem Schnalzen, fegte durch die Luft und peitschte einen Augenblick später auf Annies Schwiegermutter hernieder.

Sie schrie auf, riss schützend die Arme hoch, doch es war zu spät. Das Seil erwischte sie am Kopf.

„Sophie!" Annie sprang vom Wagen und lief auf ihre Schwiegermutter zu, die taumelnd zu Boden ging.

„Ich hab dich, Sophie." Annie packte sie unter den Armen, wuchtete sie mit unbändiger Kraft hoch und schleppte sie zusammen mit Marie zurück ins Haus, während Arno mit den Pferden kämpfte.

Annie hörte sie von der Küche aus wiehern. Also überließ sie Sophie den Mägden und eilte wieder hinaus.

Arno hatte es in der Zwischenzeit geschafft, das Geschirr der Tiere auszuhängen und zerrte an ihren Zügeln, um sie vom Hof in die Scheune zu bekommen.

Unterdessen erklang ein Quietschen und der Karren kippte. Kessel und Säcke krachten auf den gepflasterten Steinboden. Annie sah noch, wie das Kupfer sich verformte, bevor das riesige Ding zur Seite rollte und gegen das Tor zum Kuhstall prallte.

Doch darum würden sie sich später kümmern müssen. Annie wischte sich die nassen Haare aus dem Gesicht und sah hinüber zu Arno, der immer noch mit den aufgeregt tänzelnden Pferden zugange war.

„Warte! Ich helf dir!", rief sie und lief zu ihm in die Scheune.

Der Regen, der durch den großen Eingang hineingeweht worden war, hatte Teile des Heus durchnässt. Die Luft war schwer und roch muffig süß. Der Sturm zerrte an der äußeren Holzverkleidung. Regen prasselte auf das Dach. Doch vorerst hielt die Scheune und schirmte sie vor Schlimmerem ab.

„Wenn du sie weiter festhältst, kann ich versuchen, die Schnallen zu öffnen und die Riemen abzunehmen", sagte Annie, bevor sie auch schon loslegte.

Drosselbart stampfte mit den Hufen und wand sich unruhig hin und her. Doch irgendwann hatte Annie es geschafft, das Geschirr fiel zu Boden und Arno führte ihn in den Stall, während Annie Hans fest am Zaumzeug hielt.

„Ist gut, mein Junge. Gleich ist es geschafft", redete sie auf ihn ein und überließ es diesmal Arno, die Riemen zu lösen und dem Tier am Ende das Kummet über den Kopf zu streifen.

Endlich im Stall machten sie sich daran, die Pferde mit trockenem Stroh abzureiben, füllten die Tränkeimer und gaben ihnen zu fressen, während draußen der Sturm unvermindert tobte.

Erschöpft blickte Annie in das von Blitzen erhellte Dunkel. Ihre Kleidung war durchnässt und klebte schwer an ihrem Körper. „Wie konnte ein so guter Tag nur so schnell in diesem Chaos enden", sagte sie.

Wie zur Antwort trat Arno hinter sie und zog sie an sich, umschlang ihren Körper mit seinen starken Armen und hielt sie. „Ist nur ein Wetter. Nur eine Laune und morgen schon wieder vorbei. Dann wird aufgeräumt und alles wird gut."

Sie nickte sacht. Doch wenn morgen wieder alles beim Alten sein würde, wollte sie noch etwas in diesem Tohuwabohu verweilen. Am Rand der Klippe, dort, wo es gefährlich und verboten war.

In seiner Umarmung drehte sie sich ihm zu und schlang ihre Arme um seinen Hals, um ihn zu sich herunterzuziehen. Um ihn einmal mehr zu küssen.

Seine Hände wanderten an ihren Hüften hinauf, während sich seine Lippen auf die ihren senkten. Fest und fordernd. Als seine Finger ihren Busen streiften, keuchte sie auf und zog ihm im nächsten Moment das Hemd aus dem Hosenbund. Sie wollte ihn spüren. Haut an Haut. Auch wenn der Blitz sie dafür treffen sollte.

Und auch Arno wollte sie, küsste und liebkoste sie auf jedem Fleckchen Haut, das er fand. Seine Hände glitten hinab, griffen nach dem durchweichten Rock und zogen ihn Stück für Stück höher. Während sie ihm sein Hemd aufknöpfte und gleich darauf mit den Händen seine nackte Brust erkundete.

Es war lange her, dass Annie die Härte eines Mannes an sich gespürt hatte. Und sie verzehrte sich danach. Verzehrte sich nach Arno. Wollte ihn tief in sich. Ganz und gar ausgefüllt. Von ihm.

„Ich brauch dich, Annie", raunte er an ihrem Ohr. Dabei glitt seine Hand unter den Stoff, tastete ihren Schenkel entlang, bis sie ihr Ziel fand.

Sie stöhnte auf, ihre Hüften wölbten sich ihm entgegen, als seine Finger sie liebkosten und in sie drangen. Kraftvoll und kompromisslos. Wieder und wieder, bis sie vor nie gekannter Wonne wimmerte. Er trieb sie ganz hinauf, bis ihr Körper sich bis zum Bersten spannte und sie nur noch stoßweise atmen konnte. So weit oben auf der Klippe, bis ihr schier die Sinne schwanden.

Zusammen mit dem nächsten Donnerschlag schrie sie auf. Ihr Innerstes zerbarst und trieb sie über die Kante. Sie fiel und fiel, während ihr schier die Sinne schwanden.

Doch Arno hielt sie fest, presste einen Kuss auf ihre seufzenden Lippen, bevor er den Gürtel öffnete und sein Beinkleid zu Boden fiel.

Mit einem einzigen langsamen Stoß war er in ihr und zwang sie erneut hinauf, während ihr Körper erbebte. Schauer um Schauer durchliefen sie von Kopf bis Fuß.

Er keuchte. Flüsterte wie von Sinnen ihren Namen und fand doch so weit zur Besinnung, dass er sich im letzten Moment ruckartig zurückzog und ins Stroh ergoss.

Draußen jagte derweil der Teufel persönlich über die Felder und tauchte die Welt in bedrohliche Schwärze.

Es dauerte, bis Annies Atem sich langsam beruhigte und Arno sich langsam von ihr löste.

Es war falsch, das wusste Annie. Und gleichzeitig war es richtig. Das sah sie in seinen Augen. Schweigend ordneten sie ihr Gewand.

Ihre Hand streifte zärtlich die seine, bevor sie erneut hinaus in den Regen traten und hinüber zum Haus liefen, um nach Sophie und den anderen zu sehen.

Kapitel 12 – Aussaat

Sophie lag für mehrere Tage nach dem Unwetter noch immer danieder. Nicht so sehr, weil das Seil sie erwischt hatte. Es war ihre bereits angeschlagene Hüfte, die sie nicht aus dem Bett kommen ließ. Die alte Erna pflegte sie hingebungsvoll, obwohl sie selbst zu kämpfen hatte. Marie musste schließlich sogar den Arzt holen.

Als er nach einer längeren Untersuchung aus dem Zimmer trat, war seine Miene ernst.

„Ihre Schwiegermutter hatte sowieso schon brüchige Knochen. Bei dem Sturz hat sie sich das Becken gebrochen. An sich ist das nicht lebensbedrohlich, wenn sie strikte Bettruhe einhält. Aber ich fürchte, sie wird nie wieder ohne Hilfsmittel gehen können."

Annie schlug sich die Hand vor den Mund. „Sie meinen Krücken? Sie ist doch jetzt schon oft zu gebrechlich, um lange Strecken mit dem Stock zu gehen. Wie soll das gehen?" Sie schüttelte den Kopf.

„Ich denke viel eher an einen Rollstuhl", erwiderte der Doktor und nickte mitfühlend.

Ihr entfuhr ein erstickter Laut des Schreckens. „Dann kann sie keine Treppen mehr steigen? Und sich anziehen? Was ist mit der Notdurft und all dem anderen?"

„Beruhigen Sie sich, Annie. Ganz so schlimm ist es noch nicht. Wenn die Knochen so weit wieder zusammengewachsen sind, wird sie höchstwahrscheinlich immer noch stehen und einige Schritte gehen können, wenn man sie stützt. Aber auf mehr würde ich mir keine Hoffnungen machen."

Damit hatten sie zwei Pflegebedürftige im Haus und nur noch drei, die im Alltag mit anpacken konnten. Und das, wo doch in den nächsten Tagen das Saatgut angeliefert werden sollte. Die Felder mussten vorbereitet werden. Es war Zeit für die Aussaat.

„Wir müssen jemanden einstellen, der auf dem Hof hilft, während wir auf den Feldern arbeiten", sagte Annie, als sie mit einem Tablett in Sophies Zimmer stand, um ihr einen Kräutertee und etwas Suppe zu bringen.

„Das kommt nicht infrage!", rief Sophie, nur um gleich wieder mit schmerzverzerrter Miene in die Kissen zu sinken.

„Die Tiere müssen versorgt und das Haus instand gehalten werden. Wer soll das machen? Erna ist selbst noch nicht wieder gut auf den Beinen. Wenn Marie es übernimmt, fehlt uns jemand auf dem Acker. Und auch wenn Arno kräftig anpackt, ist er mit seinem Bein nicht geeignet, um hinter dem Ochsen zu laufen oder Setzlinge zu pflanzen."

Sophie verengte mit nachdenklicher Miene die Augen und sah zum Fenster. „Was ist mit den Burschen von den Hafners? Denen geht's doch recht gut, wie man so hört. Immerhin haben sie unsere besten Milchkühe im Stall stehen."

„Ihre Buben sind kaum acht Jahre alt. Die können wir für den Kartoffelacker im Herbst rufen, aber nicht, wenn es um die Aussaat geht. Davon hängt alles ab. Und die Zeit drängt."

„Wenn doch nur der Ferdinand wiederkommen würd", wisperte Sophie.

Annie aber schluckte und trotzdem wollte der Kloß in ihrem Hals nicht weichen. Ihr Mann durfte nicht zurückkommen. Jetzt nicht mehr. Denn wenn er es tat, würde alles, was zwischen Arno und ihr vorgefallen war, sie nicht nur zur Hölle fahren lassen, sondern womöglich auch ins Gefängnis bringen. Denn Ehebruch stand auch vor einem weltlichen Gericht unter Strafe. Bis zu sechs Monate im Gefängnis konnten ihr drohen.

Zwei Mal noch musste Annie ihre Schwiegermutter bedrängen, bis die schließlich gestattete, sich nach einer Hilfskraft umzusehen. Damit war eine Krise abgewendet, doch zwei weitere warteten bereits.

Hans hatte sich in der Sturmnacht eines der frisch beschlagenen Hufeisen abgetreten. Und der Kessel war vom Sturz so beschädigt, dass es einen Kupferschmied brauchen würde, um ihn reparieren zu lassen. Das alles kostete Geld, das sie eigentlich für andere Dinge eingeplant hatten.

Immerhin war Arnos Brauerei-Rezeptbuch in Leder eingeschlagen gewesen, sodass es trotz des Regengusses unversehrt geblieben war. Er und Annie studierten die Einträge, wann immer sich eine Pause ergab, und sie lernten die Mengenverhältnisse kennen, die es für ein Märzenbier, ein kräftiges Helles oder Bockbier brauchte.

Und es gab so viel mehr noch zu wissen und zu bedenken. Welche Sorte Gerste das beste Malz ergab und wie die verschiedenen Hopfensorten hießen. Selbst die Zusammensetzung des Wassers spielte eine Rolle für die Qualität und den Geschmack des Biers.

In unbeobachteten Momenten stahl sich Arno bei solchen Gelegenheiten einen Kuss. Und wenn die Nacht besonders dunkel war und sich alle anderen früh schlafen gelegt hatten, dann schlichen sie sich heimlich hinaus in die Scheune.

So ging es bis Ende März, als Nathaniel auf den Hof kam. Ein kräftiger Bursche, kaum zwanzig Jahre alt, der sich als Wanderarbeiter verdingte und mit wenig Lohn zufrieden war, wenn nur etwas Ordentliches zu essen auf dem Tisch stand und er einen trockenen Schlafplatz hatte.

Sophie wies ihm selbst aus dem Krankenbett heraus einen Platz in der Scheune zu, wie sie es bei allen Neuankömmlingen tat. Doch Nathan, wie sie ihn bald abgekürzt nannten, war zufrieden damit, sich das Lager mit den Pferden zu teilen.

„Weil mich ihr Schnauben beruhigt und sie mich zuverlässig warnen, sollte Gefahr drohen", erklärte er.

Seine Anwesenheit erleichterte vieles, erschwerte aber die heimlichen Treffen zwischen Annie und Arno. Ohne die Scheune blieb ihnen nur der morgendliche Besuch im Kuhstall, um ein paar ungestörte Minuten miteinander zu haben, bevor der Rest wach wurde.

Doch mit Nathans Eintreffen blieb sowieso kaum mehr Zeit für Zweisamkeit. Sobald das Wetter trocken genug war, ging es auf die Felder.

Als Erstes war die Sommergerste dran. Der Acker musste gepflügt und die Saat in die aufgebrochene Erde eingebracht werden. Eine Arbeit, die Annie die Jahre zuvor bereits viele Male hinter sich gebracht hatte. Mit dem Ochsen unterm Joch zog sie Bahn um Bahn, während Nathan ihr mit den Säcken voll Korn folgte, bis die gesamte Fläche bewirtschaftet war.

Dann kam der Hopfen dran. Hier wurden nur die weiblichen Dolden verwendet und von Anfang an mit Rankhilfen versehen – Drahtschnüre, die über das gesamte Feld am Südhang gespannt werden mussten. Eine Arbeit, die Annie gerne den Männern überließ, während sie Mulch um die Jungpflanzen verteilte, um ihnen Schutz zu bieten und sie mit Nährstoffen zu versorgen.

Der Rest der Kartoffeln, die schon gekeimt hatten, wurde Ende April in den Boden gesetzt. Jede Knolle immer mit einer Handbreit Abstand zur nächsten. Bis die Rillen voll waren. Obenauf kam frische Erde. Ab da konnten sie nur auf ausreichend Regen und dazu viel Wärme und Sonnenschein hoffen.

Erst im Mai, so schien es Annie, hatten sie wieder Zeit, durchzuatmen. Sophie war strenger und unleidlicher denn je, seit sie in ihrem Rollstuhl zumeist im Haus gefangen war. Dabei trieb sie Marie mit ihren Wünschen und Befehlen schier in den Wahnsinn und nur Nathan war fähig, sie zu beruhigen. Dann, wenn er sie hinaus an die Luft brachte und trotz des unebenen Pflasters und Matsches über den Hof schob.

Die alte Erna hatte sich endlich wieder erholt. Wie eine alte knorrige Rose hatte sie dem Verfall getrotzt und war unerwartet aufgeblüht.

Annie hingegen fühlte sich erschöpft und ausgelaugt. Obwohl sie für die morgendlichen Treffen mit Arno dankbar war, erschien der vor ihr liegende Weg nur mehr trist und grau.

Das änderte sich erst, als sich unverhofft Besuch ankündigte. Ihre Schwester Elise war auf dem Weg nach
Österreich zu einem Erholungsurlaub und wollte auf
dem Hof der Hopfstädters Halt machen. Ohne ihren
Ehegatten.

Ihr letztes Treffen war schon wieder Monate her und
Annie schämte sich im Nachhinein, ihr so eine schroffe
Abfuhr für die Essenseinladung erteilt zu haben und so
abrupt aufgebrochen zu sein.

Elise allein zu treffen, würde anders werden, da war
sie sich sicher. Immerhin waren sie als Schwestern ein
verschworenes Paar gewesen. Sie hatten Pläne ausgeheckt, um ihr Kindermädchen zu erschrecken oder sich
vor den vielen Pflichten zu drücken, die ihr Vater ihnen
zum Wohle der Erziehung und Ausbildung auferlegt
hatte.

Wenn Annie an ihre Kindheit zurückdachte, hatte es
viele schöne gemeinsame Jahre gegeben, die erst geen-
det hatten, als Elise ins heiratsfähige Alter gekommen
war. Von da an waren sie als Schwestern auseinander-
gedriftet. Die eine als die vorbildliche Schwiegertoch-
ter, die andere als der unbeachtete Freigeist, der ebenfalls untergebracht werden musste.

Annie hatte immer geglaubt, sich als wahrhaftige Re-
bellin gegen ihren Vater durchgesetzt zu haben. Mit einem Gutsbesitzer als Ehemann. Doch rückblickend waren gar keine großen Kämpfe nötig gewesen. Sie war
ohne Skandal unter die Haube gekommen, raus aus
München und aus dem Wirkungskreis des aufstrebenden Tabakhändlers Sonnreith & Welsch Importe. So
hieß das Unternehmen, nachdem sich Elises Mann und
Geschäftspartner ihres Vaters zusammengeschlossen

hatten. Damit sollte gewährleistet werden, dass der Name Sonnreith überdauerte.

Auch dahingehend war Annie für ihren Vater nicht mehr von Belang gewesen. Denn sie trug nun einen anderen Namen. Und sie war stolz drauf. Die Familie Hopfstädter mochte nicht perfekt sein, aber welche war das schon?

Trotz all dem freute Annie sich auf ihre Schwester. Sie richtete ihr Zimmer her, damit Elise bei ihr schlafen konnte, und trieb Marie an, die Küche zu schrubben, frische Tischdecken aufzulegen, die Kissen und Teppiche auszuklopfen. Außerdem bat sie Nathan, zwei Hühner zu schlachten und zu rupfen. Elise sollte sehen, dass es ihr an nichts fehlte.

Auch die Brauerei nahm langsam Gestalt an. Der verbeulte Kessel war ausgebessert und stand zusammen mit dem ersten am hinteren Ende des lang gezogenen Stallbaus. In den einzelnen Abteilen an der Wand lagerten die Fässer und an den Tischen am Fenster untersuchten sie die Proben, testeten Mischungsverhältnisse und führten darüber akribisch Buch. Denn nur so würden sie über die kommenden Jahre aus möglichen Fehlern lernen können.

Außerdem hatte Annie ein Album angelegt, um die Meilensteine der Brauerei Hopfstädter festzuhalten. Mit ihrer Unterschrift, gleich neben der von Sophie und Arno.

Selbst ein Emblem hatten sie sich bereits für das Bier entwerfen lassen. Die verschlungenen Buchstaben H und S in goldgelben Lettern, umrahmt von Hopfen und Gerste.

Annie war sich sicher, bald würde ihr Bier in aller Munde sein. Hochgelobt und in jeder Wirtschaft auf der Karte, von hier bis nach München rein. Und ganz vielleicht würden sie es eines Tages mit ihrem Hopfstädter Bräu bis auf die Wiesn schaffen, mit einem eigenen Zelt. Ganz ohne dass sie in die feine Gesellschaft eingeheiratet hatte.

Kapitel 13 – Guter Hoffnung

Elise traf am frühen Nachmittag in einem neumodischen Automobil ein. Es knatterte so laut, dass Nathan in die Scheune laufen musste, um die Pferde zu beruhigen. Sophie ließ sich entschuldigen, also blieben Arno und Annie als Empfangskomitee übrig.

„Elise!", rief sie, als der Chauffeur die Fahrgasttür öffnete und ihre Schwester zum Vorschein kam. Sie trug ein tailliert geschnittenes weißes Kleid mit einem breiten bestickten Gürtel. Dazu eine Pelzstola, die für die warme Jahreszeit seltsam unpassend wirkte. Doch was wusste Annie schon von der Mode.

Ihre Kleider waren hauptsächlich praktisch. Robust, langlebig und leicht zu flicken. Allein ihr Hochzeitskleid war aufwendiger gearbeitet und in der Aussteuerkommode verstaut. Zusammen mit dem Schleier und der geerbten Brosche ihrer Mutter.

„Es ist so schön, dich zu sehen, Annie", sagte ihre Schwester. Als sie dazu noch ihre Arme einladend ausbreitete, erkannte Annie den mutmaßlichen Grund für ihre Erholungsreise in den österreichischen Alpen. „Du bist guter Hoffnung? Warum hast du mir das nicht geschrieben!"

„Es sollte eine Überraschung sein." Elise strahlte und Annie strahlte mit ihr.

„Die ist dir auf jeden Fall gelungen!"

Auch Arno wurde begrüßt und erneut vorgestellt. Doch Elise schien sich nicht weiter für ihn zu interessieren. Stattdessen wollte sie sich ein wenig die Füße vertreten. Also zeigte Annie ihr den Hof, die Ställe, die immer grüner werdenden Felder und schließlich die Brauerei.

„Im Herbst werden wir bereits unser erstes Bier zapfen", verkündete Annie voller Stolz.

Elise lächelte. Doch die Begeisterung sprang nicht auf sie über. Stattdessen jammerte sie über ihre dreckig gewordenen Schuhe, die zu heiße Sonne und den Gestank der Tiere. Nichts schien gut genug zu sein. Weder der angebotene Kaffee noch der Kuchen, den sie trotzdem in sich hineinschaufelte, und am Ende nicht einmal das Zimmer.

„Ich kann dir noch ein Kissen und eine Decke holen", sagte Annie voller Vorfreude. „Die Matratze ist wunderbar weich und das Bett ist groß genug für uns beide. Es wäre so schön, mal wieder zusammen unter der Decke zu tuscheln. So wie früher."

Elise hingegen sah sie nur verständnislos an. „Ich werde bald Mutter. Da wäre es wohl wenig angebracht, sich wie ein Kind im elterlichen Schlafzimmer zu benehmen. Hier kann ich auf keinen Fall bleiben."

„Ich wusste ja nicht, dass du ..." Annie brach ab, als Elise sich umdrehte und die Treppe wieder hinunterlief.

Wut mischte sich mit Enttäuschung und schließlich mit Resignation und Begreifen. Ihre Schwester war nicht gekommen, um an ihre alte Freundschaft anzuknüpfen. Sie war hier, um ihren prallen Leib zu präsentieren. Wie eine Trophäe. Sie wollte Annie einmal mehr zeigen, wer das bessere Los gezogen hatte. Und genau das bewies, wie unglücklich Elise mit ihrem Schicksal eigentlich sein musste.

Wenn dies hier alles war, was sie noch überleben ließ, würde Annie es ihr nicht nehmen. Sie würde erhobenen Hauptes ihre Schwester zu ihrem Triumph beglückwünschen und sie ohne weiteres Betteln verabschieden. So endgültig, wie es bereits in München hätte sein sollen.

„Du kannst mir schreiben, wenn du einmal Hilfe brauchen solltest", sagte Annie zum Abschied.

Doch ihre Schwester lachte nur. „Wieso sollte ich von dir etwas brauchen?" Damit rauschte sie davon in ihrem Automobil und zog eine stinkende Spur von Geltungsbedürfnis und Oberflächlichkeit hinter sich her.

„Ob Sophie es geahnt hat?", fragte Annie, als sie mit Arno am Abend über die Felder ging, um die wachsende Saat zu begutachten.

„Sie wird es wohl vermutet hab'n", erwiderte er, während er einen der Hopfen-Setzlinge sacht um den Haltedraht wickelte. „Wird Zeit, dass wir die Stöcke mit Erde zuackern."

„Und im Juli was gegen das Ungeziefer spritzen", erwiderte Annie mit einem Lächeln. Für Arno war der Besuch ihrer Schwester offenbar längst abgehakt. Also würde sie es ihm gleichtun und nach vorne blicken statt zurück. Eine Lektion, die Arno bestens beherrschte.

Und so endete der Frühling und wurde von einem milden, feuchten Sommer abgelöst. So gut der regelmäßige Regen für eine ertragreiche Ernte war, so lästig war er, wenn es um das Ungeziefer ging. Die hohe Luftfeuchtigkeit, gepaart mit der Wärme, ließ die Populationen explodieren.

Der Hopfen nahm zunehmend Schaden, die Ranken waren an vielen Stellen kahl gefressen oder faulig. Also begannen sie aus lauter Panik, Netze zu spannen. Eine Idee, die Nathan bei seinen Reisen in den Weinbergen aufgeschnappt hatte. Und sie zeigte Wirkung.

Im August stand der übrig gebliebene Hopfen in voller Blüte. Doch sie hatten insgesamt etwa ein Drittel der Anbaufläche verloren. Das hieß ein Drittel weniger Bier. Oder sie würden nach der eigenen Ernte etwas von anderen Bauern zu völlig überteuerten Preisen dazukaufen müssen.

Die Braugerste hingegen stand goldgelb auf dem Feld und trug reichlich Früchte. Und als die Sonne rund um Mariä Himmelfahrt eine Woche lang trocken und heiß herniederbrannte, war das Korn reif, um geerntet zu werden.

Bis spät in die Nacht mähten sie das Getreide, fuhren es ein, um es zu dreschen, und stellten das übrig gebliebene Stroh zum Trocknen auf.

Es machte Spaß, im Sommer bis in die Abendstunden zu ackern. Es blieb lange hell, doch die Hitze nahm spürbar ab. Auf den Stoppelfeldern erklang das Lied der Zikaden, während Annie und Arno sich unter dem Sternenhimmel in den Arm nahmen und liebkosten.

Annie hielt zwischen ihren Küssen inne. „Sag mir noch einmal, warum wir all das auf uns nehmen?"

„Weil wir's beste Bier in ganz Bayern brauen werd'n", antwortete Arno.

Sie schmiegte sich an seine Brust. „Das werden wir, nicht wahr?"

„Ja. Und für mich wird's immer bei Annie Bräu bleiben. Weil es dein Traum war. Deine Idee, für die du gekämpft hast." Er strich ihr über das Haar, die Kieferlinie hinab bis zu ihrem Kinn und über die Lippen.

In diesem Moment fühlte sich das Leben perfekt an. Ganz egal, was gewesen war oder was noch kommen würde. Diesen einen Augenblick zusammen mit ihrem Liebsten wollte sie tief in ihrem Herzen vergraben, um sich eines Tages daran festhalten zu können.

Im Gegensatz zur Gerste war die Hopfenernte eine einzige Tortur. Die Reben mussten einzeln herabgerissen und abgezupft werden. Dabei durften immer nur die weiblichen Dolden gesammelt werden. Die Rispen waren allein für die Bestäubung zuständig gewesen und mussten aussortiert werden, weil sie die Schaumbildung im Bier verhinderten.

Eine solch aufwendige Arbeit, dass Arno, Nathan und Annie trotz der geringen Menge über eine Woche dafür brauchten. Und auch die Arbeit danach hatten sie unterschätzt.

Damit die gepflückten Dolden gleichmäßig trockneten, mussten sie auf einem Tuch großflächig ausgebreitet werden. Die Scheune war dafür ungeeignet, also räumten sie kurzerhand den Dachboden aus, schleppten die Ernte hinauf und hofften, dass keine Mäuse kommen und ihnen die Arbeit vieler Stunden auffressen würden.

Als Anfang September auch die Kartoffeln bereit waren, um aus der Erde geholt zu werden, schien es, als würde es ein gutes Erntejahr werden.

Das milde Wetter hatte die Knollen zu erstaunlicher Größe heranwachsen lassen. Sie hatten dazu so viele Ableger gebildet, dass sie so viel einbrachten wie sonst auf der doppelten Fläche.

Als sie an diesem Abend dreckig und verschwitzt mit einer übervollen Fuhre heim auf den Hof zurückkehrten, glühte in Annie das Feuer, dass sie es kaum aushielt. Sie wollte jauchzen und tanzen, sich mit Arno im Stroh wälzen und von einer gemeinsamen Zukunft träumen.

Stattdessen wartete Sophie in ihrem Rollstuhl im Eingang. Einen Brief in der Hand. Annie sah, dass ihre Schwiegermutter geweint hatte. Ihre sonst so makellos strenge Fassade war zerbröckelt. Ihre Unterlippe zitterte, als sie ihr das Schreiben mit seltsam verzerrter Miene entgegenstreckte.

Annie griff danach und drehte den Umschlag. Als sie den Absender erkannte, erstickte Eis die Flammen. Grauenerregende Angst vertrieb die Freude und füllte den Körper mit bleierner Schwere.

„Eine Nachricht vom Militär?", fragte sie tonlos, obwohl sie die Antwort bereits kannte. Sie hatte diesen Stempel schon einmal auf einem Umschlag gesehen. Damals vor gefühlten Ewigkeiten, als man Ferdinand als offiziell verschollen gemeldet hatte.

Der Umschlag war aufgerissen. Das Papier darin ohne viel Sorgfalt erneut gefaltet und wieder hineingeschoben worden. Sophie hatte ihn gelesen.

„Was steht drinnen?", flüsterte Annie die eine Frage, die über allem schwebte.

Sophie wischte sich hastig über die Augen, versuchte zu sprechen, doch es kam kaum mehr als eine Aneinanderreihung von Schluchzern heraus.

Annie würde ihn selbst lesen müssen. Ob sie wollte oder nicht. Sie warf einen raschen Blick über die Schulter. Suchte Arno im Grau der heraufziehenden Nacht. Doch die Männer hatten den Wagen bereits hinüber zum Lager und dem Eingang zum Vorratskeller gefahren.

„Lies", wisperte Sophie. „Lies den Brief."

Also tat sie es. Mit zittrigen Fingern zog sie das Stück Papier hervor, faltete es auseinander und ließ den mit Tränen verhangenen Blick über die wenigen telegrammartigen Zeilen fliegen.

Sehr geehrte Frau Hopfstädter,

hiermit teilen wir Ihnen mit, dass Ihr Mann Ferdinand Heinrich Hopfstädter den gegebenen Umständen entsprechend wohlauf in ein Lazarett eingeliefert wurde, nachdem er aus langer Kriegsgefangenschaft befreit werden konnte.
Sobald sein Zustand es zulässt, wird Ihr Mann als Kriegsversehrter außer Dienst gestellt und mittels Hauptbahn gen Süden nach Hause geschickt.
Hochachtungsvoll

Erster Kommandant des dritten Bataillons
M. Mertens

„Er … Er lebt …", sagte Sophie.

„… und kehrt heim", erwiderte Annie wie betäubt.

Damit war alles aus, all ihre Träume dahin. Wie sollte sie Ferdinand gegenübertreten nach all dem? Wie ihn noch lieben und ihm eine treue Ehefrau sein? Nach all der Zeit, die sie wie eine trauernde Witwe verbracht hatte. Wie eine Frau am Ende ihres Weges, die sich einen neuen Weg gesucht hatte.

Niemals konnte sie das vor ihrem Mann geheim halten. Und wenn er es erst wüsste, würde er sie ächten, verstoßen und auf die Straße schicken oder gar ins Gefängnis.

Als Sophie Annies Arm ergriff und ihn schüttelte, erwachte Annie aus der Starre, riss sich los – den Brief zerknüllt in der Hand – und rannte los. Tränenblind und ziellos in die Nacht hinaus.

Kapitel 14 – So nah und doch so fern

Annie rannte, stolperte und rannte weiter. Hinaus auf die Felder. Weg. Sie musste weg. Weil die Scham sie umbrachte. Die Schuld und die Angst. Sie hatte sich von ihrem Ehemann abgewendet, während er in Gefangenschaft womöglich Höllenqualen durchlitten hatte. Sie hatte sich vergnügt. So unglaublich selbstsüchtig und verlogen. Statt auf eine offizielle Nachricht seines Todes zu warten, hatte sie sich die Welt einfach nach ihren Wünschen umgedichtet.

„Bleib stehen! Annie, bitte!" Es dauerte, bis die Worte zu ihr durchdrangen. Bis sie die Stimme erkannte und verstand, dass es nicht Ferdinand war, der sie verfolgte.

Als sie keuchend stehen blieb und sich umdrehte, sah sie Arno auf sie zu laufen. Das Bein hektisch nach sich ziehend.

„Annie, was ist passiert? Sprich mit mir. Ich bin's doch, der Arno", sagte er, als er heran war.

„Ich weiß doch, wer du bist." Annie schluchzte. „Aber wer ich bin, habe ich vergessen." Mit diesen Worten warf sie sich in seine Arme und begann bitterlich zu weinen.

Arno drückte sie an sich, küsste sie auf die Stirn und strich ihr sachte tröstend über den Rücken. „Ich kann dir erzählen, wer du bist. Weil ich tief in dich geblickt hab. Ganz nach unten hin, wo deine Seele ruht. Und ich hab sie leuchten geseh'n. Stark und schön und gut."

Langsam holte seine Stimme sie zurück, bis sie wieder festen Boden unter sich spürte. „Ich kann nicht zurück", wisperte sie an seine Brust gepresst.

Doch immer noch bohrte er nicht nach. Stand nur da und hielt sie. Fest und zärtlich zugleich.

Irgendwann, nach einer gefühlten Ewigkeit, als die Sterne bereits am Himmel leuchteten, löste sie sich von ihm und hob die Faust, in der immer noch die Nachricht steckte.

„Ferdinand kommt heim." Drei einfache Worte, die eine ganze Welt einstürzen ließen.

Doch Arno blieb gefasst, blieb stehen und sah sie an. „Es is' alles gut. Wirst sehen. Er ist ein guter Mann. Er wird dich weiter lieben und du wirst ihn zurücklieben. Wie's sich gehört für Eheleut."

„Und wenn ich ihn nicht mehr mag? Wenn ich doch dich lieb hab? Ich kann dich nicht verlieren."

Seine Brust hob und senkte sich in kraftvollen Atemzügen. Dann nahm er ihre Faust, umschloss sie mit seinen großen, schwieligen Händen. „Ich bin da, Annie. Und ich bleib auch. Immer an deiner Seite. Fern oder nah. Ich bleib, bis ma' mich fortjagt wie einen räudigen Hund. Und selbst dann würd ich zurückkehren. Auf dem Hügel sitzen und mein Geheul anstimmen, als der einsame Wolf, der sich nach der Löwin sehnt."

Wie konnte ein Mann so sein? So richtig und gut? So selbstlos und treu? Wäre Annie es auch, so würde sie ihn gehen lassen. Ihn fortschicken und das Band zwischen ihnen lösen. Aus Liebe und Barmherzigkeit. Doch sie konnte nicht. Noch nicht. Nicht, nachdem sie sich doch gerade erst gefunden hatten unter dem Wappen der Brauerei Hopfstädter.

Zwei Tage später traf Ferdinand mit dem Zug ein. Ohne Ankündigung. In der Hand den kleinen Kastenkoffer, mit dem er damals losgezogen war, um als Soldat der Krone zu dienen.

Doch vom einstigen Kaiserreich war nichts mehr übrig. Eine Republik war an seine Stelle getreten, um dem Volk eine Stimme zu geben. Eine neue Aufbruchstimmung sollte die alten Lasten überdecken und die Spuren des Kriegs verwischen. Doch als Annie ihren Mann ansah, wusste sie, dass nichts vorbei war. Nicht für die, die ihn nur knapp überlebt hatten.

„Gut schaust aus", sagte Sophie, als Ferdinand zu ihr in die Stube trat. Den Koffer fest umklammert.

„Gleichfalls", erwiderte er. Und beides war eine Lüge.

Annie hockte da, die Hände im Schoß gefaltet, den Blick unverwandt auf ihn gerichtet. Er sah blass aus wie ein Toter. Die Wangen eingefallen, der Bart wie mit einem Schälmesser gestutzt. Der Anzug, den er anhatte, wirkte zwei Nummern zu groß. Oder er war zwei Nummern geschrumpft. Selbst seine Finger, die einstmals stark und kräftig gewesen waren, wirkten jetzt wie Spinnenbeine. Ganz knöchrig und zu einer Klaue gekrümmt.

Dann fiel sein Blick auf Annie und sie glaubte, ein Lächeln aufflackern zu sehen. Er ging auf sie zu, beugte sich vor und drückte ihr einen Kuss auf die Wange. „Servus, Annie."

„Servus, Ferdl", erwiderte sie mechanisch.

Alles an dieser Szene fühlte sich falsch an. Aber genau dieser Gedanke bewegte sie dazu, aufzustehen und ihn ebenfalls auf die Wange zu küssen. Denn sie hatte dieses Gefühl schon einmal gehabt. Damals, als sie mit ihrem frisch vermählten Ehemann hier angekommen war, um ihr restliches Leben auf diesem Hof zu verbringen.

Vielleicht brauchte es nur etwas Zeit, um sich wieder einzugewöhnen. Etwas Zutrauen, dass sich alles fügen würde. Und den Glauben, dass Liebe alle anderen Hindernisse überwinden würde.

„Komm, ich begleite dich hoch ins Zimmer. Damit du erst einmal auspacken kannst", sagte Annie und griff nach seinem Koffer, um ihn dem Ferdl abzunehmen.

Doch er zuckte zurück, die Augen angstvoll aufgerissen.

Die heile Welt zerbrach und übrig blieb ein geschundener Mann, der ganz eindeutig zu viel vom Krieg gesehen hatte. Doch wo er schwach war, würde Annie stark sein. Also nickte sie ihm freundlich zu. „Komm mit mir. Ich gehe voraus, damit du folgen kannst."

Sie stieg langsam die Treppe hinauf und vergewisserte sich, dass er ihr folgte. Stufe um Stufe, Schritt um Schritt. Sie hatte das Zimmer in den letzten Tagen wieder so hergerichtet, wie er es verlassen hatte. Das Bett war frisch bezogen. Alles lag bereit.

„Ich werde Marie sagen, dass sie dir eine Brotzeit macht. Etwas frisches Brot, Wurst und Käse. Vielleicht mit einem Glas Milch. Weil's gesund ist und die Lebensgeister weckt." Sie plapperte vor sich hin, nur um kein Nein zu hören. Keine Ablehnung. Nicht noch eine.

Sie würde ihm Raum und Zeit geben, bis er sich wieder sicher fühlte. Auch wenn das in einem Ehebett nur bedingt möglich war.

Ruhig öffnete sie die Tür und stieß sie nach innen auf, damit er sehen konnte, was ihn erwartete. Ein Stück Heimat und Geborgenheit.

Als Ferdinand hinter ihr das Zimmer betrat, schien ein Stück seines Schutzpanzers aufzubrechen. Er stellte seinen Koffer ab, strich über die Bettdecke und über das Hemd, das Annie ihm für die Nacht zurechtgelegt hatte. „Tut gut, wieder daheim zu sein. Hätte nicht gedacht, dass ich es schaffe."

Seine Worte stachen ihr ins Herz. „Es tut auch gut, dich wieder hier zu haben."

Sie hielt Abstand und der Gedanke machte ihr Mut. Mut, den sie beide brauchten. Es würde die Welt wieder ein Stück gerade rücken, sich Zeit zu nehmen. Vielleicht konnten sie sich noch einmal ganz von Neuem kennenlernen. Lieben lernen?

Annie wusste es nicht zu sagen. Sie wusste, dass sie sich ihrer Gefühle für Arno sicher war. Aber wie viel würde sie dafür aufgeben? Wie vielen Menschen für ihre Liebe das letzte bisschen Halt rauben? Denn Ferdinand brauchte ihren Halt, das stand außer Frage. Ob er auch ihre Liebe brauchte, stand auf einem ganz anderen Blatt.

Er setzte sich auf das Bett und seufzte schwer. Seine Schultern sackten herab, als hätte ihn die Kraft verlassen.

„Soll ich dir beim Umkleiden helfen?", fragte sie vorsichtig. „Der schöne Anzug wird sonst ja nur schmutzig."

Er lachte trocken und nickte. „Ich sehe darin wie ein Landstreicher aus. Aber es war das Einzige, was sie in der Kleiderkammer noch übrig hatten, als sie mich aus dem Lazarett entlassen haben."

Annie war unsicher, ob das Nicken ihr gegolten hatte. Zögerlich trat sie näher, achtete auf jede Geste, jede Bewegung und jeden Blick.

Er blickte erst sie an und dann an sich hinab. „Ist nicht mehr viel übrig von mir. Bin mein eigener Schatten geworden."

„Wir päppeln dich wieder auf. Wirst sehen. Die Marie kocht dir ein reichhaltiges Essen. Dann ist die Kraft bald wieder zurück. Dazu die gute Luft. Und die vertraute Umgebung. Da wird sich dein Körper zurückerinnern, wie's mal war und wie's wieder sein soll."

Einmal mehr seufzte er. Ein Atemzug so lang und tief, als würde er die Heimat in sich aufsaugen, um sie wieder spüren zu können.

Er hob die Hand, streifte sich sichtlich mühevoll die Jacke von der Schulter, bevor der Arm kraftlos wieder hinabsank.

Annie trat einen weiteren Schritt vor. Hielt ihm die offenen Hände hin, als würde sie sich ergeben.

Wieder nickte er.

Also wagte sie es, griff behutsam nach dem Stoff und schob Ferdinand langsam die Jacke über die andere Schulter und hinab, damit er aus den Ärmeln schlüpfen konnte.

Es war seltsam berührend, ihren Ferdl so zu sehen. So verletzlich und schwach. Wo er doch immer derjenige gewesen war, der gern vorgeprescht war. Immer mit Volldampf voraus aufs nächste Ziel zu. Mit kaum Zeit, um drüber zu reden. Weil er sich alles schon im Kopf ausgemalt hatte und nur noch tun musste. Große, mutige Dinge, die sie sich anfangs selbst nie zugetraut hätte.

Jetzt kam es ihr so vor, als hätte sie ihm diese Fähigkeit gestohlen. Weil sie heute diejenige war, die etwas in die Hand nahm und ein Wagnis eingehen wollte. Für die Familie, aber auch für sich selbst.

„Weißt, Annie, sie haben mich äußerlich zusammengeflickt. Aber innen drin, da bin ich immer noch kaputt", sagte er mit abwesendem Blick, während sie ihm die Knöpfe des Hemds öffnete und ihm auch das abstreifte.

Weil er kein Unterhemd trug, konnte sie seine Brust sehen. Bleich und voller Narben. Nicht von Kugeln, die ihn getroffen hatten, sondern von Folterwerkzeugen.

Rasch drehte sie sich weg, eilte zum Schrank, um ihm seine Sachen zu holen, die sorgsam gefaltet im Regal lagen. Kleidung aus Flanell, um seinen ausgemergelten Körper warm zu halten. Dazu Hosenträger, weil sie fürchtete, dass die alten Hosen zu locker sitzen würden. Sie wählte den Trachtenjanker, um ihn daran zu erinnern, wer er war und dass er es nach Hause geschafft hatte.

Voller Hingabe half sie ihm, jedes dieser Stücke anzuziehen, stülpte ihm warme Wollsocken über die bläulich verfärbten Füße, ganz egal, wie heiß die Sonne am Tag vom Himmel herabbrennen würde. Weil sie sah, dass ihr Ferdl von innen fror, wo kein Strahl ihn erreichen konnte.

Als sie fertig war und gehen wollte, packte er sie am Handgelenk und zog sie zu sich her. „Du bist eine gute

Frau, Annie. Das hab ich gleich gewusst, als ich dich gesehen habe."

Und dann küsste er sie, presste seine Lippen auf ihre,
während sie sich versteifte.

Kapitel 15 –
Kontrahenten

Den Tag über verkroch sich Annie in ihrer Arbeit. Erst bei den Kühen und später auf dem Acker, wo sie übrig gebliebene Kartoffeln zusammensuchte.

Sie versuchte, ihre Gedanken zu sortieren, sich über ihre Gefühle klar zu werden. Doch es gab zu viele widerstreitende Elemente. Zu viel Für und Wider. Zu viel Sollte und Wollte.

Sie hatte in einem Traum gelebt und der war jetzt vorbei. Das sagte Annie ihr Verstand. Doch ihr Herz flehte sie an, einen Ausweg zu finden. Sich nicht zu fügen.

Dieser eine Kuss, den Ferdinand ihr gegeben hatte, war genug gewesen, um ihr zu beweisen, dass da wohl noch Zuneigung für ihn war, aber keine Liebe. Und das lag nicht an seinem Zustand. Es lag an ihr. Sie hatte sich durch den Krieg genauso verändert wie er.

Sicher nicht unter den gleichen Qualen. Aber ebenso unwiederbringlich. Es war nicht möglich, diesen Weg zurückzugehen und die Türen zu ihrem neuen Leben einfach wieder zu verschließen. Genauso wie es unmöglich war, sich von ihm zu trennen.

Sie war einen Bund mit ihm eingegangen. Für immer. In guten wie in schlechten Zeiten. Dazu würde sie stehen. Als Stütze in der Not und verlässliche Partnerin. Auch wenn ihre Gefühle jemand anderem galten.

Arno hatte das bereits am Abend unter den Sternen begriffen. Und er hatte sich nicht dagegen gewehrt oder Annie dafür verurteilt. Dafür liebte sie ihn umso mehr.

Die Frage war, wie Ferdinand es aufnehmen würde. Wem er die Schuld geben würde. Dann, wenn er erst von Nathan, Arno und der Brauerei erfuhr.

Ihren neuen Wanderarbeiter vorzustellen, war nicht so schwer. Ferdinand schätzte handfeste, hart arbeitende Männer und genau so einer war Nathaniel. Und auch die Pferde im Stall schienen dem Hausherrn zu gefallen. Zugpferde, die auch auf dem Feld eingesetzt werden konnten.

Warum sie für zwei Kraftpakete einen Teil der besten Milchkühe getauscht hatten, verstand er weniger. Bis Annie und Sophie ihm von der Brauerei erzählten. Von den Kesseln. Und von Arno.

„Nur weil er auf der Hochzeit war, heißt das nicht, dass er sich's hier bequem machen kann. Die Chance für Versöhnung haben der Franz und seine Familie ausgeschlagen. Da kann sein Sohn nicht einfach kommen und tun, als wäre nichts gewesen", rief Ferdinand und lief aufgebracht durch die Küche.

„Er gehört zur Familie", sagte Annie.

„Und er hat sich seinen Platz auf dem Hof schwer erarbeitet", sagte Sophie ungewohnt nachgiebig.

„Das kann ich nicht zulassen." Annies Mann schüttelte wieder und wieder den Kopf. „Er soll schwer dafür gearbeitet haben? Was ist mit mir? Was ist mit meinen Opfern, die ich geben musste, um zurückzukommen. Zu meiner Familie. Und was sehe ich? Wie soll ich das finden, dass ihr mich einfach ersetzt habt wie einen alten Eimer!"

„Er hat gar nichts ersetzt", erwiderte Sophie. Doch Annie biss sich bei den Worten auf die Lippe.

Aber ihre Schwiegermutter war noch nicht fertig. „Wir haben ihn aus christlicher Nächstenliebe aufgenommen und um unseren Hof zu retten. Denn du und Heinrich, ihr wart fort und wir standen alleine da. Über Jahre! Wäre es dir lieber gewesen, wir hätten den Hof verloren? Dann hättest auch du keinen Ort mehr gehabt, zu dem du hättest zurückkehren können!"

Sophie wurde so laut und heftig in ihrer Ansprache, dass Annie verwundert blinzelte. Es brauchte einen Moment, bevor Annie begriff. Ihre Schwiegermutter hatte sich für die Brauerei und damit auch für Arno entschieden. Sie verteidigte weniger sie, sondern vielmehr sich selbst.

Ferdinands Ausdruck wurde bitter.

Genau in diesem Moment trat Arno ein. Er war auf dem Dachboden gewesen, um nach dem Hopfen zu sehen. Annie hielt den Atem an und Sophie neben ihr richtete sich in ihrem Rollstuhl auf, die Hände auf die Knie gepresst.

„Gut'n Abend", sagte Arno und neigte den Kopf, so als hätte er die Spannung im Raum bereits erfasst.

Seine Geste wirkte beschwichtigend. Er kam nicht als Rivale, er kam als Freund. Als einer, der seinen Platz kannte und immer noch dankbar dafür war, dass man ihm eine Chance gegeben hatte.

Doch Ferdinand schien nichts davon wahrzunehmen. „Da bist du also. Hast dich eingeschlichen wie eine Ratte und dir ein hübsches Nest gebaut. Vielleicht wird es Zeit, dass ich's ausräuchere."

„Ich bin nur hier, um meinen Teil der Arbeit zu verrichten. Aber es is' gut, dich zu sehen. Dass de es zurückgeschafft hast. So wie ich." Arnos Blick huschte über die Gesichter der anderen und blieb an Annies hängen. Doch der Wolf hatte seine Maske wieder aufgesetzt.

Die Erinnerung daran, dass auch Arno im Krieg gekämpft hatte, schien Ferdinand den Wind aus den Segeln zu nehmen. Er blieb stehen. Nur mit seinem Kopf ruckte er weiterhin unstet hin und her. „Also haben wir die Kessel am Ende doch noch bekommen."

Arno nickte. „War an der Zeit, würd ich sagen. Ihr habt's richtig gemacht. Die Felder sind fruchtbar und's Wetter hat auch mitgespielt. Ist alles bereit fürs Brauen vom Hopfstädter Bier."

Annie sah, wie es in ihrem Ferdl kämpfte. Dass er am liebsten auf seinen Cousin losgegangen wäre. Doch es wäre nur zu einer weiteren Niederlage gekommen. So klug war er, das zu wissen. Also klatschte er langsam in die Hände. „Bravo. Dann wird's hier wohl endlich was Ordentliches zu saufen geben statt nur Kräuter im Tee."

Annie zuckte bei der Spitze zusammen, sprang auf, holte ihm ein Flaschenbier und stellte es ihm hin.

Doch Ferdinand beachtete es gar nicht. „Dann werde ich mir diese Brauerei wohl mal ansehen, die ihr ohne mich und unter meinem Dach aufgebaut habt. Na los! Zeig sie mir!"

Er schubste Arno Richtung Tür. Einmal. Zweimal. Und der ließ es zu. Wich aus, trat den Rückzug an, bis hinaus in den Hof. Und Annie folgte ihnen.

Zu dritt marschierten sie hinüber zum alten Stall, über dem jetzt das Emblem der Brauerei prangte. Die

Tür war unverschlossen. Also übernahm Ferdinand die Führung und trat ein.

„Das hier ist also die berühmte Wiege des Hopfstädter Biers", tönte er übertrieben laut. Mit ausgebreiteten Armen lief er durch den lang gezogenen Raum. Drehte sich und lachte, als würde er die Räume gerade seinen Gästen präsentieren.

„So weit sind wir noch nicht", erklärte Arno in ruhigem Tonfall.

„Wir?" Ferdinand stürmte auf ihn zu, bis sie kaum eine Handbreit voneinander entfernt waren. „Ach, du sprichst jetzt also von wir, wenn es um meine Frau geht?"

„Ferdl, bitte. Reg dich nicht so auf." Annie streckte beschwichtigend die Hände nach ihm aus. Doch jedes Wort, jede ihrer Gesten machte ihn nur noch rasender.

„Warum nicht? Warum sollte es mich kaltlassen, wenn irgend so ein dahergelaufener Kerl kommt, sich auf meinem Hof breitmacht und glaubt, er könnte mit meiner Ehefrau anbändeln!" Er stieß Arno von sich und rannte hinüber zum Tisch mit den Probeflaschen, die Annie bereitgestellt hatte.

„Bei deiner Freundlichkeit könnt ich ja glatt glauben, du willst noch mehr mit ihr anfangen, als nur den Sud im Kessel umzurühren." Mit einer einzigen gewaltigen Handbewegung wischte Ferdinand die Flaschen vom Tisch.

Es klirrte. Scherben spritzten in alle Richtungen.

„Warum regst du dich nur so auf? Wir haben es doch für den Hof getan", rief Annie voller Verzweiflung. „Wir mussten doch etwas tun, sonst werden wir dieses Jahr nicht überleben."

„Sprich nicht von Dingen, die du nicht verstehst!",
brüllte Ferdinand. „Du weißt doch gar nicht, was es
heißt, mit allen Mitteln überleben zu müssen! So wie
ich!"

Annie schluckte und wich vor ihm zurück. Doch wie
ein Tier, das ihre Schwäche gewittert hatte, jagte er ihr
nach, wollte sie packen.

Aber Arno war schneller. Hart und treffsicher schlug
er Ferdinands Hand beiseite und stellte sich zwischen
ihn und Annie.

„Ich versteh deine Wut. Der Krieg macht einen wü-
tend. Und er macht noch viel mehr mit einem. Aber's
gibt dir nicht das Recht, deine Frau zu schlagen."

Ihr Herz klopfte wie wild, voller Angst. Um sich selbst.
Um Arno und um ihren Ferdl. „Ich bin schuld. Ich hab
die Idee gehabt und deinen Cousin dazu überredet, uns
die Kessel zu überlassen. Weil ich deine Frau bin. Weil
ich Teil dieser Familie bin und meinen Beitrag leisten
wollte. Versteh das doch!"

„Ich versteh es nur zu gut", zischte Ferdinand mit
schmalen Augen. „Wie er sich vor dich stellt. Wie ein
strahlender Ritter in Rüstung seine Holde retten will.
Aber du hast das falsche Märchen gelesen. Du bist nicht
der Jäger, der unser Rotkäppchen vor dem Unglück ret-
tet. Du bist der Wolf, der drauf lauert, sie zu fressen.
Aber nicht in meinem Wald. Sonst schieß ich dich tot."

Annie schrie bei seinen Worten auf und stürmte vor.
Zwischen die beiden Männer. Ein flüchtiger Blick nur
streifte Arnos. Und sie hoffte, er würde die Entschuldigung darin sehen, bevor sie ihre Arme um Ferdinands
Hals schlang und ihn küsste. Wild und verzweifelt.

Erst wehrte er sich. Zerrte an ihr. Doch sie hielt ihn fest umklammert, als hinge ihr Leben davon ab. Sie küsste ihn, bis er nachgab, bis er sich ganz auf sie konzentrierte und endlich den Kuss erwiderte. Besitzergreifend und hungrig, wie sie ihn nie gekannt hatte.

Arno hingegen drehte sich um und ging.

„Ich werd dir zeigen, wie viel Mann ich noch bin", sagte Ferdinand, die Lippen dicht an Annies Ohr gepresst, während er ihr volles Mieder begrapschte.

„Bitte, Ferdl. Es könnt uns jemand sehen." Annie wimmerte.

„Ach, jetzt zeigste Scham, hm? Nachdem du dich wie eine läufige Hündin an mich gedrückt hast. Aber als guter Ehemann erfüll ich dir deinen Wunsch." Damit packte er sie am Oberarm und zerrte sie mit sich. Hinaus in den Hof, zurück ins Haus und die Treppe hinauf in die Schlafkammer.

„Was sagst du, Annie? Ist es hier besser? Oder gibt es noch was, über das du dich beschweren willst?"

Noch bevor sie antworten konnte, riss er ihr das Kleid von der Schulter und küsste sie. Leckte an ihr und biss in ihr Fleisch.

„Bitte nicht, Ferdl", hauchte sie.

Doch er zerrte weiter an ihr, zog an der Schnürung, die das Kleid zusammenhielt. Und als er nicht weiterkam, packte er sie mitsamt dem Kleid und warf sie bäuchlings aufs Bett.

„Hast dich sicher nach mir verzehrt. All die Monate und Jahre. Da will ich dich nicht länger warten lassen als guter Ehemann. Ich geb sie dir, deine Belohnung. Weil du so treu und redlich warst. So artig auf mich gewartet hast und immer nur das Beste wolltest."

„Ich habe gewartet, Ferdl. Ich habe so lange gewartet", sagte Annie schluchzend, während er sich an sie drängte, sich keuchend über sie beugte. Die Hose geöffnet, den Rock hinaufgeschoben.

Tränen liefen ihr über die Wange, als er sich nahm, was seiner Meinung nach ihm gehörte. Und sie ließ es geschehen. Das Gesicht in die Kissen gedrückt. In der Hoffnung, dass es schnell vorbei sein würde.

Kapitel 16 – Der Tag der Wahrheit

Die folgenden Tage hielt sich Arno fern von ihr. Annie sah ihn weder bei den Kühen noch in der Brauerei. Stattdessen war Nathan da und half, den Hopfen in Säcke zu packen.

Ferdinand hingegen verbrachte seine Tage im Wirtshaus, verprasste das bisschen Geld, das übrig war, und kam erst wieder heim, wenn er kaum noch stehen konnte.

Jede Nacht lag Annie mit offenen Augen im Bett und wartete, dass die Haustür aufging und er polternd die Treppe hinaufkam und die Tür zur Kammer aufstieß. Unablässig vor sich hin murmelnd. Schimpfend und palavernd, ohne Sinn und Verstand. Nicht einmal die Stiefel zog er sich aus, wenn er dann neben ihr ins Bett fiel.

Dann wartete sie, bis er verstummte. Sobald sein Atem gleichmäßiger ging und sie sicher sein konnte, dass er eingeschlafen war, zog sie ihn aus, legte die Sachen ordentlich beiseite und wusch ihm den Sabber vom Mund.

Es war ihre Art der Buße. Ihre Abbitte für die Sünden, die sie begangen hatte. Den Schmerz, den sie ihrem Mann zugefügt hatte, auch wenn er nichts davon wusste. Allein sein Instinkt hatte ihn darauf gebracht.

Weil Frauen nicht einfach nur gut Freund mit jemandem sein können. Sie waren schon in der Bibel die Verführerinnen. Die Schlangen, die den Männern den Kopf verdrehten und sie ins Verderben stürzten.

Vielleicht war Annie das. Eine Sirene, die allen nur Unglück brachte, weil sie wagte, selbst etwas zu wollen. Ein Stück vom Glück dieser Welt. War das wirklich so verwerflich?

Diese Frage trieb sie um, während sie in der Brauerei auf Arno traf. Zwischen ihnen brauchte es keine Worte, um sich zu verständigen. Sie hatte sich entschieden, dass er nicht für sie kämpfen durfte, dass sie selbst es tun würde. Auf ihre Art.

Er nahm es hin und das war wohl der größte Liebesbeweis, den er hatte erbringen können. So wie er es ihr gesagt hatte. Es genügte ihm, in ihrer Nähe zu sein. Und das erste Mal verstand sie, wie wahr diese Worte waren. Weil sie es auch fühlte.

Es war Zeit, ein Bier zu brauen. Also entzündeten sie das Feuer, nahmen die Hälfte des Hopfens und wogen die restlichen Zutaten ab. Die gekeimte Gerste, das Wasser und die Hefe, die Arno in den Sommermonaten besorgt und vermehrt hatte, kamen in den Bottich und dann zusammen mit dem Hopfen in die Bierpfanne. Der daraus entstandene Sud wurde aufgekocht und die kochende Würze wieder abgekühlt.

Und wenn sie alles richtig gemacht hatten, würde darauf die Gärung folgen. Acht Tage, in denen das Gemisch in offenen Bottichen stand und mit jedem Tag mehr Schaum bildete.

Ein gutes Zeichen, soweit Arno und Annie es zu deuten wussten. Dennoch blieb die Angst. Denn diese Brauerei war der letzte Faden, der alles zusammenhielt. Würde er reißen, würden sie alle untergehen.

Das wusste auch Sophie. Und deshalb sagte sie nichts und tat auch nichts, sondern ließ ihren Sohn ziehen. Um ihn bei sich zu wissen und gleichzeitig weit genug entfernt zu halten, um ihr Geschäft, auf das sie alles gesetzt hatten, nicht zu gefährden.

Acht lange Tage gärte der Sud, während Arno und Nathan die Fässer mit Pech abdichteten und die alte aufbereitete Abfüllanlage durchspülten, die sie sich gekauft hatten.

Annie dagegen fuhr zu einer kleinen Druckerei am Rand von München, um dort die Etiketten mit Namen und Emblem drucken zu lassen. Denn jeder sollte sehen können, woher das Bier stammte.

Mit ihrem Markenzeichen in der Tasche machte sie sich auf, die Wirtschaften der Umgebung abzufahren, um ihnen das Bier schmackhaft zu machen. So wie es einst ihr Vater mit der neuen Ware seines Tabakladens gemacht hatte.

Und es funktionierte. Neben einigen skeptischen Stimmen gab es andererseits viel Zuspruch. Die Leute mochten es, wenn Produkte aus der eigenen Region kamen und sie sich der Qualität gewiss sein konnten. Ein Bier trank man am liebsten mit einem Freund. Und genau das sollte es sein.

Nur das Wirtshaus in Durnheim ließ Annie aus, um Ferdinand nicht über den Weg zu laufen. Er sollte in seinem Suff die Welt vergessen, so wie sie jenen Tag zu vergessen versuchte, der das letzte bisschen Liebe für ihren Mann für immer und ewig ausgelöscht hatte.

Wenn es sich erst mal herumgesprochen hatte, dass sie im Ort eine Brauerei von Rang ansässig hatten, würde der Wirt schon kommen, um seine Bestellung zu machen. Dann würde vielleicht auch Ferdinand einsehen, dass es ein gutes Projekt war und dem Namen Hopfstädter zur Ehre gereichen würde.

Als schließlich der Tag der Wahrheit kam, hatte sich das Laub an den Bäumen bereits bunt gefärbt. Die Sonne hatte an Kraft verloren und die Vögel machten sich bereit für ihre Reise in den Süden.

Das Erntedankfest stand an. Ein Stichtag, den Arno und Annie sich gesetzt hatten, um die ersten Fässer auszuliefern. Doch vor dem Abfüllen musste der Biersud filtriert werden. Der letzte Schritt und eine erste Gelegenheit, den Alkoholgehalt und die Qualität des Geschmacks zu testen.

Um diesen Moment zu würdigen, zog sich Annie ihre Festtagsstola über und brachte ein Brett mit Brot, Käse und Hartwurst mit in den Raum.

Arno stand bereits am ersten Gärbottich und schöpfte vorsichtig den Schaum und kleinteilige Schwebstoffe ab. Auch er hatte sich für seine Verhältnisse hübsch gemacht. Statt schlammverkrusteter Stiefel und mistgetränkter Arbeitshose trug er Halbschuhe und Stoffhose und darüber einen Wollpullover, den die alte Erna für ihn gestrickt hatte. Ihre Art, sich für ihn auszusprechen.

„Letzte Chance, es dir noch zu überleg'n", sagte Arno mit einem schelmischen Lächeln. „Ob's nicht doch Annie Bräu heißen soll."

Sie grinste. „Darüber können wir nach der Verkostung reden. Ich geb meinen Namen doch nicht für was her, das am Ende wie Malzbrand schmeckt."

„Hast recht. Es müsst' schon der Geschmack von Himmel und Erde im Glas stecken, damit es ein Annie Bräu werden könnte."

Sie lachte auf. Es tat gut, ihn zu sehen, mit ihm zu scherzen und einmal bloß vergnügt zu sein, ohne all die Sorgen, die im Hintergrund lauerten.

Auch er hatte etwas mitgebracht. Zwei kleine schlanke Krüge, auf denen tatsächlich schon ihr Emblem eingraviert war.

Annie riss die Augen auf. „Woher hast du sie?"

„Ein Schulkamerad hat's Handwerk von der Glasbläserei gelernt und sich bei Rosenheim was aufgebaut. Eine Werkstatt mit'm Verkauf direkt dran. Für alles, was es gibt. Gläser, mein ich, und Figuren, wie Pferde und so."

„Das muss teuer gewesen sein." Annie strich über die fein gezeichneten Linien, die zwei Buchstaben und die Ähren, die Hanf und Gerste symbolisierten. Es gab so viele wunderbare Handwerksarbeiten auf dem Land, während in der Stadt die maschinell hergestellten Waren immer mehr in Mode kamen und aus Kunstwerken Wegwerfware machten.

„Er hat mir 'nen Freundschaftspreis gemacht, weil ich ihm mit'm Aufbau geholf'n hab vorm Krieg."

Annie nickte. Das war die neue Zeitrechnung: die Jahre vor oder nach dem Krieg. „Die Werkstatt würde ich gerne einmal sehen."

„Wir könnt'n hinfahren. Wird auch dort Wirtschaften geben, die ein Bier gebrauchen können."

Sie senkte den Kopf.

Es brauchte nur diese eine Geste und er verstand. „Irgendwann mal, mein ich."

Und wieder hatte das unausgesprochene Thema sie eingeholt. Annie strich Schmalz auf ein Stück Brot und reichte es Arno. Ihr Blick traf den seinen und sofort stieg ihr Hitze in die Wangen. „Weil's doch zu einer ordentlichen Brotzeit dazugehört."

Arno streckte die Hand danach aus. Seine Finger strichen zärtlich über ihre, bevor er das Krustenstück ergriff, genießerisch davon abbiss und es im Gegenzug ihr vor den Mund hielt.

Und wieder brachte er sie damit zum Lächeln. Sie nahm seine Herausforderung an, öffnete ihre Lippen und biss langsam und hingebungsvoll ein Stückchen ab.

Arno sog scharf die Luft ein und Annie sah die Glut in seinen Augen aufflammen. Genau das war es: ein Spiel mit dem Feuer. Und doch konnte sie diesem ruhigen Mann nicht widerstehen, weil sie von seiner unbeherrschten Seite gekostet hatte.

Doch bevor sie dieses Spiel weiterführen konnte, zog jemand die alte Stalltür auf. Nathan steckte den Kopf herein. „Und? Wie schmeckt's?"

„Wir wollten es gerade probieren", antwortete Annie etwas zu hastig, während Arno sich den Rest des Brotes in den Mund schob und nach den Gläsern griff.

Um sie in den Bottich zu tauchen, musste er auf einen Schemel steigen. Das Bier sah trüb und dunkler aus, als Annie erwartet hatte. Sofort war die Sorge wieder da. Vielleicht hatten sie etwas im Prozess falsch gemacht. War es verunreinigt oder zu warm geworden?

„Sieht gut aus", meinte Arno, reichte ihr eines der Gläser und hielt seines gegen das Licht.

Auch Nathan schien unbesorgt, also wagte Annie es. Sie setzte das Glas an die Lippen, atmete ein und nahm ihren ersten Schluck. Es schmeckte herb und süß zugleich. Das Malz der Gerste gepaart mit dem bitteren Geschmack des Hopfens. Der Schluck prickelte im Mund und hinterließ eine angenehme Würze auf der Zunge, wenn auch schwächer, als sie sich gewünscht hatte.

Ihr Blick huschte zu Arno. Auch er hatte gekostet. Und auch er wirkte unzufrieden.

„Gut, aber etwas dünn", sagte Nathan und brachte es damit auf den Punkt.

Arno nickte. „Eher etwas für die Arbeiter als fürs Wirtshaus. Da wird auch das Filtern nichts mehr rumreißen."

Das war keine schlimme, aber auch keine gute Nachricht. Denn auch wenn es für das Bier einen Markt gab und es gerade auch in den Kneipen ärmerer Viertel gerne ausgeschenkt wurde, brachte es auf die Menge gesehen deutlich weniger ein. Womöglich weniger, als sie bekommen hätten, wenn sie die Felder ebenfalls mit Kartoffeln bepflanzt hätten.

„Vielleicht lag's an der Hefe", sagte Arno sinnend, während er weitere Schlucke nahm.

„Oder wir hätten den Hopfenanteil höher setzen sollen", erwiderte Annie.

Nathan zuckte mit den Schultern. „Also mir schmeckt's. Fast wie auf der Wiesn. Außerdem kann man davon mehr trinken. Kann doch nur gut sein."

Annie stellte das Glas ab und rieb sich den Nacken. Konnte denn nicht einmal etwas funktionieren, wie sie es sich gewünscht hatten? Was würde Sophie sagen? Und Ferdinand?

„Ist das nicht Beweis genug, dass dieses Vorhaben zum Scheitern verurteilt ist?", rief Ferdinand am Abend, als er in der Küche von dem Ergebnis erfuhr. „Das Hirngespinst einer Frau, die glaubt, sie könnte es besser machen als die Herren in den großen Brauereien."

Wie immer war er angetrunken, stank nach Zigarrenqualm und schalem Bier. Und wie immer musste er auf Annie herumhacken.

„Schüttet die Brühe weg und vergesst's den Mist. Ab dem Frühjahr wird wieder angebaut, was ich sag. Und damit basta!" Ferdinand schwankte so sehr, dass er sich am Türrahmen festhalten musste.

„Es war der erste Versuch!", erwiderte Annie trotzig. „Und dafür war es ein Erfolg! Ein großer sogar, wenn man bedenkt, dass *ich's* war, die die Idee hatte. Ich werde mich nicht dafür entschuldigen, dass ich für den Hof gekämpft hab."

„Ich hab auch gekämpft!"

Annie stöhnte auf. Sie verstand, dass er litt. Dass er es sicher schwerer gehabt hatte. Und dass das nicht mit der Arbeit auf dem Hof vergleichbar war. Aber war es wirklich zu viel verlangt, dass auch sie sich ein klein wenig Anerkennung wünschte? Musste immer alles aufgerechnet werden?

„Genug!", rief Sophie. „Es geht hier um den Hof und nicht um eure Streitereien. Macht's das unter euch aus.

Jetzt müssen wir erst mal schauen, dass wir das Bier verkauft kriegen."

Doch Annie konnte es nicht auf sich beruhen lassen. „Wenn wir jetzt aufhören, war alles umsonst. Dann müssen wir unsere Kartoffelernte zum Großteil für die neue Aussaat behalten und werden noch viel weniger verdienen."

Sophie sah nicht überzeugt aus, also griff Annie nach dem letzten Strohhalm.

„Vielleicht machen wir sogar einen guten Gewinn mit dem Bier, wenn wir es an die Festzelte verkaufen. Wir schaffen es vielleicht nicht auf die Wiesn, aber womöglich auf den Jahrmarkt in Rosenheim. Arno kennt in der Stadt welche, die wir vielleicht ansprechen können. Außerdem wussten wir doch, dass es ein Risiko ist. Deshalb ist noch genug Hopfen übrig, um es besser zu machen. Wir verkaufen die Fässer für einen guten Preis im Oktober und füllen sie zum Winter hin mit stärkerem Bier. Grade so, als wär es Absicht gewesen."

„Ein Scheißhaufen ist das!", rief Ferdinand. „Und so ein' Schiss hör ich mir nicht länger an! Ich hol mir die Axt und dann zeig ich euch, wo die Pisse hingehört. In die Güllegrube!"

Als er sich anschickte, nach draußen zu gehen, knallte Sophie ihre Hand auf den Tisch und stand aus ihrem Rollstuhl auf. „Du tust gar nix, außer dich hoch ins Bett zu schleichen! Ich lass nicht zu, dass du den Hof in den Abgrund stürzt. Das hab ich deinem Vater versprochen. Der würd sich im Grab umdrehen, wenn er dich so sehen könnt. Ein Säufer, der von morgens bis abends im Wirtshaus hockt. Schäm dich!"

Die Wendung kam so plötzlich, dass Annie nur dasaß und zu Sophie aufschaute. Ihr ganzer Körper zitterte bei der Anstrengung, sich aufrecht zu halten. Doch ihre verbissene Miene machte klar, dass sie keinen Millimeter weichen würde.

Selbst Ferdinand wagte keinen Widerspruch. Murrend und schwankend schleppte er sich die Treppe hinauf.

Sophie sackte zurück in den Sitz und ihrem Gesicht war anzusehen, dass sie Schmerzen hatte.

„Brauchst was vom Weidenrindenextrakt gegen die Schmerzen?", fragte Annie.

Doch Sophie winkte ab. „Was ich brauch, ist ein Bier, das jeder saufen mag, und einen Enkel, der den Hof weiterführt, wenn sich sein Vater totgesoffen hat. Kannst du mir das bieten?"

Nach der Hochzeit hatten sie nicht viel Zeit für die Familiengründung gehabt, bevor Ferdinand einberufen worden war. Die seltenen Male, die er in den ersten Jahren heimgekommen war, hatten sie es versucht, aber es hatte nie geklappt. Schließlich hatten sie andere Sorgen gehabt. Und seit seiner Rückkehr hatte es nur dieses eine Mal vor einigen Wochen gegeben.

Annie wurde blass. Ihre Hände glitten automatisch hinab zu ihrem Bauch.

„Du siehst strahlender aus in letzter Zeit. Und draller", sagte Sophie. „Haben du und mein Sohn etwas zu verkünden?"

Konnte das sein? Hatte dieser eine Akt ausgereicht, um sie zu schwängern? Hastig ging sie die Tage im Kalender zurück. Zählte die Wochen. Wann war ihre letzte Blutung gewesen? Im letzten Monat? Oder dem davor?

Ihr schockiertes Schweigen war für Sophie offenbar Antwort genug. „Wenn du jetzt noch dafür sorgst, dass ihr das Bier für einen angemessenen Preis loswerdet, dann sorg ich im Gegenzug dafür, dass die Brauerei bleibt."

Als Sophie ihr die Hand hinstreckte, schlug Annie ein.

Kapitel 17 –
Kuckuckskind

Annie betrachtete ihren Körper, strich über ihre Brüste und ihren Bauch. Warum war ihr die Veränderung nicht aufgefallen?

Ferdinands Heimkehr, die Arbeit, das hatte sie so sehr in Beschlag genommen, dass sie nicht mal bemerkt hatte, dass ihre Regel ausgeblieben war.

Das war eine gute Nachricht. Sie wollte Kinder. Aber konnte sie auch sicher sein, dass es von Ferdinand war? In der Theorie wusste sie durchaus, wie das Babymachen funktionierte. Und mit Arno war es nie dazu gekommen. Aber fast. Konnte sie wirklich sicher sein, dass es damit ausgeschlossen war?

Sie musste mit ihm reden, um sicher zu sein. Und zwar, bevor ihr Mann von der Schwangerschaft erfuhr. Doch Arno war die nächsten Tage unterwegs, um die ersten frisch gefilterten und abgefüllten Bierfässer auszuliefern und neue Abnehmer zu finden. Also hoffte sie, dass ihr Geheimnis so lange ein Geheimnis bleiben würde.

Ein Wunsch, der sich nicht erfüllte.

Als Arno sich nach dem Frühstück gerade anschickte, Drosselbart und Hans anzutreiben, stürmte Ferdinand aus dem Haus und geradewegs auf ihn und Annie zu.

„Ist das wahr?", fragte er und packte Annie an den Haaren. „Ob es wahr ist, will ich wissen?"

Annie sah aus den Augenwinkeln, dass Arno die Zügel beiseitelegte und vom Kutschbock sprang.

„Ist was wahr?", fragte Annie durch zusammengebissene Zähne, während sie mit beiden Händen darum kämpfte, sich aus dem schmerzhaften Griff zu befreien.

„Dass du schwanger bist, mein ich", zischte Ferdinand. Sein Atem roch so faulig süß, dass Annie würgen musste.

„Lass sie los!", rief Sophie vom Haus aus und machte einen Versuch, mit ihrem Rollstuhl herüberzukommen. Doch ihre Kräfte reichten nicht aus.

Mit einem Knurren gab Ferdinand sie frei und schleuderte sie so ruppig gegen den Wagen, dass sie wohl gefallen wäre, hätte Arno sie nicht gehalten.

Doch Annie riss sich los, ohne ihn anzusehen. „Ja, es stimmt. Ich bin schwanger. Es gibt also Grund zur Freude. Das Hopfstädter Geschlecht wird weiterbestehen. Gratuliere! Du wirst Vater!"

Einen Moment später lag Annie am Boden. Die Ohrfeige war so schnell gekommen und mit solch einer Wucht, dass sie nicht hatte ausweichen können. Sophie schrie auf und zeterte, doch ihr Sohn beachtete sie gar nicht.

„Ich lass mir von so einer Dirne wie dir kein Kuckuckskind anhängen!", schrie Ferdinand völlig außer sich.

Doch erst, als er wutentbrannt Arno fixierte, begriff Annie, was er meinte. „Dann hat deine Mutter wohl vergessen zu erwähnen, dass das Kind von dir ist."

„Es kann nicht von mir sein!"

„Warum? Weil du mich nicht jeden Tag mit Gewalt in die Kissen drückst und besteigst?", schrie ihm Annie entgegen.

Wieder waren es Arnos Hände, die ihr aufhalfen, und noch immer wollte sie ihn nicht ansehen. Sie wollte seinen Schmerz und seine Enttäuschung nicht sehen. Weil mit einem Kind auch das letzte bisschen Hoffnung auf ein gemeinsames Glück erlosch.

„Ich hab diese Scheinheiligkeit so satt. Das ganze Dorf tuschelt doch darüber, was du mit meinem Cousin hast!", schrie Ferdinand.

„Das ist es also, das seit Wochen deine Tage und Abende im Wirtshaus füllt? Was ich mit wem treib? Vielleicht hättest du's mitbekommen, wenn du nicht immer nur besoffen ins Bett gefallen wärst!"

„Weil du mich verhext hast! Alle hast du verhext!", schrie Ferdinand so hoch und schrill und mit so weit aufgerissenen Augen, dass Annie unwillkürlich zurückwich.

„Halt ihn auf!", rief Sophie.

„Weißt du, wie man Hexen unschädlich macht?", fragte Ferdinand. „Man ersäuft sie in ihrer eigenen Hexenbrühe."

Nathan rannte an Sophie vorbei auf Annie zu, während Ferdinand nach ihr griff. Doch Arno war schneller. Er verpasste ihm eine gezielte rechte Gerade mitten ins Gesicht, bevor er sich auf ihn stürzte. Gemeinsam gingen sie zu Boden, wälzten sich und schlugen wieder und wieder aufeinander ein.

Als Nathan bei ihnen war, versuchte er erst gar nicht, die Männer zu trennen, sondern wandte sich besorgt Annie zu. „Wo bist du verletzt?"

Annie blickte ihn verständnislos an. „Das bin ich nicht."

Dann bemerkte sie das Blut auf den Pflastersteinen. Panisch betastete sie ihren Schädel, die Arme und schließlich die Beine. Und entdeckte die Ursache. Ein dünnes Rinnsal, das ihr das Bein hinabrann. Ihr Baby!

Tausende Gedanken rasten durch ihren Kopf. Sie musste sich beim Sturz verletzt haben. Vielleicht war es nur ein einfacher Kratzer. Oder war sie gar nicht schwanger? Hatte ihre Periode nur viel zu spät eingesetzt?

„Ich bring dich um, du Hund!", schrie Ferdinand. Er packte Arno mit beiden Händen am Hals und drückte zu.

Annie wurde schwindelig. Würde er sterben? Würde sie sterben?

Nur mehr schemenhaft nahm sie wahr, wie Nathan sie an der Schulter griff und etwas fragte. Sie nickte, ohne zu verstehen. Während der Wanderarbeiter Ferdinand von hinten in den Schwitzkasten nahm und versuchte, ihn so von Arno herunterzuziehen, wankte Annie auf Sophie zu.

Ihre Schwiegermutter hatte es mit dem Rollstuhl alleine bis in die Mitte des Hofs geschafft. Hinter ihr kam Marie aus dem Haus, die Kleidung ganz weiß bestäubt vom Backen.

Annie hielt noch immer den Rock ein Stück weit erhoben, als sie stehen blieb. Sophie redete auf sie ein und streckte ihr die Hände entgegen. Doch Annie hatte das Gefühl, weit entfernt zu stehen und in undurchsichtige Nebel zu blicken.

Hatte Ferdinand es darauf angelegt, dass sie das Kind verlor? Weil er nicht wahrhaben wollte, dass es von ihm war? Hatte Arno deshalb nicht früher eingegriffen? Weil er ihre Schwangerschaft ebenfalls verhindern wollte? Oder war es Gottes späte Rache für ihre Sünden? Für ihre Blasphemie und den Wunsch, selbstbestimmt zu leben?

„Hat er dich getreten? Oder dich mit der Faust in den Bauch getroffen?", fragte Sophie und schüttelte Annie.

Sie wurde in den leeren Rollstuhl gesetzt.

„Bring sie ins Haus. Erna soll sich um sie kümmern und du nimmst die Beine in die Hand und rennst ins Dorf, um die Hebamme zu holen." Scharf wie nie bellte Sophie ihre Anweisungen.

Hinter ihr brüllten die Männer sich an. Ferdinand, Arno und Nathan. Dann ein Krachen, ein letzter Aufschrei, bevor die Stimmen verstummten und nur mehr schweres Keuchen die Luft erfüllte.

Annie drehte sich um, wollte sich vergewissern, dass es Arno gut ging. Doch sie erkannte nur Sophie, wie sie gekrümmt auf wackligen Beinen dastand, die Hände zu Fäusten geballt, und zu ihr sah.

Der Rollstuhl holperte über das Pflaster, dann über die Schwelle und in den Hauseingang. Doch Marie schob sie nicht zur Treppe, sondern weiter in Sophies Zimmer.

Sie hatte einen ebenerdigen Raum gebraucht, seit ihr Rücken das Gehen unmöglich machte. Statt des alten Ehebetts von ihr und Heinrich stand ein einfaches Kastenbett an der Wand. Daneben ein kleiner Tisch, auf dem ein Nachtlicht mit Kerze stand. In einem Regal ge-

genüber der Tür stapelten sich alte Aktenhefter und Bücher. Dazu ein verblichenes Foto ihrer Eltern, die ersten, die es mit dem Bierbrauen versucht hatten. Und eines von Heinrich und ihr, das auf der Hochzeit gemacht worden war.

Der zugehörige Bauernschrank war einstmals mit Blumen verziert worden. Doch die Bilder waren ausgeblichen von Sonne und Putzlappen.

Marie rief nach der alten Magd und als Erna mit Waschschüssel und jeder Menge Tücher ins Zimmer kam, wusste Annie, dass die Lage ernst war.

Die Bettdecke wurde beiseitegeschoben und eine Decke auf dem Laken ausgebreitet, bevor Annie sich, nur mehr im Unterkleid, darauf niederlegte.

„Kau das. Es wird die Blutung stoppen", sagte Erna und schob ihr einige getrocknete Blätter in den Mund. „Du musst jetzt stark sein, Mädchen."

Annie folgte gehorsam und ließ ohne jede Widerrede alles über sich ergehen. In ihrem Kopf waberten Nebelschleier. Da waren Worte, vielleicht sogar Fragen, aber sie konnte sie nicht fassen. Die Bedeutung von all dem nicht greifen. Sie spürte, wie die Magd ihr die entblößten Schenkel mit feuchten Tüchern abwusch und ihr die Hand auflegte. Erst auf den Bauch und dann auf die Schultern und die Stirn.

Annie schloss die Augen. Der Druck ihrer rauen Hände tat gut und ließ das Gedankenwirrwarr langsam, aber sicher verstummen. Die Blätter, die Annie immer noch kaute, schmeckten bitter und harzig, betäubten ihre Zunge und brachten schließlich Frieden und tiefen Schlaf.

Als Annie die Augen das nächste Mal öffnete, war eine Frau bei ihr und tastete ihren Unterleib ab.

„Hab ich es verloren?", fragte Annie.

„Noch ist alles gut. Eine kleine Blutung kann schon mal vorkommen beim ersten Kind, wenn es sich einrichtet. Du musst ihm Zeit geben. Dich pflegen und besser essen. Und vor allem braucht es Ruhe. Keine anstrengende Arbeit und du darfst nichts Schweres heben."

Annie atmete auf. Erst jetzt, da es in Gefahr gewesen war, hatte sie begriffen, wie sehr sie sich dieses Kind wünschte. Nicht nur, weil sie es Sophie versprochen hatte, sondern weil sie Mutter sein wollte.

Die Hebamme ließ ein Tonikum zur Stärkung da und verkündete, in den nächsten Tagen noch einmal nach ihr zu sehen. „So lange musst du das Bett hüten", sagte sie mit mahnendem Unterton, bevor sie ihr über die Wange strich und aufmunternd lächelte. „Du musst jetzt tapfer sein, hörst du?"

„Ich versprech's", antwortete Annie und zog die Decke wieder hinauf.

Doch als sie allein war, kamen die Ängste zurück. Was, wenn Ferdinand sie in seiner Tobsucht und Trunkenheit erneut schlagen würde? Sie konnte sich nicht darauf verlassen, dass Arno sie schützte. Warum sollte er auch? Es war nicht sein Kind.

Der Gedanke an ihn weckte die Erinnerung an den Kampf. An das Geschrei und Gebrüll. Und an Ferdinands Hände um Arnos Kehle.

Aber sie wusste nicht, wie es ausgegangen war. Ob Nathan die beiden hatte trennen können, bevor es zum

Äußersten gekommen war. Sofort war die Panik wieder da.

„Marie?" Sie musste jemanden fragen. „Marie!"

Die Magd kam gelaufen. „Ist was passiert? Soll ich die Hebamme zurückholen? Sie ist grad erst raus auf die Straße."

Annie schüttelte den Kopf. „Was ist mit den Männern? Mit Arno? Hat der Ferdinand ihn am Ende umgebracht?" Ihre Stimme zitterte, ihr Blick klebte an Marie.

Doch die Magd wirkte unsicher.

„Du musst es mir sagen. Sonst steig ich aus dem Bett und finde es selbst heraus!"

„Der Nathaniel hat versucht, die beiden zu trennen. Aber der Ferdinand war wie von Sinnen. Wie verhext war der mit seiner Raserei. Da hat die Frau Mutter befohlen, ihn mit der Schaufel runterzuschlagen. Und das hat der Nathaniel gemacht. Mit'm Schlag auf den Kopf, dass er umgefallen und liegen geblieben ist."

Annie starrte sie an.

„Weil er zu benebelt war vom Schlag!", sagte Marie eilig zur Erklärung. „Dem wird der Schädel noch lange brummen. Und zu Recht, wenn man mich fragt. Aber mich fragt ja keiner."

Annie sank erleichtert in die Kissen zurück. Weder war Arno tot, noch war er ihretwegen zum Mörder geworden. Das waren gute Nachrichten.

Ihr Mann würde mit seinem Brummschädel hoffentlich genug Gründe haben, um sich wieder im Wirtshaus zu verkriechen. Arno tat gut daran, sich vorerst so wenig wie möglich blicken zu lassen. Und weil die Felder brach lagen, war genug Zeit, um mit Nathan an ihrer Stelle das Bier auszufahren.

Es konnte noch immer alles gut werden.

Kapitel 18 – Gespräch unter Frauen

Annie lag bereits eine Woche in Sophies Zimmer und wurde abwechselnd von Marie und der alten Erna versorgt, als überraschend Sophie in ihrem Rollstuhl hereinkam. Mit Kräutertee und einem Teller Grießbrei auf einem Tablett, das sie bei sich auf den Knien balancierte.

„Du musst mehr essen", sagte sie schroff. Sie schloss mühsam die Tür hinter sich und kam anschließend zu Annie ans Bett gerollt.

„Ihr mästet mich wie eine Gans", sagte Annie. Dennoch lehnte sie sich hinüber und nahm erst den Teller und dann den Tee entgegen.

„Das hier ist ganz alleine deine Schlacht. Du musst sie allein schlagen. Wir können dich zwar bekochen und dafür sorgen, dass du im Bett bleibst. Aber ob das Kind bleibt oder geht, hängt von dir ab."

„Nicht vom Herrgott?", fragte Annie.

„Der Allmächtige hat uns Frauen zu Gefäßen der Frucht gemacht. Allein in uns kann neues Leben heranwachsen. Damit lastet viel Verantwortung auf unseren Schultern. Und damit wir das nicht vergessen und uns demütig zeigen, lässt er uns einmal im Monat bluten", antwortete Sophie.

Erst jetzt sah Annie, dass ihre Schwiegermutter ein Büchlein zwischen Stuhllehne und Oberschenkel geklemmt hatte und nun danach griff.

„Ich weiß sehr gut, wie hilflos man sich da manches Mal fühlt. Den Launen des Mannes ausgeliefert. Weil Recht und Kirche auf seiner Seite sind. Es hat gebraucht, aber mit den Jahren hab ich erkannt, dass es in Wahrheit genau andersherum ist. Dass die Männer uns brauchen. Deshalb versuchen sie, die Frauen klein und unter ihrer Knute zu halten. Ich hab's leidlich erfahren müssen."

Wieder machte sie eine Pause, öffnete das Buch und blätterte darin.

„Aber wenn uns der Krieg eins gezeigt hat, Annie, dann, dass wir auch gut allein zurechtkommen. Für mich ist's freilich zu spät. Ich bin alt und verbohrt. Ich werde bald meinen letzten Gang auf'n Friedhof antreten. Aber du, Annie, du hast das Leben noch vor dir. Du wirst dir das Glück selbst nehmen müssen. Statt darauf zu warten, dass es vorbeikommt und dir in den Schoß springt."

Annie ließ sich die Worte durch den Kopf gehen, bevor sie ihren Becher mit Tee nahm und davon trank. Hatte sie das nicht schon getan? Ihr Schicksal selbst bestimmt mit der Idee von der Brauerei? Oder meinte ihre Schwiegermutter etwas anderes?

„Du meinst Ferdinand?", fragte Annie schließlich. So gesehen war sie nicht frei. Denn vor dem Gesetz durfte der Mann über sie bestimmen. Über das Haus, den Hof, das Geld. Sogar über ihren Körper. Eine Frau musste dem Ehegatten zu Willen sein, hieß es da.

Sophie blätterte weiter versonnen in ihrem Büchlein, schien hier und da eine Stelle nachzulesen und lächelte hin und wieder, bevor sie antwortete.

„Mein Sohn war ein schwieriges Baby. Ein Schreihals, der alles von mir als Mutter gefordert hat. Als Kind war er abenteuerlustig und hat sich mit den anderen Kindern bei jeder Gelegenheit gemessen. Er wollte der Schnellste und der Beste sein. Egal, um was es ging."

Wieder blätterte sie eine Seite um und glitt mit dem Zeigefinger die darin festgehaltenen Zeilen entlang.

„Als er ein junger Bursche wurde, hatte ich die Hoffnung, er würde sich die Hörner abstoßen und dann als gereifter Mann in die Fußstapfen seines Vaters treten. Aber der Krieg hat sie uns beide genommen. Erst den Heinrich und dann den Ferdl. Weil keiner da ist, um ihm den Halt zu geben, den er von seinem Vater gebraucht hätte. Der Krieg hat ihm das Beste genommen und nur das Schlimmste zurückgelassen."

Langsam wurde es Annie unheimlich. War Ferdinand beim Kampf mit Arno doch schwerer verletzt worden, als man ihr gesagt hatte? Doch als Annie nachfragen wollte, hielt Sophie sie mit einer unmissverständlichen Geste zurück.

„Der Ferdinand wird sich entweder totsaufen oder anders unter die Räder kommen. Das ist gewiss. Du bist jetzt dafür verantwortlich, die Hopfstädter Ahnenlinie und ihr Vermächtnis fortzuführen. Als Frau hast du nix in der Hand, als Witwe schon. Verstehst du, Annie?"

Sie nickte langsam.

„Ich mag nicht alles gutheißen und keinen Blick mehr für die Zukunft des Hofs haben. Aber du schon. Du bist klug genug und arbeitest hart. Jetzt musst du nur noch lernen, dich nicht zu ducken vor den Großspurigen, wenn's ums Geld und ums Sagen geht."

Als Sophie die zittrige Hand auf die Bettdecke legte, ergriff Annie sie. Ganz fest.

„Ich sorg dafür, dass mein Ferdl dir nichts mehr tut. Dass er dich in Ruhe lässt. Solang ich leb und atme. Aber du musst mir auch was versprechen, Annie. Dein Kind muss die Familientradition der Hopfstädters weiterführen. Und deshalb darfst du nimmer mehr heiraten, sollt der Ferdl tot sein. Versprich's mir."

Annie strich über ihren Bauch, der noch kaum eine Wölbung zeigte. Sie dachte an Arno, den Hof und die Brauerei. Und an Elise.

„Ich verspreche es", antwortete sie schließlich und drückte Sophies Hand fester, um den Pakt zu besiegeln, den sie als Frauen gerade geschlossen hatten.

Sie würde nie wieder jemandem gehören außer sich selbst, wenn sie wirklich von Ferdinand loszukommen vermochte. Ihre Schwiegermutter würde ihren Sohn so weit in Zaum halten, damit Annie ihr Kind gebären und großziehen konnte. Aber was würde geschehen, wenn Sophie starb?

Sie kränkelte schon lange und das Leben im Rollstuhl machte es nicht besser. Ihre Muskeln schwanden und mit ihr die Beweglichkeit. Bald würde sie gänzlich auf die Hilfe anderer angewiesen sein. Wer würde dann ihr Versprechen einlösen?

Kapitel 19 – Festtagsbier

Nach zwei langen Wochen durfte Annie das Bett wieder verlassen und leichte Arbeiten auf dem Hof verrichten. Sie fütterte die Hühner, fegte die Ställe, kümmerte sich um das Kassenbuch für die Brauerei und experimentierte mit neuen Mischungen der vom Reinheitsgebot vorgeschriebenen Zutaten für ein kräftigeres Bier. Als Nebeneffekt beruhigte der Hopfen bei der Bierverkostung Annies Nerven und auch ihren Magen. Denn mit der Genesung war auch die Schwangerschaft so weit fortgeschritten, dass sie sich mit Übelkeit und anderen Wehwehchen bemerkbar machte.

Unterdessen fuhr Arno durch das Umland, um Fässer auszuliefern und neue Kundschaft zu werben. Doch der Verkauf lief alles andere als gut. Selbst die Wirte auf den Jahrmärkten hatten sich zurückhaltend gezeigt. Schließlich war man seiner Traditionsbrauerei treu.

Ein Problem, das ihnen zusätzlich zum geringen Alkoholgehalt echte Sorgen bereitete. Denn die Großbetriebe konnten im Bedarfsfall viel besser an der Preisschraube drehen, weil sie die Zutaten in riesigen Mengen einkauften. Sie mussten sich etwas anderes einfallen lassen, um herauszustechen und Interesse zu wecken.

Es war bereits November, Raureif lag über den Wiesen und Wäldern. Die Öfen im Haus waren angefacht und Annie wünschte sich, sie hätten beim Umbau des Stalls in eine Brauerei neben der Feuerstelle auch hier an einen Ofen gedacht.

Ihre Hände waren so kalt, dass sie kaum die Probengläser halten konnte. Sie überlegte gerade, sich eine heiße Milch mit Gewürznelken, Zimt und Honig zu machen, als ihr die rettende Erleuchtung kam: Sie würden das übrige Bier weiterverarbeiten, mit Gewürzen vermengen und auf den Adventsmärkten heiß ausschenken lassen!

Wie bei einem kühlen Hellen im Sommer würden die Leute sich im Winter nach einem heißen, wohlschmeckenden Bier die Finger lecken. Selbst in den Wirtshäusern könnte es zu Gänsebraten mit Knödeln und Kraut als weihnachtliche Alternative serviert werden. Die Frauen würden es lieben, da war sich Annie sicher.

Begeistert suchte sie sich Stift und Papier zusammen, um die möglichen Zutaten zu notieren und gegeneinander abzuwägen. Sie würden kräftige Süße brauchen, um den vorherrschenden Geschmack der Bitterstoffe auszugleichen. Die Zutaten mussten erschwinglich und bekömmlich sein. So etwas wie Kardamom war zu selten und zu teuer. Anis hingegen war gut für den Magen. Auch Zimt mochte geeignet sein, weil es den Appetit anregte und dem Bier vielleicht zu einer kräftigeren Farbe verhalf.

Die Muskatnuss hatte Annies Meinung nach einen zu starken Geruch, während Gewürznelken in geringer Dosis geeignet schienen. All das notierte sie mit Feuereifer.

Schon am nächsten Tag sollte Marie sehen, was sie davon auf dem Markt zu dieser Jahreszeit erstehen konnte.

Als Arno an diesem Abend heimkam, passte Annie ihn ab, bevor er in seinem Zimmer verschwinden konnte. Es war seit Langem das erste Mal, dass sie wieder einmal alleine beieinanderstanden. Ohne Sophies wachsam behütenden Blick oder Nathan.

Sie bat ihn in die Brauerei, erzählte ihm von der Idee und zeigte ihm die Rezeptlisten, die sie dafür probeweise erstellt hatte.

„Sag, was hältst du davon?", fragte sie mit vor Aufregung glühenden Wangen.

Arno ließ sich Zeit mit einer Antwort. Stattdessen hob er ihre Notizen auf und las sie eingehend, bevor er den Kopf hob und ihr ins Gesicht sah. So ernst, dass Annie der Mut sank.

„Es wär 'n Risiko. Die anderen Bierbrauer könnten es als gepanschtes Bier anzeigen, wenn wir's als Gemisch in Fässern ausliefern. Selbst wenn wir's vorher rein gebraut haben", sagte Arno.

Doch so leicht würde Annie nicht aufgeben. „Dann lassen wir das Braukomitee zu uns in die Brauerei kommen, damit sie sich mit eigenen Augen davon überzeugen können, dass nichts gepanscht wurde."

„Wir wiss'n nicht, wie haltbar's Bier bleibt, wenn wir solche Zutaten hinzufügen."

„Wir schreiben es mit aufs Etikett", erwiderte Annie voller Tatendrang.

Aber Arno war noch nicht fertig. „Die Gewürze könnten sich in größeren Mengen am Fassboden absetzen und die letzten Liter ungenießbar machen."

„Dann füllen wir es eben in Flaschen ab", sagte Annie mit unerschütterlichem Optimismus. So lange, bis Arno die Argumente ausgingen.

„Bist ganz schön hartnäckig." Er zog gespielt die Brauen hoch und lächelte.

Sie grinste. „Und du zu stur."

„Nicht stur, nur neugierig, was die Löwin wieder ausgeheckt hat", erwiderte Arno mit einem Zwinkern.

Es tat gut, ihn wohlauf und fröhlich zu sehen nach der Prügelei. Annie hatte von Marie erfahren, dass Arno sie am Ende gewonnen hatte. Trotzdem war auch er nicht ohne Blessuren davongekommen.

Während Ferdinand zwei Zähne dabei verloren und einen verstauchten Knöchel davongetragen hatte, war Arno mit einem geschwollenen Auge und einer Platzwunde an der Lippe noch relativ gut bedient gewesen.

Zum Winter hin ließ er wieder mehr von seinem Bart stehen, um sich vor der Kälte zu schützen. Das gab ihm ein verwegenes Aussehen. Er wirkte insgesamt älter, erwachsener und selbstbewusster.

Sein bloßer Blick verriet ihr, dass er sie immer noch begehrte. Und deswegen musste sie ihm die Frage stellen, die Annie seit der Prügelei im Kopf herumging.

„Warum hast du nicht früher eingegriffen? Mich nicht früher verteidigt?", flüsterte sie.

„Weil du dich für ihn entschieden hattest. Und's richtig so war. Ich wollt die Sache nicht noch schlimmer machen. Wollt dir nichts wegnehmen, indem ich den Retter spiel. Weil ich doch weiß, dass du gut für dich kämpfen kannst." Er rieb sich über die Augen. „War falsch, nicht wahr? Ich hätt wissen müssen, dass der Ferdl kein Maß und keinen Anstand kennt."

Wieder wischte er mit der Hand über sein Gesicht und Annie begriff, dass er weinte. Hier direkt vor ihr.

Sofort war jeder Argwohn, jede Unsicherheit verflogen. Nichts hätte seine Liebe und Freundschaft mehr beweisen können.

Sie trat ganz nah an ihn heran und legte ihm sanft die Hand auf die Wange. Streichelte ihn. Tröstete ihn. „Ich hätte mich früher von ihm fernhalten sollen, anstatt so zu tun, als wär alles gut. Ich hätt früher merken müssen, dass er nicht mehr recht bei sich ist. Und dass es nicht an mir liegt. Oder an uns. Sondern an ihm mit seinen inneren Dämonen."

Er schmiegte sich an ihre Hand, griff ihre andere und bedeckte sie mit kleinen zarten Küssen. So standen sie eine ganze Weile, ohne sich zu rühren. Um den Zauber nicht zu brechen.

Bis Arno plötzlich fragte: „Warum nur im Winter?"

Annie trat ein Stück zurück und sah ihn verdutzt an. „Du meinst unser *Heißbier*? Weil niemand ein heißes Bier im Sommer trinken will."

„Wir müssten unseren *Hopfstädter Würztrunk* ja nicht zwingend heiß ausschenken", sagte er auf seine ganz eigene beharrliche Art.

Das war tatsächlich eine weitere Überlegung wert. Allerdings würde die Mischung ein wenig anders aussehen müssen. Bei einem kalten Bier würde man die Bitterstoffe nicht so stark herausschmecken. Entsprechend durfte auch die Süße nicht so dominant sein.

Außerdem erschien es klug, das Mixgetränk nicht mehr Bier zu nennen, um die Proteste in den Reihen der Braugemeinschaft möglichst gering zu halten.

„Wie wäre es mit *Doldenbrause?* Das klingt spritzig und hat dennoch einen Bezug zum Bier", erwiderte Annie und tippte sich nachdenklich ans Kinn.

„Heiße und kalte *Doldenbrause.*" Er nickte. „Klingt nach einem Verkaufsschlager!"

„Oder zumindest nach einem Rettungsanker, um nicht auf dem Dünnbier sitzen zu bleiben."

Arno klatschte in die Hände. „Dann sollten wir uns daran machen, diesen Plan Wirklichkeit werden zu lass'n, bevor uns der erste Schnee überrascht."

Von da an sahen sie sich wieder öfter. Annie bereitete Proben zur Verkostung vor und Arno testete sie auf Bekömmlichkeit, Hitzebeständigkeit und Geschmack. Bis sie rechtzeitig zum ersten Adventsmarkt des Jahres ihre Doldenbrause auslieferbereit hatten.

Sophies Begeisterung bei diesem Thema hielt sich in Grenzen. Sie bevorzugte es herb und bitter. Doch sie war weitblickend genug, ihren Geschmack nicht als Maßstab für den der Kundschaft anzulegen. Und sie hatte ihren Sohn gut genug im Griff, um sicherzustellen, dass er diesen wichtigen nächsten Schritt der Brauerei Hopfstädter nicht behinderte oder gar vereitelte.

Weil Annie nicht so lange stehen durfte und die Männer auf dem Hof gebraucht wurden, wurde Marie dazu verpflichtet, den Biermix an jedem Standort, der sich anbot, auszuschenken. Ein Aufgabenfeld, das wie für sie gemacht schien. Bereits am ersten Abend kam sie kaum noch hinterher, so gierig rissen ihr die Leute das neuartige Getränk aus den Händen.

„Hast du gesehen, Sophie? Wir stehen in der Zeitung!", rief Annie und lief in die Küche.

Hopfstädter Wunderbrause – Der Geschmack von Himmel und Erde

Unter dieser Schlagzeile war ein Foto von Marie zu sehen, wie sie lächelnd ihr volles Glas dicht über ihrem Dirndlausschnitt der Kamera präsentierte. In einem Glas, auf dem das Brauerei-Emblem prangte. Daneben stand ein Kurzbericht über das Familienunternehmen. Doch statt Sophie oder Annie namentlich zu erwähnen, wurde Ferdinand als stolzer Brauherr bezeichnet.

„Zeig her", sagte Sophie in ihrer barschen Art und zog das Blatt zu sich über den Tisch.

Gleich darauf erklangen Ferdinands schwere Schritte auf der Treppe. Und Annie zog sich der Magen zusammen. Es war nicht zu verhindern, dass sie sich über den Weg liefen, immerhin lebten sie in demselben Haus.

Annie war zwar nach den zwei Wochen Bettruhe wieder aus Sophies Zimmer ausgezogen, aber nicht wieder in das Eheschlafzimmer zurückgekehrt. Annie schob die schwierige Schwangerschaft vor und ihre Schwiegermutter stellte sich auf ihre Seite. Also nahm Ferdinand es hin. Doch glücklich war er nicht damit und das zeigte er bei jeder Gelegenheit, die sich ihm bot.

„Wie ich sehe, habt ihr meinen Aufstieg zum Braumeister schon entdeckt", sagte er spöttelnd, während er sich ungeniert am Frühstück bediente.

„War's nötig, dem Mann von der Zeitung ein Interview zu geben?", fragte Sophie.

„Meine arme schwangere Frau lag ja mit Unwohlsein darnieder. Wen hätte ich sonst schicken sollen? Meinen Cousin, der sich an meine Frau ranmacht? Oder die krüppelige Alte?"

„Diese Unverschämtheiten verbitte ich mir!" Sophie schlug auf den Tisch. Doch ihr Durchsetzungsvermögen hatte zusammen mit ihrer Gesundheit rapide abgenommen. Das wusste auch Ferdinand.

Sie hatte sich auf die Bank gesetzt, als er eingetreten war, ein Kissen schützend vor den größer werdenden Bauch und das Buttermesser in der Hand. Nie wieder würde sie sich von Ferdinand überraschen oder gar schlagen lassen. Das hatte sie sich geschworen.

Sein Blick glitt über ihre Gestalt und verharrte auf der stumpfen Klinge zwischen ihren Fingern. „Keine Sorge, Annie, ich werde der Mutter meines Stammhalters nichts tun, solange sie ihn noch in sich trägt. Ich freue mich schon, ihm zu zeigen, was passiert, wenn man sich mit den Hopfstädters anlegt."

Eine unverhohlene Drohung. Doch bevor Annie darauf antworten konnte, schleuderte Sophie ihm die volle Tasse entgegen. Der Kaffee besudelte sein Hemd und die Hose, während das Geschirr klirrend auf dem Boden zersprang.

„Du verdammte Hex'! Ihr alle seid's vermaledeites Hexengesocks! Verbrannt gehört ihr, eine nach der anderen!"

Einen Herzschlag lang dachte Annie, er würde auf sie losgehen, doch da erschien die alte Erna in der Tür, den Besen in der Hand.

„Scher dich raus, wenn'st Stunk machen willst!", meckerte sie ihn an und fuchtelte mit zittriger Hand ihre Waffe.

„Hexen seid's ihr!", wiederholte Ferdinand, bevor er sich der Überzahl an Frauen geschlagen gab und trotz der eingesauten Kleidung hinausstapfte.

Erna sah eine nach der anderen an und nickte wissend. Egal, was früher gewesen war, die Frauen würden zusammenstehen, wann immer ein Mann kommen und sie oder das Baby bedrohen würde. Doch Annie wusste, dass der bevorstehende Winter vielleicht auch Sophies und Ernas letzter sein würde.

Ihr Pakt hatte eine begrenzte Lebensdauer. Ganz egal, was Sophie versprochen hatte. Über den Tod hinaus würde sie Annie nicht beschützen können.

Kapitel 20 – Brauerei auf dem Prüfstand

Der Zeitungsartikel schlug solche Wellen, dass die *Hopfstädter Doldenbrause* zu unerwartetem Ruhm gelangte. Plötzlich konnten sie sich vor neuen Bestellungen gar nicht mehr retten. Selbst eine Erhöhung des Preises nahmen die meisten ohne viel Klagen in Kauf, nur um das neue Getränk des Winters mit im Angebot haben zu können.

Hatten sie vorher das Problem, zu viel Bier übrig zu haben, sah es bald danach aus, als würden ihnen die Vorräte ausgehen, bevor noch alle Bestellungen ausgeliefert werden konnten.

Eine Zwickmühle. Denn auch wenn sie bereit waren, sich erneut als Brauer zu versuchen, standen sie jetzt vor der Entscheidung, mehr von der alten Rezeptur herzustellen, um ihre Brause liefern zu können, oder aber mit neuer Zutatenmischung hoffentlich ein kräftigeres Bier zu kreieren.

„Wir könn'n nicht beide Biersorten gleichzeitig ansetzen", sagte Arno. „Das können Nathan und ich nicht stemmen."

„Wir haben zwei Kessel und ich kann mit anpacken", widersprach Annie. Doch sie wusste, dass dieser Vorschlag unvernünftig war. Sie konnte nicht in die heißen Kessel steigen, um sie zu reinigen. Oder hoch auf den Schemel steigen, um die Gärung zu prüfen. Das war zu anstrengend und gefährlich fürs Baby. Sophie würde sie eher anketten, als das zu erlauben. Die meiste Arbeit würde an den Männern hängen bleiben.

„Wir wär'n auf der sicheren Seite, wenn wir's alte Rezept nehmen würden", sagte Arno, während er an ein paar Halmen Stroh herumzupfte.

Annie seufzte und ließ sich auf den Schaukelstuhl nieder, den Sophie ihr überlassen hatte, damit sie in der Brauerei eine bequeme Möglichkeit hatte, sich auszuruhen. Sie legte sich eine Wolldecke über Bauch und Beine und wippte vor und zurück, während sie angestrengt nach der besten Lösung suchte.

„Du hast recht, wir könnten gutes Geld machen, weil die Nachfrage groß ist", sagte sie schließlich. „Aber die große Aufmerksamkeit bietet uns auch die Möglichkeit, etwas Neues einzuführen, um uns neben der Brause als echte Bierbrauerei zu etablieren."

Arno hörte aufmerksam zu und nickte dann. „Aber's birgt das Risiko, dass wir beim zweiten Versuch was Ungenießbares hinbekommen, das nicht mal als Brause taugt."

Das Funkeln in seinen Augen verriet ihn, bevor er grinste. Sie liebte das. Die Art, wie sie sich auf Augenhöhe unterhalten konnten. Wie sie scherzen und lachen, aber auch ernsthaft reden konnten. Aber es hatte auch eine Schattenseite.

In solchen Augenblicken begehrte sie ihn umso mehr. Und es tat weh – so unendlich weh –, dass ihnen dieser Weg versperrt war.

„Also willst du es mit mir wagen, auch wenn es Tag und Nacht Schufterei bedeuten wird?", fragte sie.

Einen Lidschlag lang verdrängte Schmerz das feurige Funkeln. Unerfüllte Sehnsucht.

Dann hatte er sich wieder im Griff und salutierte. „Jawohl, Madame, Sir! Jederzeit bereit, der Löwin in die Schlacht zu folgen!"

Und so taten sie es, wagten den unvernünftigen und kaum zu bewältigenden Weg. Weil sie daran glaubten, dass es das Richtige war. Sie setzten zwei Mal Maische an, füllten zwei Kessel und ließen den Sud köcheln und wieder abkühlen, bevor sie die Gärbottiche füllten.

Um für die nachfolgenden Schritte genügend Zeit zu haben, entschied Annie, die neue Bierrezeptur einen Tag länger gären zu lassen, während die Grundlage für ihre Doldenbrause bereits filtriert und abgefüllt wurde. Halb so viel wie zuvor, aber doch genug, um damit die Preise noch mehr in die Höhe zu treiben und bestmöglich alle Fässer zu verkaufen.

In der Woche vor Weihnachten war es schließlich so weit. Ihre neue Biermischung war bereit, verkostet zu werden. Und auch diesmal wollte Annie den Moment mit etwas Besonderem ehren. Auch wenn die Kleiderwahl aufgrund ihrer Umstände eingeschränkt war.

Sie nahm sich Zeit, ihr Haar zu kämmen, bis es ganz und gar glatt war. Anschließend flocht sie sich die Haare zu zwei Zöpfen, die ihr über die Schulter nach vorne fielen, und setzte an die Enden jeweils eine kleine rote Schleife.

Wieder zog sie die Festtagsstola über und öffnete schließlich ihre Aussteuerkommode und holte ein kleines, in blaues Papier eingewickeltes Geschenk hervor, das sie in ihre Schürzentasche steckte.

Marie hatte auf Annies Anweisung bereits Brot und Schmalz in die kleine Brauerei gebracht. Und so begingen sie diesen bedeutenden Tag ein zweites Mal.

„Was, wenn es wieder nicht gut ist?", fragte Annie, als Arno ihr eines der beiden gravierten Gläser reichte.

„Was, wenn's gut ist?", antwortete er mit einem Lächeln.

„Dann glaub ich, dass alles gut werden kann", flüsterte Annie.

Seine Hand verharrte einen Moment länger als nötig an ihrer, als sie das Glas nahm. Ein flüchtiges Streicheln mit dem Zeigefinger an ihrem, bevor er losließ und die Hand zurückzog.

Annie atmete tief ein und wieder aus, bevor sie ihren Blick auf das Bier senkte. Diesmal war es bereits gefiltert und sie konnten bereits beim bloßen Betrachten erkennen, dass es gehaltvoller war, wärmer und kräftiger im Goldton. Die Schaumkrone thronte strahlend weiß über allem. Fest und gut drei Finger hoch.

Hunderte kleine Bläschen zogen sich wie Perlenschnüre vom Boden des Humpens hinauf. So verführerisch, dass Annie es nicht länger aushielt, das Glas an die Lippen setzte und ihren ersten großen Schluck nahm.

Herb und kräftig ergoss sich die Essenz ihrer Arbeit in ihren Rachen, füllte den Mund aus und kitzelte ihren Gaumen. So frisch und prickelnd, dass Annie vor Wonne aufstöhnte. „Das Bier ist wahrhaft würdig, das Zeichen der Familie Hopfstädter zu tragen!"

Arnos Schmatzen gab ihr recht. „Leichter als'n Bock, frischer als'n Weizen und so süffig, dass man nie genug davon kriegen wird."

„Auf ein schweres und doch erfolgreiches Jahr", sagte Annie und stieß erneut mit ihm an.

„Möge der Herrgott uns auch nächstes Jahr beistehen", erwiderte Arno.

Dann erst fand Annie den Mut, das Glas beiseitezustellen und in ihre Schürzentasche zu greifen. „Damit du dich an den Tag erinnerst", sagte sie und hielt es ihm hin.

Doch auch er zog einen kleinen Beutel aus der Hosentasche. „Damit du dich immer an mich erinnerst", erwiderte er so leise und vertraut, dass Annie ein Schauer durch den Körper fuhr.

Er bedeutete ihr mit einem Nicken, dass sie den Beutel öffnen sollte. Doch Annie schüttelte den Kopf. „Du zuerst."

Mit ungeschickten Fingern löste Arno die Schleife um das Papier und zog vorsichtig eine hölzerne Figur hervor: ein Wolf, der erhaben auf einem Felsen stand und in die Ferne blickte.

Sie musste nichts erklären. Er verstand das Geschenk auch so. Als Dank und heimliche Liebeserklärung, auch wenn er unerreichbar bleiben würde.

Er lächelte und sah sie so zärtlich an, dass sie ihm am liebsten an die Brust gesunken wäre.

„Jetzt du."

Sie zog die lederne Kordel auf. Ganz vorsichtig und behutsam, bevor sie den Inhalt hervorzog: ein weiß glänzender Armreif, den Arno kunstvoll aus dem Mähnenhaar der Pferde geflochten hatte.

„Weil's der einzige Ring ist, den ich dir schenken darf", sagte er und strich mit seinem Zeigefinger sanft über das geflochtene Haar und weiter über ihre Handfläche.

Annie schluckte. Vor Liebe, Trauer und Rührung. Tausend Mal schon hatte sie sich gewünscht, auf der Feier damals Arno statt Ferdinand über den Weg gelaufen zu sein. Doch wahrscheinlich hätte sie ihn gar nicht bemerkt, seinen Charakter und die Talente gar nicht zu schätzen gewusst.

Deshalb war es gut, wie es war. Weil sie das Glück gehabt hatte, ihm zu begegnen und für ein paar unwirkliche Momente bei ihm zu sein.

Bevor das Verlangen zu groß wurde, ihn doch noch zu küssen, hörte Annie draußen das typisch knatternde Motorengeräusch eines Automobils.

Neugierig gingen sie hinaus. Eine Garde von drei schwarz gekleideten Anzugträgern war bereits aus dem Gefährt ausgestiegen und stand bereits an der Haustür. Mit Sophie in ihrem Rollstuhl, die ihnen den Weg versperrte.

„Annie, schau. Das Braukomitee will sich unser Bier persönlich anschauen. Weil's angeblich gepanscht wär!", rief sie. Und Annie verstand die Warnung sofort.

„Uns ist zu Ohren gekommen, dass Sie die Leute auf den Adventsmärkten mit Bier verköstigen, das nicht nur heiß serviert wird, sondern dazu noch mit allerlei Kräutern versetzt ist", sprach der Anführer der Bande an Arno gewandt, wohl in dem Glauben, er wäre der Brauherr. Und Annie hatte nicht vor, ihn in dieser Sache zu korrigieren.

Ein rascher, eindringlicher Blick zu Arno reichte und er trat vor, packte die Hand des Mannes und schüttelte sie so kräftig, dass Annie sich auf die Lippe beißen musste, um nicht zu lachen.

„Wir hab'n schon auf euch gewartet!", rief er voller übersprudelndem Enthusiasmus. „Kommt's her, kommt's mit. Is' alles scho' bereit für die Probe. Annie, hol noch 'n Brotzeitbrettle für die Gäst', weil's zum Bier ja einfach dazu gehört!"

Damit scheuchte Arno die verdatterten Männer in die Brauerei, während Annie, so schnell sie konnte, ins Haus eilte.

„Lasst euch nicht übers Ohr hauen, hörst du, Annie?", rief Sophie ihr zu. „Ihr habt euch nix zuschulden kommen lassen."

„Denen passt nur nicht, dass das Hopfstädter Bräu scho' so berühmt ist", sagte Marie beipflichtend, während sie Käse, Hartwurst, Schinken und Brot aufschnitt.

„Nimm auch den Obstler und Gläser mit", sagte Sophie und schob ihr die Flasche bereits in die Schürzentasche. „Je mehr Bier und Schnaps, umso besser wird's Urteil ausfallen."

Als Annie zusammen mit Marie die üppige Brotzeit hereinbrachte, war Arno gerade dabei, den Männern die Kesselanlage zu zeigen.

„Der Blitz hätt' uns beinahe erschlagen, weil's Unwetter so überraschend kam, als wir die Kessel geholt hab'n", erzählte er im Plauderton fröhlich weiter. „Die Hopfstädter haben ja schon früher gutes Bier gebraut. Scho' der Großvater."

Einhelliges Nicken zeigte, dass die Herrschaften Bescheid wussten.

„Wenn wir jetzt zum eigentlichen Punkt kommen könnten", sagte der hagere Kerl mit gekämmtem Seitenscheitel. Er trug als Einziger ein Notizbuch bei sich, in das er fleißig hineinschrieb.

Doch Arno war viel zu sehr in Fahrt. Er redete und redete immer noch, als er schließlich die Gläser mit dem frischen Bier befüllte und jedem eines hinstellte, während Annie das Feuer anfachte und dafür sorgte, dass es im Zimmer wohlig warm wurde.

Marie wirkte auf ihre Weise mit und bot ihnen kokett immer wieder etwas von der Brotzeit an, während ihr Mieder so eng geschnürt war, dass ihr die Brüste schier hinauszuspringen drohten. Ein groteskes Theaterspiel, aber es funktionierte.

Statt weiter nach der Doldenbrause zu fragen, ließen sich die Herren über den vorzüglichen Geschmack des verkosteten Biers aus.

Es wurde gefachsimpelt und getrunken. So viel und so lange, dass Annie Nathan rufen musste, um die Herren wieder sicher in ihr Gefährt zu setzen.

„Die komm'n nicht so schnell wieder", sagte Arno mit bierseligem Grinsen.

Diese Prüfung hatten sie gemeistert. Doch Annie ahnte, dass es nicht der letzte Besuch der Kommission gewesen sein würde.

Kapitel 21 – Stille Nacht, heilige Nacht

An Heiligabend spannte Nathan den Wagen an und sie fuhren alle gemeinsam ins Dorf zur Christmette. Selbst Ferdinand hatte sich einen Anzug angezogen und war mitgekommen.

Arno hatte Schellen am Pferdegeschirr angebracht, sodass sich das feine Klingeln mit dem Stampfen der Hufe und dem Knirschen des Schnees unter den Rädern zu einer wunderbaren Melodie vereinte.

Die Bäume waren in dicke Schneemäntel gehüllt, überall auf dem Weg brannten Kerzen in den Fenstern und man hörte die Kinder Weihnachtslieder singen.

Annie saß neben Sophie auf der Ladefläche und stützte sie. Ihr Körper hatte weiter abgebaut und es fiel ihr schwer, sich ohne Hilfe noch aufrecht zu halten. Aufstehen war nur noch mit viel Mühe und Geduld möglich. Die alte Erna hingegen hatte sich langsam erholt und pflegte Sophie hingebungsvoll.

Für Annie war es ein kleines Wunder, dass sie nun hier zusammensaßen und gemeinsam das Weihnachtsfest begehen würden. Selbst für Ferdinands Rückkehr war sie dankbar, denn er hatte ihr die Chance geschenkt, Mutter zu werden.

Solange er sie in Ruhe ließ und sich auch von Arno fernhielt, war sie bereit, zu vergeben und zu vergessen. Ganz im christlichen Sinne dieser Zeit.

Mit den Einnahmen aus der Brauerei mussten sie sich diesen Winter keine Sorgen darum machen, über die Runden zu kommen. Sie hatten genug, um im Frühjahr neu aussäen zu können. Im Schweinestall lagen wieder zwei Säue und Sophie hatte Annie angewiesen, auf der Vieh-Auktion im Frühjahr ein paar neue Milchkühe zu ersteigern.

Ihre kleine Welt schien wieder ein Stück heiler geworden zu sein. Doch um sie herum zeigten die Auswirkungen des Kriegs immer deutlicher ihre Spuren.

Die Inflation stieg von Monat zu Monat an. Wer keine Goldmark besaß, dem rannen die Papierscheine nur so durch die Finger. Selbst Grundnahrungsmittel wurden immer teurer in der Stadt. Und selbst auf dem Hof, als Selbstversorger, spürten sie bereits die Folgen davon.

Die nächsten Jahre würden schwer werden, doch die Familie Hopfstädter schien bestmöglich dafür gerüstet zu sein.

In der Predigt las der Pfarrer aus dem 2. Korinther: „Er hat die Macht, euch mit all seiner Gnade zu überschütten, damit ihr in jeder Hinsicht und zu jeder Zeit alles habt, was ihr zum Leben braucht, und damit ihr sogar noch auf die verschiedenste Weise Gutes tun könnt."

Annie mochte den Gedanken, nicht nur zu nehmen, sondern auch zu geben. Es schaffte ein Gleichgewicht in der Welt. Und wieder keimte eine Idee in ihr. Doch als es an die Heimfahrt ging, bröckelte die friedliche Stimmung.

Ferdinand hatte die Messe dazu genutzt, sich wieder einmal zu betrinken. Er torkelte so sehr, dass er die Krippenfiguren am Kircheneingang umwarf.

Arno wollte Schlimmeres verhindern und sich bei ihm unterhaken, aber sein Cousin stieß ihn weg. „Du verdammter Dieb! Ein Erbschleicher bist du! Hast dich in meine Familie geschlichen und sie mir weggenommen!"

Nathan kam hinzu, doch jeder Versuch schien ihn nur noch mehr aufzubringen.

„Wirst schon sehen, was du davon hast", schrie er Annie an. „Spielt heile Welt mit einem anderen! Aber wart nur! Wenn das Balg da ist, jag ich dich fort und deinen Arno gleich mit!"

Bei diesen Worten stieg Panik in ihr auf. Sie hatte schon auf den Mann verzichtet, den sie liebte. Sie würde nicht auch noch auf ihr Kind verzichten.

Aber trotz des Wahlrechts sahen die Gerichte eine Frau immer noch als Anhängsel eines Mannes an. Sie hatten das Recht auf ihrer Seite, wenn sie nur glaubhaft genug vortrugen, dass ihre Frau sie betrogen hatte oder ihre häuslichen Pflichten nicht erfüllte.

Und so war es. Annie war in ein paar schwachen Momenten ihrem Herzen gefolgt statt einer vagen Hoffnung auf die Rückkehr ihres Mannes. Doch das Wunder war geschehen und sie genau genommen schuldig.

Was konnte sie tun, sollte ihr Mann Ernst machen und sie fortjagen oder anzeigen? Sollte sie ihm zuvorkommen? Noch mit dem Kind im Bauch fliehen? Doch das würde ein Leben auf der Straße bedeuten. Im Winter. Denn von ihrer Familie in München konnte sie kaum Unterstützung erwarten.

Es dauerte eine schiere Ewigkeit, bis sie Ferdinand so weit beruhigt hatten, dass er mit auf den Wagen stieg und sie endlich heimfahren konnten.

Sophie an ihrer Seite zitterte vor Kälte. Ihre Lippen waren blau verfärbt. Sie hatte einfach keine Reserven mehr, kein bisschen Polster, um sich selbst noch warm zu halten. Doch ihre Augen waren wach und klar, als sie sich zu Annie hinüberbeugte und ihr ins Ohr flüsterte. „Ich hab's dir versprochen, Annie. Dass ich dich beschütz. Dich und dein Kind, weil du's bist, die den Namen Hopfstädter weitertragen wird. Wenn's so weit ist, dann findest du die Papiere eingeschlossen in einer Kassette, die unter den Dielen versteckt ist. In meinem Zimmer."

Annie versuchte sie zu beruhigen, doch Sophie bestand darauf und drückte ihre Hand so fest, dass Annie nickte, um zu zeigen, dass sie es verstanden hatte.

Sie ließen die von Kerzen erhellte und Liedern erfüllte Stadt hinter sich. Stille kehrte ein, die nur vom Schnauben und Stampfen der Rösser unterbrochen wurde.

Der Hof lag dunkel da. Nur eine vereinzelte Kerze brannte im Fenster, um die Geister der wilden Horde fernzuhalten.

Die Hochstimmung war verflogen. Stattdessen fühlte Annie drückende Schwere auf sich lasten. Sie wollte nichts lieber, als sich in ihr Bett zu verkriechen und auf einen neuen, besseren Morgen zu warten.

Es war nach Mitternacht, als Annie hochschreckte und lauschte. Sie wusste nicht zu sagen, ob sie den Schrei im Traum oder wirklich gehört hatte.

Im Zimmer über ihr rumpelte es. Gedämpfte Stimmen, die kreischten und schrien. Porzellan, das zersprang. Doch erst als sie aufstand, vor die Tür trat und den Rauch roch, übernahm ihr Überlebensinstinkt. Im Nachthemd rannte sie in den Flur und hin zur Küche. Der Ofen war aus und im Kamin war nur eine kleine Glut zu sehen. Der Rauch musste aus einer anderen Ecke des Hauses kommen.

Panisch lief Annie den Gang zurück und schließlich hoch in den ersten Stock. Bereits vom oberen Treppenabsatz aus konnte sie den grellgelben Lichtschein sehen, der unter der Tür zu Ferdinands Zimmer züngelte.

„Feuer!", schrie Annie. „Hilfe, es brennt!"

Die Zimmertüren der anderen Hausbewohner wurden aufgerissen. Annie hörte die alte Erna nach der Schwiegermutter rufen. Sie hörte Arno und Marie fragen, was los sei. Und Sophie, die über das Knacken und Knistern hinweg von innen Annies Namen rief.

Sie versuchte, ihre Gedanken zu ordnen, sich einen Reim auf alles zu machen. Wie konnte ihre Schwiegermutter hier oben sein? Hatte Ferdinand sie hinaufgetragen? Ging es ihr schlechter nach der Fahrt durch die eisige Nacht?

Annies Verstand suchte nach Erklärungen und konnte sie nicht finden. Ihr Instinkt hingegen riet ihr zu fliehen, solange sie noch konnte. Hinter dieser Tür lauerte Gefahr. Beißende, tödliche Gefahr!

Aber die Sorge um Sophie siegte über die Vernunft. Sie musste hinein. Musste das Zimmer einmal mehr betreten, das ihr so viel genommen, aber auch gegeben hatte. Annie strich sich unter dem Nachthemd über ihren gewölbten Bauch, packte die Klinke und stieß die Tür mit einem Ruck auf.

Die hereinströmende Luft peitschte das Feuermeer höher hinauf. Flammen, die vom Bett aus über die vertäfelte Wand hinauf zur Decke züngelten. Eine zerbrochene Öllampe auf dem Fußboden. Ein zerrissenes Laken und Federn. Überall glimmende Federn, die aus einem aufgeschlitzten Kissen stoben.

Über das Fußende des Bettes gebeugt lag Ferdinand. Die Hüfte seltsam verdreht, die Augen schreckensweit geöffnet. Seine Hände umklammerten ein langes Messer, das aus seiner Brust ragte.

„Annie", rief Sophie mit dünner Stimme. Sie keuchte und hustete.

Ihr Leib lag wie eine zerbrochene Holzpuppe am Boden. Die Gliedmaßen so unsagbar dünn. Die Beine im unmöglichen Winkel gebogen. Der Körper zerschunden und blutverschmiert.

Ungeachtet der Flammen eilte Annie zu ihr. Kniete sich hin und versuchte, Sophies Oberkörper anzuheben. Doch der Kopf ihrer Schwiegermutter sackte nach hinten.

„Sophie! O Sophie, was ist passiert, was ist denn bloß passiert." Annie wimmerte. Sie schob die Hand unter den Schädel. Spürte das warme, feuchte Blut, das ihren Hinterkopf bedeckte und die Haare an der Schläfe verklebte.

„Du musst mich dalassen", sagte sie röchelnd.

Annie schüttelte den Kopf. „Ich lass dich nicht zurück."

Sie griff Sophie am Arm, wollte sie hin zur Tür ziehen. Doch Sophie packte sie mit der anderen Hand, verkrallte ihre dürren, blutigen Finger in ihr Nachthemd.

„Du musst das Messer herausziehen und fortwerfen, Annie. Ich hab's nicht mehr geschafft."

„Aber warum?" Annie blickte Sophie an, suchte nach einer Antwort. Doch da war nur der Schein des Feuers, der sich in ihren Augen widerspiegelte.

„Er hätte nicht drohen dürfen. Nicht dir und dem Kind", sagte sie und die Stimme klang krächzend. „Er hätte die Familie zugrunde gerichtet, dieser Bastard." Sie hustete und würgte, doch auf ihren Lippen lag trotz allem ein schmales Lächeln.

Annie schüttelte den Kopf. Das durfte nicht sein. Sie hätte sich mit Ferdinand arrangiert. Er war betrunken gewesen und hatte die Worte nicht so gemeint. Er war doch ihr Mann! Ihr Ferdl und Vater ihres ungeborenen Kinds.

Sophie zerrte an ihr, zog sie zu sich hinab. „Ich hätt dich nicht mehr beschützen können. Dich, dein Kind und den Hof. Es ist mein Geschenk an dich. Führ weiter, was du begonnen hast. Bau den Hof wieder auf und lass nie wieder einen Mann zwischen dich und das Hopfstädter Erbe kommen. Versprich's mir. Du bist jetzt alles, was übrig ist."

Sophies Kopf kippte leblos zur Seite, den Mund wie zu einem letzten Atemzug geöffnet. Die Augen verdreht und starr. Ihr Griff verlor an Kraft, die Hand fiel herab. Sophie war tot.

Und Annie schrie. Vor Wut, vor Trauer und Verzweiflung. Die Hände vom Blut der Schwiegermutter besudelt, richtete sie sich auf. Hitze brannte ihr auf der Haut und versengte ihr das Haar.

Wogende, rot glühende Flammen bedeckten einen Großteil der Wände, der Decke und fraßen sich langsam die Holzdielen entlang auf sie zu.

Das Feuer auf dem Bett hatte bereits Ferdinands Arm erreicht. Die Finger, schwarz verfärbt, ragten aus dem zerschmelzenden Anzugsärmel hervor, während die Luft nach verbranntem Haar und sengendem Fleisch roch.

Annie hustete und hielt sich den Saum des Nachthemds vor Mund und Nase. Ihr Instinkt schrie sie an, sich endlich in Sicherheit zu bringen. Doch das konnte sie nicht. Noch nicht.

Sophie hatte den Staffelstab an sie übergeben. Sie und ihr Kind würden eine neue glorreiche Hopfstädter-Dynastie gründen. Modern und getragen von neuen mutigen Ideen. Geführt von einer Frau. Ganz egal, wie schwer es werden würde. Wie sehr sich die Männer dieser Welt dagegen stemmen mochten. Der Hopfstädter Hof und das Hopfstädter Bräu würden in aller Munde sein. Geschätzt und für ihre Qualität berühmt.

Annie blickte in der Feuerhölle auf ihren toten Mann hinab, ergriff das Messer, zog es heraus und nahm es an sich. Dann spuckte sie ihm ins Gesicht und ging.

Sie verließ das Zimmer, schritt ruhig die Treppe hinab, trat in die Küche und wusch das Messer sauber, bevor sie ihren Mantel nahm und zu den anderen hinaus in den Hof ging.

Die Männer waren damit beschäftigt, die Tiere und den Vorrat in Sicherheit zu bringen und die Scheune abzusichern. Arno schaufelte unablässig Schnee in Eimer, während Nathan versuchte, den vereisten Brunnen aufzuschlagen. Erna kauerte jammernd und wehklagend daneben.

„Wo ist Marie?", fragte Annie.

„Mit dem Hans und'm Wagen los, um die Feuerwehr zu holen", sagte Arno.

Er trug nur Hose, Unterhemd und seine Stiefel. Schweiß und geschmolzener Schnee glitzerten auf seiner Haut. Das Haar zerwühlt, das Antlitz vor Anstrengung rot und verzerrt.

Als ihre Blicke sich trafen, hielt er inne, sah an ihr hinab und auf das blutbespritzte Nachthemd unter dem Mantel. Die Frage stand ihm ins Gesicht geschrieben. Doch er sprach sie nicht aus. Nur ein kurzes Nicken, das sie erwiderte.

„Sophie hat noch versucht, den Ferdl zu wecken und in Sicherheit zu bringen. Aber im Suff hat er nicht mitbekommen, dass er die Öllampe umgestoßen hatte. Das Bett hat sofort Feuer gefangen. Ist ein Wunder, dass sie es überhaupt bis hoch in sein Zimmer geschafft hat", sagte Annie ruhig und gefasst.

Er nickte erneut. Deutlicher jetzt.

„Als ich nach meinem Ehemann g'schaut hab, war es schon zu spät. Die Flammen hatten sich schon durchs Zimmer gefressen."

„Und Sophie?" Sein Blick war wach und aufmerksam.

Annie schüttelte den Kopf und strich sich über ihren Bauch. „Sie hat dafür, dass sie uns beschützt, ihr Leben gegeben."

Das Feuer züngelte bereits vom ersten Stock zum Dachstuhl hinauf und warf zuckende Schatten auf Arnos Gesicht. Er sah sie und sie sah ihn. So standen sie eine schiere Ewigkeit da, bevor er tief ein- und wieder ausatmete und ihr ein flüchtiges Lächeln schenkte, bevor er sich wieder an die Arbeit machte, Schnee in Eimer zu schaufeln, um vielleicht doch noch den Rest des Hofs zu retten.

Kapitel 22 – Opfer der Flammen

Glockengeläut kündigte den dampfbetriebenen Lösch-
wagen an, gefolgt von Marie auf dem Fuhrwagen. Obwohl sie kaum dreißig Minuten gebraucht hatten,
stand mittlerweile das gesamte Haupthaus in Flammen.

Die Feuerwehrleute in ihren Uniformen und dem
glänzenden Schutzhelm richteten die Dampfspritze
aus und gaben ihr Bestes, um Herr über den Brand zu
werden.

Rauch quoll aus dem Gebälk, wo der Wasserstrahl das
Feuer zurückdrängte. Ein Kampf, der schier endlich
schien. Immer wieder loderten neue Herde auf. Doch
die Mannschaft kämpfte beharrlich einen nach dem
anderen nieder, bis es im Morgengrauen schließlich
vorbei war.

Das Rattern der Pumpkolben verstummte, die Pfeife
erklang ein letztes Mal, um überschüssigen Dampf hin-
auszulassen. Über dem Hof hing eine Wolke aus
schwarzgrauem Rauch. Die vormals idyllisch weiße
Weihnachtslandschaft war mit Ruß befleckt, zertram-
pelt und geschmolzen.

Doch es sah schlimmer aus, als es war. Der Stall, die Scheune und auch das Brauhaus waren verschont geblieben dank der Schneebarrieren, die Arno zusammen mit Nathan errichtet hatte.

Dennoch fühlte es sich für Annie an, als hätte sie ihr Heim verloren. Doch was sie fühlte, war unwichtig. Sie hatte nun die Verantwortung zu tragen und Versprechen einzulösen.

Sophie hatte sich für die Familie gegen ihren eigenen Sohn gestellt, als der gedroht hatte, ihr das Kind wegzunehmen und sie davonzujagen. So, wie Annie sich auch selbst geopfert hätte, um zu verhindern, dass ihr Fleisch und Blut einem solchen Menschen ausgeliefert sein würde.

Egal, welche Vorbehalte es zwischen ihr und der Schwiegermutter gegeben hatte, am Ende war der Zusammenhalt unter Frauen wichtiger gewesen. Sophie hatte ihre letzten verbliebenen Kräfte dazu genutzt, um Annie zu befreien und dem Namen Hopfstädter eine Zukunft zu geben.

Annie trauerte im Stillen um die Toten, während die Aufräumarbeiten begannen. Auch um Ferdinand. Es war wichtig zu vergeben und nach vorne zu sehen. Doch Sophie vermisste sie jeden Tag ein bisschen mehr. Diese herrische Frau hatte es leicht aussehen lassen, Haushalt und Hof zu führen.

Es gab so viel zu tun, so viel zu erledigen. Das Erbe musste schnellstmöglich geregelt werden, um Annie die nötige Handlungsfreiheit zu geben. Die Schäden durch den Brand mussten beseitigt werden, Teile wieder aufgebaut und renoviert werden. Und das alles, während der Betrieb weiterlief und die alltäglichen Geschäfte erledigt werden mussten.

Im Zimmer der Schwiegermutter hatte Arno beim Aussortieren von Verwertbarem und Schuttschaufeln eine metallene Schatulle gefunden und sie Annie mit einer kleinen Notiz aufs Bett gelegt. Sie war unter verbrannten Regalen verborgen gewesen und Annie wusste sofort, was sie darin finden würde. Sophie hatte es ihr gesagt.

Mehr noch, sie hatte bereits das Kommende vorausgeplant, während Annie noch ahnungslos gewesen war. Ihre Schwiegermutter hatte das Drama kommen sehen und in weiser Voraussicht die nötigen Vorkehrungen getroffen.

Ihre letzten Gespräche waren persönlicher und vertrauter gewesen. Annie hatte endlich das Gefühl gehabt, von ihr angenommen worden zu sein. Und sie hatte erkannt, wie wenig sie doch von Sophie und ihrer eigenen Geschichte wusste.

Die Vermählung mit Heinrich Hopfstädter schien keine Hochzeit aus Liebe gewesen zu sein, wenn sie die Andeutungen richtig verstanden hatte. Sophie hatte unter der Knute eines Mannes gelitten und war doch stark und aufrecht daraus hervorgegangen.

Ein Sinnbild für das Geschlechterverhältnis in der Gesellschaft und ein Vorzeichen. Vielleicht würde das neue Jahrzehnt das der Frauen werden. Jetzt, da sie im Krieg neue Freiheiten erlebt und mehr Verantwortung getragen hatten, konnte man sie nicht einfach wieder hinter den Herd verbannen.

Das war ein Kampf, der zwar auf keinem Schlachtfeld, aber dennoch unerbittlich ausgefochten werden würde. Da war sich Annie sicher. Und sie wollte mit gutem Beispiel vorangehen.

Dafür musste sie lernen, das Spiel um die Macht mitzuspielen. Der Besuch des Braukomitees war da nur ein erster Vorgeschmack darauf gewesen, was noch kommen mochte. Annie wurde klar, dass sie mehr über die Regeln und eigenen Rechte in Bezug auf das Erbe wie auch die Brauerei lernen musste. Bald. Das Problem war nur, wie?

Ein Anwalt aus der Umgebung würde höchstwahrscheinlich mit einer der geschäftlichen Konkurrenten verbandelt sein. Sie brauchte stattdessen jemanden, der weit genug weg war und dazu noch fortschrittlich dachte. Einen jungen, aufstrebenden Advokaten aus der Großstadt, der nicht mehr so versessen auf Traditionen und Status quo war.

Vielleicht wurde es Zeit, dass sie im neuen Jahr einmal wieder heim nach München fuhr. Nicht als Tochter oder Frau und nicht als Marktschreierin, sondern als Familienoberhaupt und Besitzerin von Haus und Hof.

Doch als das würde man sie nur anerkennen, wenn sie die nötigen Papiere vorweisen konnte. Und die verbargen sich hoffentlich in der Schatulle aus Sophies Zimmer. Was allerdings fehlte, war der Schlüssel.

Sie brauchte also auch hier Hilfe von jemandem, dem sie ganz und gar vertraute: Arno.

„Ich weiß, es gibt viel zu tun. Aber könntest du mit mir in die Brauerei kommen und Werkzeug mitbringen?", fragte Annie, als sie ihn im Stall bei den Kühen ausfindig gemacht hatte.

Sie war ihm nach dem Brand aus dem Weg gegangen, aus Angst, er könnte sie auf das ansprechen, was sie an dem Abend gesagt und was sie absichtlich nicht gesagt hatte. Trotzdem war Annie sicher, dass er verstanden hatte oder zumindest ahnte, was wirklich in der Nacht in Ferdinands Zimmer passiert war. Auch wenn die beiden Körper bis zur Unkenntlichkeit verbrannt und verschüttet aufgefunden worden waren.

Er verteilte gerade Heu, hielt inne und blickte auf. „Was für Werkzeug?"

Annie biss sich auf die Lippe. Natürlich musste er das fragen. „Etwas, um ein ... Schloss zu öffnen?"

Im Grunde war es ja nichts Verbotenes, was sie tat. Es war ihr gutes Recht, die Schatulle zu öffnen. Und sie tat es ja nicht, um nach Schmuck oder anderen Wertsachen zu stöbern. Aber das konnte Arno nicht wissen.

Er legte die Hände auf den Griff der Heugabel, stützte sein Kinn obenauf und sah sie mit einem halb verwunderten, halb belustigten Blick an. „Bist also auf Schatzsuche?"

Wollte sie ihn einweihen? Vertraute sie ihm so sehr? Er war immerhin Ferdinands Cousin. Und ein Mann. Ohne die Papiere würde er womöglich der Nächste in der offiziellen Erbfolge sein.

Sie horchte in sich, doch da war kein Argwohn. Sie vertraute ihm. Also straffte sie sich, nahm die Schultern zurück und sah ihn direkt an. „Sophie hat mir in der Schatulle wichtige Dokumente für den Hof hinterlassen. Ohne sie könnte ich den Hof verlieren. Wir könnten alles verlieren, was nicht schon verbrannt ist."

Sein Blick ruhte genauso offen und direkt auf ihr. Den Kopf leicht schief gelegt. „Ich bin auf deiner Seite, Annie. Werd ich immer sein. Egal, was war und kommt."

Ihr Herz machte einen Satz in ihrer Brust. Wie konnte ein Mann nur so lieben? So bedingungslos? Und wie dankte sie es ihm? Mit Zögern und Ausweichen.

Sie presste die Lippen aufeinander und lächelte. „Also bringst du die richtige Schaufel mit für den Schatz? Drüben in der Brauerei? Nachher, wenn die Kühe versorgt sind?"

„Mitsamt dem Enterhaken und'm Säbel."

In der Brauerei sah es chaotisch aus. Überall lagen und standen Möbel und Gegenstände, die aus der abgebrannten Ruine noch gerettet werden konnten. Einige hatten Brandflecken oder waren mit Asche gefunden worden. Andere waren durch den Löschzug einfach nur nass geworden und mussten trocknen.

Draußen in der Kälte wäre das kaum möglich gewesen. Also hatten sie die Feuerstelle für die Kessel entzündet und erhielten die Glut aufrecht. Entsprechend rußig und muffig roch es allerdings auch.

Annie hatte überlegt, sich hier einen Schlafplatz einzurichten, während Arno zu Nathan in den Stall gezogen war. Marie hatte Unterschlupf in der Wirtschaft gefunden. Für sie gab es im Moment sowieso nicht viel zu tun. Denn auch die Küche war abgebrannt.

Die alte Erna war bei den Nachbarn untergekommen. So wie auch Annie. Es war ihr nicht recht, so bedürftig zu sein. Aber die Hafners waren gute Leute, mit denen sie schon früher in Freundschaft gelebt hatte. Immerhin stammten Hans und Drosselbart von ihnen und das waren zwei wirklich prächtige Tiere.

Da die Außenmauern des Hauses noch standen, hoffte Annie, den Schutt über den Winter ausräumen und den Rest säubern zu können. So könnten sie im Frühjahr einen frischen Dachstuhl draufsetzen, die Treppe erneuern und schließlich Stück für Stück die Renovierung der Räume angehen.

Mit etwas Glück könnten sie in zwei Monaten mit den ersten Arbeiten beginnen. Aber nur, wenn auch das Geld dafür da war. Und das wiederum lag auf der Bank der Familie Hopfstädter. Die Einnahmen aus dem Milchverkauf, den Kartoffeln und der Brauerei.

Um weiter wirtschaften zu können, musste Annie genau an diesen Geldtopf herankommen. Schon, um die Löhne und Steuern zu zahlen, die dieser Tage auf so vieles erhoben wurden.

Arno kam mit Hammer und Meißel in die Brauerei. Er hatte vorher offenbar versucht, sich die Kleidung zu säubern. Hier und da waren Wasserflecken zu sehen, wo vorher Kuhmist geklebt hatte.

„Dann mal her mit'm Schatz", sagte er und seine Augen blitzten fröhlich.

Annie stellte die Schatulle auf den Tisch. Sie hatte sie sorgsam abgewischt und selbst schon an dem Schloss herumgestochert. Allerdings ohne Erfolg.

„Was, wenn keine Papiere, sondern Gold drin is'?", fragte Arno, während er sich den Mechanismus betrachtete.

Annie sah ihn an und blinzelte. „Weiß nicht. Nicht viel anderes. Ich würd das Haus wieder aufbauen. Die Vorratskammer füllen. Ein bequemes Bett und vielleicht ein paar neue warme Kleider für den Winter. Und ein fesches Dirndl für den Sommer."

„Kein knatterndes Auto? Keine Schiffsfahrt, um die Welt zu seh'n?", fragte Arno weiter nach.

Sie senkte den Blick. „Ich wüsste schon noch was, aber man kann nicht alles mit einem Schatz kaufen."

„Aber wahr werden könnt's trotzdem, wenn du's dir wünschst", sagte er ganz sacht und doch ernst.

Annie schloss die Augen. Es war so schwer. Wie sollte sie es ihm begreiflich machen? Dass sie ihn liebte? Ihn wollte? Es aber trotzdem nicht ging. Weil sie es Sophie versprochen hatte.

Sie würde den Betrieb ab jetzt führen und an ihr Kind weitergeben. Und das ging nur, wenn sie Witwe war und blieb. Weil bei einer Heirat die Frau ihre Rechte an den Ehemann verlor. Noch so etwas, das in der Zukunft dringend auf den Prüfstand gehörte.

Annie griff in ihre Schürzentasche und zog den geflochtenen Ring hervor, den ihr Arno geschenkt hatte. Sie legte ihn sich in die Handfläche, strich zärtlich darüber. „Mehr als diesen Ring wird's für mich nicht mehr geben. Aber den hier lieb ich, wie ich vorher keinen anderen geliebt habe."

Sie hoffte, er würde verstehen. Würde sie nicht zwingen, sich zu erklären. Später vielleicht. Wenn alles andere mit Brief und Siegel in den Büchern festgeschrieben stand.

Er tastete nach ihren Fingern, verhakte seine mit ihren und führte ihre Hand an seine Lippen und küsste sie. „Eine Löwin kannst du nicht bändigen. Kannst sie entweder gefangen nehmen und in'n Käfig sperren oder zusehen, wie sie durch ihr Territorium streift. Mit'm Kopf hoch erhoben, wenn die Löwen ihr folgen."

Er lächelte sie schelmisch über die Hand hinweg an. „Oder auch'n Wolf?"

O ja, er verstand sie. Verstand so viel. Sie grinste. „Komm, ich will einen Schatz heben."

Arno griff erneut nach dem Werkzeug, setzte den Meißel an und schlug mit dem Hammer auf das Ende des Griffs. Es brauchte mehrere Versuche, dann brach das Schloss und der Deckel ließ sich aufklappen.

Der Inhalt schien zu Annies Erleichterung unversehrt. Beim Durchblättern entdeckte sie Grundstücksverträge, Unterlagen zu Wegerechten, aber auch Bankunterlagen und Sparbriefe. Es gab einen handgezeichneten Stammbaum und einige Geburts- und Sterbeurkunden.

Aber auch ein paar wenige Fotografien von Hochzeiten und anderen wichtigen Momenten in der Geschichte der Hopfstädter Familie. Und obendrauf lag das kleine Buch, das Annie mehrfach gesehen hatte.

Als Annie es aufschlug, fand sie darin handschriftliche Notizen, die mit Datum versehen waren. Das war der wahre Schatz in dieser Schatulle: Sophies Tagebuch.

Kapitel 23 – Verbrieft und besiegelt

Annie trug Schwarz, wie es sich für eine Witwe gehörte, als sie in München am Hauptbahnhof aus dem Zug stieg. Um einen Termin bei der angesehenen Anwaltskanzlei *Ernst & Schuster* zu erhalten, hatte sie neben ihrem angeheirateten Namen auch den ihrer Ursprungsfamilie mit in die Waagschale geworfen. Und es hatte funktioniert.

Laut dem Anzeigenblatt wurde das alteingesessene Unternehmen mittlerweile von den Söhnen der Gründer geführt. Außerdem hatten sie in der Vergangenheit die Ehrenverteidigung einer skandalträchtigen Opernsängerin übernommen und in ihrem Sinne den Prozess gewonnen.

Die Kanzlei lag südlich der Altstadt am Odeonsplatz und war zu Fuß schnell zu erreichen. Der Himmel strahlte makellos blau und man konnte die zwei Zwiebeltürme der Frauenkirche bereits von Weitem über der Stadt thronen sehen.

München, das Herz Bayerns, Wiege des berühmtesten Bierfestes der Welt, über das die Bavaria persönlich wachte. In nur zwei Wochen gingen dort mehr Liter Bier über die Theke, als sie in ihrer eigenen kleinen Brauerei das ganze Jahr hätten brauen können.

Es bewies Annie, dass Bier niemals aus der Mode kommen würde. Ein krisen- und zukunftssicheres Geschäft. Damit ein weiterer Grund, warum sie dafür kämpfen würde, den Hof und die Brauerei zu behalten.

Annie spazierte die Kaufingerstraße entlang zum Marienplatz und bog vor dem neuen Rathaus nach Norden ab, an der Feldherrenhalle vorbei. Von hier aus konnte man sogar die Residenz sehen und den daran angeschlossenen Hofgarten. Die Kanzlei *Ernst & Schuster* lag etwas westlich in einem der opulenten vierstöckigen Gebäude.

Ein Pförtner meldete ihre Ankunft über Fernsprecher und eskortierte sie bis zur Treppe und in den zweiten Stock. Die Räume waren atemberaubend groß und prunkvoll ausgestattet. An den mit Holz vertäfelten Wänden hingen elektrische Lampen und die Böden waren mit orientalischen Teppichen ausgelegt.

Annie wurde von einer Sekretärin in einen der Besprechungsräume geführt und bekam sogar eine Tasse Kaffee serviert.

Ihr Anwalt stellte sich als Henry Schuster vor. Er bekundete sein Beileid zu ihrem tragischen Verlust, nahm sich Zeit, sich ihre Geschichte anzuhören, studierte aufmerksam die mitgebrachten Dokumente und stellte immer wieder Fragen dazu.

„Es war eine kirchliche Trauung? Keine Kriegstrauung oder Nachtrauung nach dem vermeintlichen Tod des Mannes?"

Sie nickte. „Wir wurden standesamtlich und kirchlich in Durnheim bei München vermählt."

Die Brauen des Anwalts zogen sich zusammen. Kein gutes Zeichen.

„Ferdinand wurde im Krieg nicht für tot erklärt", sagte Annie rasch. „Er war nur verschollen."

„Und die Ehe wurde auch während des Kriegs und nach der Rückkehr des Ehemanns weitergeführt?"

Die Frage traf Annie so überraschend, dass sie ins Stottern geriet. Doch sie trug den besten Beweis direkt unter ihrem Herzen. „Gleich nach seiner Rückkehr bin ich schwanger geworden", sagte sie und präsentierte ihren sichtlich gewachsenen Bauch.

„Also haben Sie unter einem Dach gelebt und dasselbe Bett geteilt?", fragte der Anwalt so trocken und unerbittlich nach, dass Annie die Röte in die Wangen schoss.

„Erst mit der Schwangerschaft hab ich eine Zeit lang unter der Pflege meiner Schwiegermutter ruhen müssen", antwortete sie ausweichend.

Der Anwalt nickte und vertiefte sich erneut in die Papiere. Mittlerweile lagen auch die Sterbeurkunden von Ferdinand und Sophie bei. Eine Abschrift der Eintragungen im Sterbebuch, das auf dem Standesamt verwahrt wurde. Darin war vom Arzt als Todesursache ein Brandunfall mit Todesfolge festgestellt worden.

Als er weiterhin nickte und sich auf einem Block Notizen machte, wertete Annie das als gutes Zeichen. Sie hatte nicht gewagt, für einen guten Ausgang zu beten. Aber sie hatte im Geist versprochen, einmal mehr zur Beichte zu gehen, sollte sich alles zum Guten wenden.

„Da alle nötigen Unterlagen vorhanden sind und so weit korrekt aussehen, gehe ich davon aus, dass die Übertragung der Besitztümer nur mehr eine Formsache sein wird", erklärte ihr Henry Schuster. „Ich werde die nötigen Anträge stellen und die dazugehörigen Formalien in Ihrem Namen erledigen, wenn Sie das wünschen. Einzig die Braulizenz könnte eine verzwickte Sache werden."

Eben noch hatte Annie jauchzen wollen, jetzt aber sank ihr das Herz. Die Brauerei war ihre Idee, ihr Erfolgsprojekt. Das konnte sie nicht aufgeben.

„Was muss ich tun?", fragte Annie und ihr Tonfall ließ keinen Zweifel an ihrer Entschlossenheit.

„Die Lizenz wurde genau genommen nicht auf Ihren verstorbenen Ehemann übertragen, sondern auf die verstorbene Schwiegermutter. Da sie das Recht aber nicht an ihn vererben konnte, da ihr Sohn zeitgleich verstarb, und auch kein Beleg dafür vorliegt, dass Sophie Hopfstädter Ihnen die Lizenz überlassen wollte, könnte das Braukomitee argumentieren, dass damit das Recht erloschen ist."

„Aber die Brauerei ist unser Lebensunterhalt!", rief Annie. Auch wenn das nur zur Hälfte stimmte. „Sie ist zum Herzstück unserer Familie geworden. Und wir beliefern bereits einige bedeutende Kunden in der Umgebung. Außerdem ..." Annie stockte. Sollte sie von Arno berichten? Dass er der ursprüngliche Erbe gewesen war? Höchstwahrscheinlich wären damit alle Probleme beseitigt. Weil es einen männlichen Erben gab. Aber genau das wollte Annie auf keinen Fall. *Sie* wollte diese Schlacht gewinnen. Das Bierbrauen war früher die Sache der Frauen gewesen, also sollte sie es auch heute wieder sein. Auf ihren Namen, Annie Hopfstädter.

Nachdem sie mit dem Anwalt die Lage noch eine Weile diskutiert hatte, verabschiedete er sich mit der

Zusage, auch in dieser Angelegenheit nach Lösungen zu suchen. Annie machte derweil auf der Rückfahrt eigene Pläne.

Während die Rechtsverdreher über Paragrafen brüteten, würde sie die Brauerei so berühmt in der Gegend machen, dass selbst der Stadtrat für sie einstehen würde. Dafür brauchte sie allerdings Zeit, die sie womöglich nicht haben würde.

Dieser und andere Gedanken ließen Annie auf der Rückfahrt nicht zur Ruhe kommen. Also zog sie Sophies Tagebuch aus der Tasche, um darin zu lesen und hoffentlich zu lernen, wie man einen Hof mit Würde und Geschick führte.

Doch was sie entdeckte, waren die schweren und oftmals tief verzweifelten Gedanken einer Frau, die sich ein ganz anderes Leben gewünscht hatte als das an der Seite eines Gutshofbesitzers. Trotzdem hatte sie sich in ihre Rolle gefügt und sie am Ende perfekt ausgefüllt.

Annie las viel in dem Buch, während sie in den Wochen nach dem Ausflug auf Nachrichten von ihrem Anwalt wartete. Und auch sie begann ein solches Tagebuch zu führen, damit spätere Generationen einmal daraus lernen konnten.

Es war ein trüber Montag Ende Januar, als sie schließlich die letzten Seiten las. Einträge über die Kriegsjahre voller Entbehrungen. Über die Nachricht von Heinrichs Tod und über Arnos Ankunft auf dem Hof.

Genau wie Annie hatte er sie hoffen lassen, dass auch Ferdinand aus dem Krieg zurückkehren würde. Und als er es tatsächlich tat, wechselten sich Einträge voller Zuversicht und düsterer Vorahnungen ab. Sophie hatte von Anfang an erkannt, dass da ein anderer aus dem

Krieg heimgekehrt war. Einer, der ihren Sohn auf dem Schlachtfeld zurückgelassen hatte. Eine Hülle seiner selbst.

Sophie hatte sich so viele Gedanken gemacht und niemanden gehabt, mit der sie sie hatte teilen können. Um stark zu wirken, wo ihr Sohn schwach war. Nur die alte Erna hatte ihr in dunklen Stunden Trost gespendet. Erst die Brauerei hatte sie insgeheim wieder hoffen lassen. Viel mehr, als Annie geahnt hatte.

Den letzten Eintrag hatte Sophie mit zittrigen Händen an Heiligabend verfasst, bevor der Brand ausgebrochen war. Doch es war keine Beichte, sondern ihr Vermächtnis an Annie.

Hiermit wünsche und verfüge ich, dass Annie Hopfstädter all meine Habe und mein Gut erben soll. Außerdem mein Vermögen in jeder Form sowie den zugehörigen Rechten und Pflichten. Zudem gilt es mit diesen Zeilen als verbrieft und besiegelt, dass sie auch die Braulizenz erbt, um sie zum Wohle und im Namen der Familie Hopfstädter weiterzuführen und einmal an ihr Kind zu übertragen.

Sophie Hopfstädter

Annie las die Zeilen erneut. Wieder und wieder. Weil sie es nicht glauben konnte. Diese Zeilen waren die Lösung. Die Rettung! Sie musste dem Anwalt nur eine Abschrift dieser Seite überlassen.

Sie wollte gerade Briefpapier und Tinte aus der Schublade holen, um ihm zu schreiben, als draußen im Hof das bekannte Knattern eines Automobils erklang.

Das Braukomitee schien nun wohl auch die Lücke entdeckt zu haben, durch die sie Annie und der Brauerei den Garaus zu machen glaubten.

Als Annie den herausgeputzten Herren daraufhin die entsprechende Seite aus Sophies Tagebuch vor die Nase hielt, versandete der offensichtliche Großangriff in einem Meer aus Floskeln und guten Glückwünschen. Eine weitere Hürde war genommen. Es fehlte nur noch die offizielle Bestätigung, damit sie rechtzeitig zum Frühjahrsbeginn aussäen konnten.

Kapitel 24 –
Wiederaufbau

Der Winter wich einem weiteren Frühling. Annies Anwalt hatte nun mehrere Monate damit zugebracht, in ihrem Namen gegen Bürokraten und Ränkeschmiede zu kämpfen. Mit Erfolg.

Endlich konnten die Handwerksarbeiten am Haus beginnen, während auf dem Hof die ersten Äcker vorbereitet und bestellt wurden. Doch auch der Berg an Rechnungen wuchs, genau wie Annies Bauch.

Die alte Erna kümmerte sich rührend, doch Annie musste sich eingestehen, dass sie mit der Schwangerschaft, dem Hof und der Brauerei zunehmend überfordert war. Sie brauchte jemanden an ihrer Seite, der nicht nur etwas von Anbau und Brauerei verstand, sondern sich zudem nicht selbst profilieren wollte. Arno war dafür der perfekte Kandidat, aber auch ein Risiko für ihre eigene Stellung.

Nicht etwa, weil er sie ihr hätte streitig machen wollen. Allein dass sie eine Frau und er ein Mann war, würde erneut dafür sorgen, dass Händler und Vertragspartner sich ihm zuwenden würden. Diesen unfreiwilligen Machtkampf wollte Annie nicht. Also suchte sie eine andere Lösung.

Sie brauchte eine Frau an ihrer Seite, die patent genug war, sich durchzusetzen, sich in der Materie grundsätzlich auskannte und keine Angst vor einem Abenteuer hatte.

Nach genau dieser Person suchte Annie auf der großen Bierbrauermesse in Fürth.

Während Arno sich darum kümmerte, dass das eingekaufte Saatgut auch pünktlich geliefert werden würde, betrat Annie das Zelt, um sich nach Stunden in der Frühlingskälte aufzuwärmen und auszuruhen.

Sie setzte sich abseits der Massen an den Rand und beobachtete mit zunehmendem Interesse eine korpulente Matrone, wie sie die jüngeren Schankmädchen herumscheuchte, ein halbes Dutzend Maßkrüge auf einmal an die Tische wuchtete und sich nicht scheute, selbst dem Wirt die Meinung zu geigen, wenn der Biernachschub auf sich warten ließ. Dabei lachte sie und strahlte so viel Herzlichkeit aus, als hätte der Tag nur Sonnenschein zu bieten.

Als sie schließlich Annie entdeckte und zu ihr an den Tisch kam, wusste die bereits, was sie wollte.

„Was darf's sein, meine Schöne?", fragte die Bedienung. „Ein Weizen wird dir den Magen nur noch mehr aufblähen und das Bockbier nimmt dir die Kraft. Also würd ich zu einem spritzigen Märzen raten. Frisch gebraut, kaum drei Tage alt."

Annie lächelte. „Mein Name ist Annie Hopfstädter, verrätst du mir deinen?"

„Giesela. Giesela Burgtaller. Aber fürs Plaudern werd ich nicht bezahlt, also mach am besten deine Bestellung und ich schau, dass ich dazu eine Brezn und Obatzten bring, damit du nicht vom Fleisch fällst." Sie zwinkerte ihr verschwörerisch zu.

„Einverstanden. Unter einer Bedingung", sagte Annie. „Du hörst dir jetzt mein Angebot an und gibst mir deine Antwort, wenn du zum Servieren kommst."

Giesela hob amüsiert die Brauen. „Eine forsche Frau, die sagt, was sie will. Das lob ich mir. Also schön, lass hören. Aber damit's gleich klar ist, für schmutzige Dinge bin ich nicht zu haben."

Jetzt war es an Annie zu schmunzeln. „Ich habe eine kleine Brauerei in Durnheim bei München aufgebaut. Dafür such ich eine patente Frau, die mir auf Augenhöhe zur Seite steht, die mit mir die Geschäfte regelt und vor den Herren auch mal auf den Tisch hauen kann, wenn's sein muss."

„Ich schenk's Bier nur aus und braue es nicht", erwiderte sie und rieb sich die Hände an der Schürze ab.

Annie zuckte mit den Schultern. „Das lässt sich lernen."

Die Schankfrau winkte ab, als hinter ihr die anderen Gäste nach ihr riefen. „Warum willst du es dir extra schwer machen, wenn's doch eine Männerwelt ist?"

„Weil ich keiner bin und auch nicht vorhabe, mir wieder einen ins Haus zu holen, um mich zurück an den Herd scheuchen zu lassen."

„Was wär für mich drin? Neben dem Risiko, dass ich's mir mit den bierseligen Herren verscherze und zu einem Landei werden müsste?"

„Ein Anteil am Umsatz, Kost, Logis und das Vergnügen, ebendiese Herren auf die hinteren Plätze zu verweisen, wo sie hingehören", erwiderte Annie mit Funkeln in den Augen.

Giesela schnaubte amüsiert. „Gezahlt wird in Gold-mark?"

Annie nickte.

„Das wär ein Angebot, das sich nicht einfach auf dem Weg zur Theke entscheiden lässt. Auch wenn's eine Überlegung wert wäre."

„Dann bist du herzlich eingeladen, mich in Durnheim auf dem Hof zu besuchen. Schau's dir an und dann sagst du mir, ob du weiter Maßkrüge schleppen magst oder lieber dafür sorgst, dass unser Hopfstädter Bier das beste wird und in aller Munde ist."

Giesela kratzte sich den Hüftspeck und sah Annie for-schend an. „Hand drauf?"

„Hand drauf", erwiderte Annie.

Und so kam es, dass alsbald eine weitere Frau auf dem Hof einzog und für reichlich Aufschwung sorgte. Wäh-rend Annie sich zusammen mit Arno weiter um das Bierbrauen an sich kümmerte, war Giesela Burgtaller von nun an dafür zuständig, Händler und Wirte zu be-zirzen, einen guten Preis auszuhandeln und die Fuhren zu organisieren.

Arno wurde außerdem der landwirtschaftliche Teil des Betriebs unterstellt und Nathan vom einfachen Knecht zu seinem Gehilfen erhoben. Sie alle bekamen Zimmer im Haus zugeteilt: Arno und die alte Erna un-ten bei Annie im Erdgeschoss, die anderen im ersten Stock und unterm Dach.

Damit setzte Annie einmal mehr alles auf eine Karte. Denn für die Finanzierung des Wiederaufbaus und zur Begleichung der angesammelten Anwaltskosten musste sie wohl oder übel ein Darlehen aufnehmen. Und natürlich bewilligte die Bank es nur, wenn sie den

Hof als Sicherheit bot. Jeder, den Annie fragte, hielt es für Wahnsinn, solch ein Wagnis bei der immer rasanter ansteigenden Inflation einzugehen. Doch sie sah genau das als Chance an.

Die Reihe der Konkurrenzbetriebe würde sich ausdünnen und nur noch übrig bleiben, wer gut wirtschaftete und sich von der durchschnittlichen Masse abhob.

Eine schwierige Entscheidung, doch Annie traf sie. Weil sie musste. Entweder sie würde beim Versuch, ihr Versprechen zu erfüllen, untergehen und auf der Straße landen oder sie würde es mit Gottes Segen zu wahrem Ruhm und Erfolg bringen. Und um sich den abzuholen, trieb es Annie einmal mehr in die Kirche.

Blühende Forsythiensträucher kündeten von den nahenden Ostertagen, als Annie den Weg hinauf zur Kirche nahm. Kastanienbäume beschatteten den Friedhof mit ihrem frischen, noch zarten Grün. Meisen und Spatzen waren aus dem Süden zurückgekehrt und erzählten trällernd ihre Geschichten. Überall spürte Annie die Aufbruchstimmung und Lust auf das Leben.

Und auch jenes, das in ihr heranwuchs, meldete sich immer öfter mit kleinen Tritten und Boxhieben. Für Annie ein Wunder, aber auch die Erinnerung daran, wie viel Verantwortung auf ihren Schultern lastete.

In der Kirche war Pfarrer Josef gerade dabei, die Kollekte für die Abendmesse aufzustellen und frische Kerzen in die Halter zu stecken.

Annie bekreuzigte sich nach dem Überqueren der Türschwelle und musste erst Mut sammeln, um auf den Pastor zuzugehen.

Seit dem Tod von Sophie und ihrem Sohn redeten die Leute noch mehr als früher über sie. Ferdinand hatte auf seinen Wirtshaustouren so oft von der bösen Hexe im Haus geredet, dass die Leute nach dem Unglück daran glauben wollten, um es nicht Gott anzulasten. Doch das war immer noch besser als die Wahrheit.

Annie haderte mit dem Opfer, das Sophie für sie erbracht hatte. Nicht aber mit der Tat. Denn es hieß Auge um Auge, Zahn um Zahn. Ferdinand hatte erhalten, was ein weltliches Gericht niemals gewagt hätte zu richten. Und sie war sich sicher, dass der Herrgott ihr die Kraft dazu geschenkt hatte.

„Servus, Annie", begrüßte der Pastor sie und winkte sie heran.

„Guten Tag, Pfarrer Josef", antwortete sie und machte einen unbeholfenen Knicks. „Ich wollte fragen, ob Sie Zeit hätten, weil ich mir gern etwas von der Seele reden würd. Jetzt, da die Feiertage bevorstehen. Und weil ich Anfang des Jahres keine Beichte abgelegt habe."

Der Pastor nickte mit mildem Lächeln. „Es ist oftmals schwer, in den Tagen der Trauer zu vergeben und um Vergebung zu bitten. Wenn die Gefühle noch zu stark sind und die Abwesenheit von geliebten Menschen einem das Herz noch zu eng werden lässt."

Annie senkte demütig den Kopf und folgte dem Pfarrer, als er sie einlud, mit ihm den Beichtstuhl zu betreten. Doch bevor sie die einleitenden Worte der heiligen Zeremonie sprechen konnte, musste sie noch eine Frage stellen. „Sagen Sie mir, warum hat sich Jesus für die Menschen geopfert?"

Der Pastor reckte sich und atmete tief ein und aus. „Damit ihnen ihre Sünden vergeben werden."

Annie spürte einen Kloß im Hals wachsen. Sie war auch eine Sünderin gewesen. Im Körper wie im Geiste.

„Aber warum war es das wert? Warum sich für die opfern, die Sünden begangen haben, wenn man selbst davon nichts mehr hat?"

„Geben und Nehmen ist eine gute Sache. Aber es kann nicht alles gegeneinander aufgewogen werden. Denn der Wert von etwas bemisst sich im Leben nicht an einer festgelegten Skala."

Annie umschlang mit einer Hand ihren Bauch, während sie im Beichtstuhl kniete und über die Worte von Pfarrer Josef nachdachte.

„Niemand hat größere Liebe, als wenn er sein Leben lässt für seine Freunde", zitierte der Pastor Johannes 15.

Die Worte taten weh. Und plötzlich ging es ihr nicht mehr um Sophie. Sie brauchte Klarheit für sich und Arno. Trotz der kleinen und großen Liebesbekundungen. „Wie kann ich sicher sein, einen Freund an der Seite zu haben? Wenn ich der Freundschaft vielleicht gar nicht würdig bin?"

„Gott verlangt keine Perfektion. Er hat uns fehlbar gemacht und uns die Fähigkeit geschenkt, Einsehen zu haben und Läuterung zu zeigen. Es geht weniger darum, was du tust, als vielmehr darum, wie du mit dem umgehst, was du getan hast."

Ein Rat, der sich in Annies Gedächtnis brannte. Es ging nicht darum, keine Fehler zu machen, sondern darum, wie man mit ihnen umging. Das würde ihr Leitspruch werden. Und es war gleichzeitig der göttliche Segen für ihre Vorhaben, den sie sich erhofft hatte.

Erleichtert sprach sie einmal mehr die einleitenden Worte für die Beichte. „Im Namen des Vaters und des Sohnes und des Heiligen Geistes. Amen."

„Gott, der unser Herz erleuchtet, schenke er dir wahrhaftige Erkenntnis deiner Sünden und dazu seiner
Barmherzigkeit. Amen", antwortete Pfarrer Josef.

Auch dieses Mal zog Annie Stärkung aus diesem
christlich-katholischen Ritual. Sie fühlte sich tatsächlich ein Stück weit verstanden und begleitet statt verurteilt. Was Sophie getan hatte, würde sie selbst vor ihrem Richter verantworten. Und Annie hoffte sehr, dass
auch sie Gnade erfahren würde.

Kapitel 25 – Siegeszug mit Hindernissen

In den Wochen nach der Aussaat fegten Stürme mit Hagel und Bodenfrost über das Land, gefolgt von Starkregen, der einen Teil der Saat ausspülte und die Hopfensetzlinge schier ertränkte.

Arno und Nathan taten alles, was sie konnten, um so viel wie möglich zu retten. Sie gruben Ablaufgräben, zogen unablässig im Regen die Spuren nach und versuchten, den Hopfen mit einer zusätzlichen Schicht aus Hackschnitzeln zu schützen.

Annie hingegen war erneut ans Bett gefesselt. Ihre Schwangerschaft zehrte an ihren Kräften und der Arzt machte sich ernsthaft Sorgen, das Kind könnte zu früh auf die Welt kommen.

Also lag sie in ihren Kissen und musste tatenlos mit ansehen, wie all ihre Träume fortgeschwemmt zu werden drohten.

Giesela indes war ein Segen und jede Goldmark wert. Obwohl sie über keinen finanziellen Puffer mehr verfügten, schaffte sie es mit ihrem Redetalent, genug Geld zusammenzubekommen, um den Verlust mit zugekaufter Ware wieder auszugleichen. Statt Fässer voll Bier an die Händler und Wirte zu liefern, verkaufte sie ihnen limitierte Optionsscheine darauf.

So gewannen sie nicht nur Geld im Voraus, sondern steigerten auch das Ansehen ihrer Braumarke. Auf einmal wollte jeder Hopfstädter Bier im Angebot haben.

„Wenn's so weitergeht, braucht es mehr Land zum Bestellen und Ernten", erzählte Giesela fröhlich, als sie gemeinsam am Abendbrottisch saßen. Sie, die alte Erna, Marie, Nathan, Arno und Annie. Eine weitere kleine Neuerung, die sie eingeführt hatte. Denn wer so schwer für den Betrieb schuftete, der sollte auch mit am Tisch sitzen und seine Meinung sagen dürfen.

Das hier war Annies neue Familie und ihr Halt, während die Beschwerden in der Schwangerschaft immer größer wurden.

Obwohl die Hebamme sie bei jedem Besuch ermahnte, mehr zu essen, schaffte es Annie kaum, einen Bissen hinunterzuschlucken und auch bei sich zu behalten. Nicht so sehr, weil ihr übel war, sondern weil es sich anfühlte, als wäre in ihrem Bauch kein Platz mehr dafür übrig.

Sowohl das Stehen und das Sitzen als auch das Liegen fiel ihr schwer. Ihr Körper war immer irgendwie im Weg, die Beine schwollen von Tag zu Tag mehr an und in der Nacht schreckte sie immer wieder hoch, gefolgt von diesem schrecklichen Gefühl, schier zu ersticken.

Auch an diesem Abend schob sie die Butterstulle nach einem kleinen Bissen beiseite und griff stattdessen nach einem Glas Milch.

„Vielleicht wär's nicht schlecht, die Anbaufläche zu erhöhen. Das Arbeiten wär effizienter und der Ertrag ergiebiger, wenn die Parzellen größer wären", sagte Arno in die kauende Runde hinein. Doch sein Blick lag sorgenvoll auf Annie.

„Selbst wenn wir die Mittel dafür hätten, gäbe es kein Land, das dafür infrage käme", erwiderte Annie. Sie lächelte tapfer, aber vor Arno konnte sie ihren wahren Zustand nicht verbergen. Ihr war schrecklich elend zumute. Sie war müde und erschöpft.

„Ich wüsste eins, das brach liegt", erwiderte er und beugte sich vor, als wollte er mit einer Hand nach ihrer greifen.

Annie schüttelte angedeutet den Kopf. Es war noch zu wenig Zeit vergangen, um auch nur eine einzige öffentliche Zuneigungsbekundung zu wagen. Sie trug weiterhin Schwarz, wenn sie in die Öffentlichkeit ging, und das würde so bleiben, bis sich Sophies und Ferdinands Todestag jähren würde.

„Welches?", fragte Giesela nach, als Annie nicht sofort auf Arnos Worte reagierte.

Er hob die Mundwinkel und in seinen Augen blitzte es. „Meins."

Annie klappte der Mund auf. Wie hatte sie das übersehen können? Natürlich. Arno gehörten nicht nur die Kessel, ihm gehörte der gesamte Grund des elterlichen Besitzes.

„Du hast es nicht verkauft oder verpachtet?", fragte sie ungläubig nach.

„Ich war mir unsicher und hier am Hof gab's so viel zu tun, da hab ich's einfach vergessen." Wie zur Entschuldigung hob er die Hände und grinste schief.

„Der feine Herr Grundbesitzer hat's vergessen", äffte Nathan ihn lachend nach.

Annie aber verspürte Scham in sich aufsteigen. Bei all seiner Freundlichkeit hatte sie Arno am Ende nicht mehr wie den Cousin ihres verstorbenen Ehemannes behandelt, sondern wie einen Angestellten. Noch eine kaum zu verzeihende Unachtsamkeit. Dennoch lächelte er sie an. Dieser gutmütige, liebenswerte Mann, in dem so viel mehr steckte, als man ihm ansah.

„Also schön, wie ist der Plan?", fragte Annie mit einem Lächeln, bei dem ihr die Wangen heiß wurden.

„Für dieses Frühjahr ist's zu spät. Da gehen höchstens noch Kartoffeln in die Erde. Aber wir könnt'n Heu machen. Ein oder zwei Schnitte. Für den Winter und den Rest für'n Verkauf. Im Herbst richten wir dann schon die Äcker her."

„Klingt nach einem wirklich zünftigen Plan!", warf Giesela ein und klatschte erfreut in die Hände.

Annie nickte. Es würde einiges an Fahrerei und Schufterei bedeuten, aber es klang dennoch machbar und gewinnbringend genug, um es zu versuchen.

Nach dem Abendbrot, als die meisten schon auf ihre Zimmer gegangen waren und Annie erschöpft in ihrem Bett lag, klopfte es an der Tür und Arno kam herein. Er hatte einen Teller Suppe dabei, den mit Gewissheit die alte Erna noch aufgekocht hatte.

„Darf ich?", fragte er scheu.

Annie setzte sich auf und zog rasch ihre Strickjacke über. Dann nickte sie.

Er schloss die Tür und balancierte den Teller mühevoll bis zu ihrem Bett, um ja nichts zu verschütten, und stellte ihn auf dem Nachttisch ab. Dazu zauberte er ein Stück Brot aus seiner Jacke.

„Sie hat gedroht, ich bekomm kein Frühstück, wenn du nix von der Suppe isst", sagte er mit schiefem Lächeln.

„Erna kann so grausam sein." Annie lächelte, doch diese ewig bleierne Müdigkeit machte es schwer.

Wieder las er in ihr, ohne dass sie es aussprechen musste. Er setzte sich auf die Bettkante, packte den Löffel und führte ihn an ihren Mund, während er die andere Hand schützend darunter hielt.

Allein der Geruch der Brühe war schwer zu ertragen. Doch ihm zuliebe versuchte sie es. Den Atem angehalten, schlürfte sie die Suppe, schluckte und schloss die Augen. Ganz darauf konzentriert, sie bei sich zu behalten.

Er reichte ihr ein Stück weißes Brot. Und auch das nahm sie. Das wiederholte sich, bis Annie zumindest die Hälfte des Tellerinhalts und eine Scheibe Brot gegessen hatte.

„Ich seh's nicht gern, dass es dir so schlecht geht und ich nix tun kann", sagte er und ergriff ihre Hand.

Annie ließ es zu. Verschränkte ihre Finger mit seinen. „Die Hebamme sagt, es ist manchmal so, dass es einen schier auszehrt. Ich muss nur durchhalten."

Er drückte ihre Hand. „Ja, Annie, bitte halt durch. Gibt doch noch so viel zu tun. So viel zum Anschau'n. Die Glasbläserei und so viel mehr." Dann presste er die Lippen aufeinander und sah zu Boden.

Sie hob die freie Hand und strich ihm über das Haar. „Wir geben beide unser Bestes, dann wird's gut werden. Ich mit'm Kind und du mit der Brauerei und allem anderen."

„Versprich's", flüsterte er mit tränenerstickter Stimme.

Sanft zog sie seinen Kopf näher, beugte sich vor und lehnte ihre Stirn an seine. „Ich verspreche es. Ich hab doch noch so viele Ideen als Nachfolger für die Dolden-brause", wisperte sie.

Er lachte. Versuchte es, auch wenn es brüchig klang.

„Das hier ist jetzt meine Schlacht und du musst sie mich kämpfen lassen. Für mein Kind und damit es danach ein uns geben kann."

Ein Zittern lief durch ihn hindurch. Ein Schluchzen entrang sich seiner Kehle. Und dann küsste er sie. Hauchzart berührten seine Lippen die ihren. So vorsichtig, als hätte er Angst, sie zu zerbrechen. Ein Kuss von solcher Süße, dass sie aufseufzte und in seine Arme sank. So verharrten sie, bis Annie einschlief.

Weitere Wochen und Monate vergingen. Die Feldfrüchte reiften heran und endlich schien das Wetter ihnen gewogen zu sein. Aus kümmerlichen Setzlingen wurden große, kräftige Hopfenreben. Die Gerste wiegte sich im Sommerwind und auch die Kartoffeln bildeten Knollen in Hülle und Fülle.

Arno kümmerte sich um die Rekultivierung seines eigenen Hofs und Nathan hielt in Durnheim die Stellung. Annie kämpfte dagegen jeden Tag von Neuem darum, sich und das Baby am Leben zu erhalten.

Um die Brauerei nicht leer und verwaist zu lassen, lehrte sie Giesela das Bierbrauen nach dem Hopfstädter Rezept in der Theorie und Arno prüfte ihre Fähigkeiten in der Praxis.

Sie alle waren ein eingespieltes Team. Und als es Zeit für die Ernte wurde, da setzten auch bei Annie endlich die Wehen ein.

Nach zehn bewegenden und kämpferischen Monaten war endlich ein Ende der Qual in Sicht. Doch die Hebamme hatte große Sorge, ob Annie die Strapazen der Geburt heil überstehen würde.

Für diesen letzten Schritt hatte sie die alte Erna an ihrer Seite. Eine Frau, die bereits bewiesen hatte, dass sie unverwüstlich war. Und mit etwas Glück würde etwas davon auf Annie abfärben.

Kapitel 26 – Neues Leben

„Nicht pressen, Kind. Es ist noch zu früh", sagte Erna.

Sie war die ganze Nacht schon an Annies Seite, brachte ihr kühles Wasser und der Hebamme starken Kaffee, schüttelte die Bettdecken aus und bereitete Umschläge vor. Doch Annies Qual schien kein Ende zu nehmen.

„Ich kann nicht mehr. Ich halte diese Schmerzen nicht mehr aus", rief sie, bevor sich schon die nächste Wehe ankündigte. Seit dem Sonnenaufgang kamen sie in rascher Folge, doch das Baby ließ sich Zeit.

Alles an Annies Körper fühlte sich wund an. Ihr Bauch, ihre Lenden, der Steiß, der Rücken, aber auch ihre Schultern, die Arme und ihre Kehle vom vielen Schreien.

Erna und die Hebamme zogen sich immer wieder in den Gang zurück und tuschelten. Das verhieß nichts Gutes. Doch sie brauchte all ihre Kraft für die nächste Wehe, wenn sich ihr Körper das nächste Mal zusammenkrümmte. Sie hatte keine Puste, um zu fragen, was los war.

Als das Baby mittags immer noch nicht auf der Welt war, wurde nach dem Arzt geschickt und Erna begann in aller Hektik, Laken und Tücher abzukochen. Für alle anderen war das Haus tabu.

Annie wälzte sich im Bett und fieberte. Sie sprach mit Ferdl, ihrem verstorbenen Mann, und bat um Verzeihung und schrie ihn im nächsten Moment an, was er ihr angetan hatte. Im Zimmer roch es nach Schweiß, Nelkentinktur und Weidenextrakt.

Erst am frühen Abend traf schließlich der Arzt ein und brachte seine Tasche und weitere, angsteinflößende Werkzeuge mit. Doch Annie nahm alles nur noch durch einen trüben Nebel wahr.

Als der Arzt sie an das Bett zu fesseln begann, rief sie nach Arno. Und für einen hoffnungsvollen Augenblick lang glaubte sie, ihn im Türrahmen stehen zu sehen. Doch dann ging die Tür zu und er war fort.

Die Hebamme und Erna redeten auf Annie ein, während der Arzt eine Art Zange hielt und sich zwischen ihren aufgestellten Beinen zu schaffen machte.

Annie verlor jegliches Gefühl, schwebte nur mehr irgendwo im Raum, während ihr Geist immer wieder in das undurchdringliche Schwarz am Rande ihres Sichtfeldes abdriftete.

Ihr wurde etwas Bitteres eingeflößt, doch sie war längst nicht mehr in der Lage, sich zu wehren. Und endlich ließen die Schmerzen nach und die Welt versank in dumpfen Nebeln, während jemand ihr etwas aus dem Bauch herausschnitt.

Annie hörte ein klägliches Wimmern. Doch sie konnte nicht sagen, ob es von ihr selbst stammte. Ihre Lider waren zu schwer, ihr Körper zu taub. Sie wollte nur noch schlafen. Tief und endlos schlafen.

Annie erwachte, weil sie Arnos aufgeregte Stimme wahrnahm.

„Ich will zu ihr, sofort! Entweder ihr lasst mich durch oder ich werd' euch mit Gewalt beiseiteschaffen!"

„Arno." Sie brachte seinen Namen nur mühsam über die Lippen.

Einen Moment später war er an ihrer Seite, griff nach ihrer Hand und drückte sie mit beiden Händen fest an seine Brust.

„Ich bin da, Annie. Hörst? Ich bin da. Und du musst auch bleiben. Du hast's mir versprochen." Er klang so aufgelöst, wie sie ihn nie erlebt hatte.

Ihr Mund war trocken und ihre Lippen ganz rau. Kalter Schweiß bedeckte ihr Gesicht. Und auch wenn sie keine Schmerzen hatte, fühlte es sich an, als würde etwas Schweres auf ihrem Unterleib liegen.

„Ist es vorbei?", fragte Annie und versuchte, sich aufzurichten. „Ist mein Kind da?"

Erna trat in ihr Blickfeld und drängte Arno grob beiseite. „Lass sie ruhen. Du siehst doch, dass sie kaum bei Sinnen ist."

Von der anderen Bettseite aus drückte die Hebamme sie sanft, aber bestimmt zurück in die Kissen. „Schlaf, Annie. Du brauchst Ruhe."

Als sie das nächste Mal erwachte, wehte kühle Nachtluft durch das Fenster. Sie roch feucht. Es musste in der Zwischenzeit geregnet haben. Auf dem Nachtkästchen flackerte eine Kerze und spendete ein wenig Licht.

Im Schaukelstuhl saß in sich zusammengesunken die alte Erna und schnarchte vernehmlich. Neben ihr eine einfache Wiege aus Holz.

Annie konnte nicht erkennen, ob ihr Kind darin lag, sie wollte aufstehen, doch bei der kleinsten Bewegung fuhr ihr ein stechender Schmerz durch den Leib. So heftig, dass sie aufkeuchte.

Dieser eine Laut reichte, um die alte Magd zu wecken. Ein wenig tattrig sah sie sich um, versuchte sich zu orientieren, bevor ihr Blick an Annies hängen blieb.

„Meine Kleine", sagte sie und erhob sich umständlich. „Dem Herrgott sei's gedankt, dass du dieses barbarische Gemetzel überlebt hast."

Annie wusste nicht, was sie meinte. Aber es war ihr auch egal. Sie musste ihr Kind sehen. Ihr Baby. Sich vergewissern, dass es auch überlebt hatte.

„Bitte", sagte Annie und streckte die Arme nach der Wiege aus. „Gib es mir. Ich will es sehen."

Erna blickte prüfend zur Tür und nickte. Sie hob ein kleines, in Decken gewickeltes Bündel auf und trug es mit wackligen Schritten zu Annie ans Bett.

„Es ist ein Mädchen", flüsterte sie und legte Annie das Bündel in die Arme. „Noch ein bisschen rot im Gesicht vom vielen Schreien, aber wer will es ihr verdenken bei der ganzen Aufregung."

Annie hörte kaum noch hin, gefangen von dem Anblick, der sich ihr bot. Da war sie, ihre Tochter. Ihr Kind, das sie so viele Monate in sich getragen hatte. Alles an ihr war winzig und perfekt.

„Ich weiß schon, wie ich dich nennen werde", flüsterte Annie und wiegte sie sanft hin und her. „Dein Name ist Henrietta Hopfstädter. Weil du die zukünftige Hausherrin sein wirst, eine Herrscherin über ein kleines Imperium, gesegnet mit Reichtum und Macht. Als Vorbild für die Frauen. Zielstrebig und stark."

„Ein guter Name", sagte Erna beipflichtend. „Und jetzt weck sie, damit sie trinken lernt."

Mit versierten Handgriffen half die alte Magd Annie, ihre Kleine das erste Mal an die Brust anzulegen. Erst nörgelte sie und wand sich, bis sie zu verstehen schien und ihr winziger Mund sich suchend seinen Weg bahnte. Dann saugte sie und Annie fühlte trotz Erschöpfung und Schmerzen pures Glück durch ihren Körper strömen.

Dieser intime Moment mit ihrer Tochter gab ihr die Kraft, die nächsten Tage zu überstehen und die Veränderungen an ihrem Körper anzunehmen.

Als letzte Rettung hatte der Arzt beschlossen, einen Kaiserschnitt zu wagen. Ein riskanter Eingriff, der für die Mehrzahl der Frauen mit dem Tod endete. Doch Annie war nach all den Strapazen nicht bereit zu gehen. Zusammen mit der Hebamme, Erna und den Medikamenten, die der Arzt ihr verschrieben hatte, hielt sie die riesige vernähte Schnittwunde, die quer über ihren Unterleib führte, sauber und frei von Entzündungen.

Das Fieber, das sie fast über die Schwelle getrieben hatte, kam nicht zurück und langsam, aber sicher kam auch der Appetit zurück.

Einen guten Monat später war Annie so weit genesen, dass sie für die Aussegnung und Henriettas Taufe in die Kirche gehen konnte.

Sie wünschte sich die Zeremonie im allerengsten Kreis, also fuhren nur sie, Arno und die alte Erna als Stütze am Sonntag ins Dorf.

Zu Sophies Ehren wurde Annies Tochter auf den Namen Henrietta Sophie Hopfstädter getauft. Arno erhielt die Gunst, ihr Pate zu werden. Eine Aufgabe, die er nur zu gerne annahm.

Genau wie Annie gelobte er, das Mädchen in christlichem Glauben und mit rechtschaffenen Werten zu erziehen.

Als er sie danach das erste Mal im Arm halten durfte, betrachtete er Henrietta so verzückt, dass Annie das erste Mal seit langer Zeit wagte, von einer Zukunft zu dritt zu träumen.

Doch erst einmal galt es, die Ernte einzufahren. Die Gerste stand reif und voll auf dem Feld. Strahlender Sonnenschein und geringe Luftfeuchtigkeit sorgten dafür, dass das Korn trocken genug sein würde, um es einzufahren.

Zwei Wochen später war auch der Hopfen so weit, gerissen und gezupft zu werden. Arno und Nathan taten ihr Bestes, um die Dolden auszusortieren und zum weiteren Trocknen auf dem Dachboden auszulegen.

Giesela hingegen nutzte die Gelegenheit, den Händlern und Wirten den geernteten Hopfen zu zeigen und von seiner Qualität zu schwärmen. Jetzt dauerte es nicht mehr lange und sie konnten die Braukessel wieder befeuern.

Das Geld, das Arno mit dem Mähen seiner Wiesen und dem Verkauf des Heus eingenommen hatte, gaben sie für neue Fässer aus, um möglichst alle gleichzeitig beliefern zu können.

Annie versuchte, bei jedem Schritt dabei zu sein, auch wenn sie auf die Verkostung verzichtete, weil sie noch stillte.

Zum Herbstanfang und rechtzeitig zum Erntedankfest war es schließlich geschafft. Das Hopfstädter Hell wurde auf den Fuhrwagen hinaus in die Städte, Wirtschaften und Festzelte gebracht.

Dank der gemeinschaftlichen Arbeit und Gieselas Verkaufsgeschick feierten sie so große Erfolge, dass der Bayerische Brauerbund München ihnen sogar eine Auszeichnung für das beste Bier der Region verlieh.

Als Belohnung richtete Annie ein großes Fest auf dem Hof aus und lud die Dorfgemeinschaft und das Braukomitee ein. Und bei gutem Essen und reichlich Bier wurde auf Bruderschaft angestoßen.

Alles hatte sich zum Guten gewendet auf dem Hopfstädter Hof. Die Brauerei hatte sich bewiesen und für das Überleben der Familie gesorgt. Eine Erbin war geboren und friedliche Zeiten standen bevor.

Kapitel 27 – Über die Schwelle getragen

Der Vollmond stand hoch am Himmel über dem Hof, als Annie hinaus in die kühle Herbstnacht trat und nach Arno Ausschau hielt.

Ihre Tochter schlief ruhig und selig bei Erna in der Stube. Die Arbeiten waren getan, im Haus wurde es still.

Nur Arno war noch draußen. Er hatte es sich in den vergangenen Monaten zur Gewohnheit gemacht, eine letzte Runde zu drehen, nach den Tieren zu sehen und die Brauerei abzuschließen.

Und genau dort fand sie ihn.

„Ist was passiert?", fragte Arno alarmiert.

Doch Annie schüttelte lächelnd den Kopf. „Ich dachte, es wäre eine gute Nacht, um auf die Jagd zu gehen."

Er hob überrascht die Brauen, doch einen Moment später war er bei ihr. Ganz nah. Das Licht spiegelte sich in seinen Augen, als er die Hand hob und ihr sacht die Haare hinter das Ohr strich.

„Gib acht, meine schöne, mutige, tapfere Löwin. Der Vollmond bringt's Blut der Wölfe zum Kochen. Da könnt's schnell passieren, dass die Jägerin zur Gejagten wird."

„Komm, komm, Wölflein, komm raus aus deinem Versteck", raunte Annie, während sie ihre Hände auf seiner Brust legte und ihr Kinn provokativ vorreckte.

Arno senkte den Kopf, bis sich ihre Nasenspitzen fast berührten, und griff mit seinen Händen ihre Hüften. Sein Atem streifte ihre Lippen. Seinen Blick in ihren versenkt.

Sie roch an ihm die Welt um sie herum. Das Stroh, die Erde, auf der sie die Felder bestellten, und die belebende Würze, die im Braukeller in der Luft lag. All das liebte sie an ihm.

Sie krallte ihre Finger in den Stoff seines Hemdes und bettelte mit geöffneten Lippen förmlich darum, geküsst zu werden. Doch er brummte nur wohlig, schlang seine Arme um sie und ließ seinen Atem über ihre Wange zum Ohr und den Hals hinabgleiten, bis zu ihrem Schlüsselbein.

Ihr Puls überschlug sich. Verlangen füllte ihren Körper und züngelte in ihren Lenden. Wieder wollte sie die Initiative ergreifen, die Führung übernehmen, und wieder hielt er sie zurück.

„Du bist mir in die Falle gegangen, kleine Löwin", raunte er, während seine Lippen ihre Haut streiften.

Sie atmete schneller, ihre Brust hob und senkte sich in wilder Erwartung.

„Heute werde ich dich verschlingen. Mit Haut und Haar."

Seine Stimme hallte in ihrem Körper wider, ließ ihr Innerstes vibrieren. „Arno", hauchte sie.

Ein Wort nur, doch es reichte, um in ihm einen Sturm zu entfachen. Hart und fordernd drückte er ihr seine

Lippen auf die eine zarte Stelle in ihrer Halsbeuge und küsste sie.

Als sein Kuss in einen zarten Biss überging, keuchte sie auf und riss an ihm. Sie wollte mehr. Mehr von ihm. So viel mehr. Also tat sie es ihm gleich, reckte sich und küsste seinen Hals. Kleine, süße Küsse bis zur Kieferlinie hinauf.

„Komm, komm mit mir in meine Kammer", flüsterte sie ihm zu.

Und diesmal war da kein Zögern. Nichts, was sie noch aufhalten konnte. Er hob sie hoch auf seinen Arm und trug sie mit sich zum Haus und hinein in den Gang.

Ein Symbol für das, was sie niemals haben würden. Und das sie niemals mehr aufhalten konnte. Annie trug bereits seinen Ring und seine Liebe in ihrem Herzen. Das hier war für immer.

Er trug sie in ihr Zimmer, schloss die Tür und gab sie frei. Und Annie begriff, dass er das schon immer getan hatte: sie freizugeben, damit sie von sich aus zu ihm zurückkam.

Er ließ ihr die Wahl, und sie traf sie. Sie streifte sich die Jacke von den Schultern und zog mit wenigen Handgriffen ihr Mieder aus. Dann öffnete sie den Rock und ließ ihn zu Boden gleiten.

Gebannt von ihr, stand er da und sah zu. Kostete mit jedem Blick von ihrem Körper, während seine Atemzüge schneller und kürzer wurden. Pure, brennende Lust zeichnete sich in seinem Gesicht und an seinem Körper ab. Jetzt, da nur mehr dünner Stoff ihre Reize bedeckte. Doch er wartete, harrte aus. Bis sie sich dem Wolf annäherte, ihn aus seiner Kleidung schälte und sich an ihn drängte.

Ihre Lippen auf seinen, so drängend, als könnte sie keinen Atemzug mehr ohne ihn sein. Ein Kuss wie flüssige Lava. Heiß und verzehrend. Ineinander verschlungen wankten sie im wilden Reigen zum Bett.

Doch bevor er sie hineinstieß und sich auf sie legte, hielt er inne. Bebend und um Kontrolle ringend. „Willst du?", fragte er keuchend.

„Mehr, als ich je etwas gewollt habe", antwortete sie und schob die Bettdecke beiseite.

Kapitel 28 – Blick in die Zukunft

Und so zogen die Jahre ins Land. Annie und Arno blieben, was sie waren, Freunde und Liebende, die nie mehr als einen Ring aus Pferdehaar brauchten, um ihre Verbundenheit auszudrücken.

Sie zogen Annies Tochter gemeinsam auf. Henrietta blieb das einzige Kind und wurde innig geliebt und umsorgt. Mit einer Mutter, die anzupacken wusste, und das nicht nur in der Küche und den Ställen. Arno war eine wundervolle Vaterfigur. Er behandelte Henrietta wie sein eigen Fleisch und Blut und genau wie bei Annie redete er von Anfang an auf Augenhöhe mit ihr, sobald sie alt genug für ein Gespräch war.

Arno war sich nicht zu fein, seine Zuneigung offen zu zeigen und sich auf so manches Prinzessinnen-Spiel einzulassen. Gerade das machte ihn in Annies Augen nur noch männlicher. Er musste sich nicht durch Dominanz und Gewalt beweisen. Er hatte für sich selbst herausgefunden, wer er war. Und er war zufrieden und glücklich damit.

Henrietta erfuhr erst in der Schule von ihrem leiblichen Vater und dessen tragisch mysteriösem Tod, und Annie konnte nicht verhindern, dass ihre Tochter damit aufgezogen und regelrecht gequält wurde. Und das nicht nur von den anderen Kindern.

Die Dorfgemeinde und Kirche missbilligten das ehe-ähnliche Zusammenleben von ihr und Arno. Doch obwohl sie damit gegen das bayrische Konkubinatsverbot verstießen, wurden sie aufgrund der wachsenden Bedeutung der Brauerei für die Region nie angeklagt. Nicht offiziell.

Dennoch bekamen sie es zu spüren. Sie wurden gemieden und ausgegrenzt, soweit es sich machen ließ, während sich die Gemeinde gleichzeitig mit dem Erfolg der Brauerei schmückte. Ein Widerspruch, den Henrietta nicht begriff. Und egal, wie sehr Annie und Arno sie liebten, diese Ablehnung hinterließ Spuren, die sie für ihr ganzes Leben prägen sollten.

Trotz all dem ging Annie weiterhin einmal im Jahr zur Beichte und suchte Rat, Orientierung und Trost in den Worten des Pfarrers und der Bibel. Dort fand sie Antworten und seelischen Frieden, wenn die Vergangenheit ihr zu schaffen machte und neue Schicksalsschläge ihre heile Welt bedrohten.

Zum Dank spendete Annie der Gemeinde regelmäßig Geld, was unter der Bevölkerung den Vorwurf laut werden ließ, sie hätte sich ihren Ablass erkauft und selbst die Kirche zu einem ihrer willigen Mitarbeiter gemacht.

Gerüchte und Schmierblattgeschichten, die Annie nie allzu nah an sich heranließ. Denn am Ende hatte Gott ihr ihre Träume erfüllt. Sie war glücklich und avancierte zu einer der erfolgreichsten Frauen ihrer Generation in der neuen Welt, die mit der Weimarer Republik erst ihren Anfang nahm.

Aus einem kleinen familiären Betrieb auf dem Hopfstädter Hof wurde in den nächsten beiden Jahrzehnten ein Großunternehmen, das sich mehr und mehr auf die Brauerei konzentrierte und die landwirtschaftlichen Aspekte der Arbeit Stück für Stück auslagerte.

Trotz der Inflation in den Nachkriegsjahren, die durch die hohen Reparationszahlungen an die Siegermächte nur noch mehr angefacht wurde, erholte sich die deutsche Volkswirtschaft allmählich zulasten der schwer schuftenden Lohnarbeiter.

Annie versuchte, dem entgegenzuwirken. Statt eines ausbeuterischen Betriebs hatte sie weiterhin eine Familie vor Augen, wenn sie an ihre Belegschaft dachte. Und so versuchte sie, sie auch zu behandeln.

Als die Währung schließlich so wenig wert war, dass ein Bier auf dem Papier eine Million Mark kostete, begann Annie, ihre angewachsene Zahl an Mitarbeitern und Mitarbeiterinnen in Bier und Naturalien zu bezahlen, um so ein stabiles Einkommen und ihre Versorgung zu gewährleisten, bis sich mit der Einführung der Rentenmark die Lage langsam wieder stabilisierte.

Im Frühjahr und Herbst feierte die Hopfstädter Brauerei fortan ein großes Fest, um an die schwere Zeit zu erinnern, sich bei allen zu bedanken und das Gemeinschaftsgefühl zu stärken.

Annies heimliches Ziel war es, auf der Münchner Wiesn ein eigenes Brauereizelt aufzustellen. Doch der nahende Zweite Weltkrieg verhinderte das.

Giesela Burgtaller wurde mit den Jahren und ihrem grandiosen Verkaufsgeschick zu einer wahrhaftigen

Legende unter den Händlern und Wirten. Sie unterstützte Annie bei all ihren Ideen, von der Doldenbrause bis hin zum Straßenbier, das in Flaschen abgefüllt auch für die Armen leicht erschwinglich sein sollte.

Viele der Neuerungen blieben Eintagsfliegen. Doch an der Doldenbrause hielt der Betrieb fest und erschuf Mitte der Zwanziger eine eigene Version der Radlermaß, die schließlich ihren ganz eigenen Siegeszug durch die Biergärten der Welt antrat.

Marie heiratete verhältnismäßig spät und gründete doch noch ihre eigene Familie. Nathan packte irgendwann seine Sachen und zog weiter. Die alte Erna überlebte mit ihrer unerschütterlichen Zähigkeit noch drei weitere Jahre und war Annie eine große emotionale Stütze als Ratgeberin und Großelternersatz. Als sie ging, wurde die Welt rund um den Hof ein wenig grauer. Und auch auf Henriettas Seele schien dieser erste emotionale Tod eine niemals heilende Wunde hinterlassen zu haben.

Annies Ursprungsfamilie blieb eine ferne Erinnerung, die höchstens durch einen knappen Brief von ihrer Schwester hin und wieder aufgefrischt wurde. Annie hörte daher erst über ihren Anwalt, dass ihr Vater gestorben war. Sie traf Elise auf der Beerdigung in München und stellte ihr bei dieser Gelegenheit Henrietta vor. Doch die Beziehung blieb weiterhin unterkühlt.

Leider blieb dies nicht der einzige Tod. Arno verstarb, noch bevor man ihn in einem neuen Krieg zu den Waffen rufen konnte. Ein sanfter Tod in den Armen seiner großen Liebe. Sein Körper hatte genug mit den Folgen seiner alten Verletzung gerungen, und seine Seele war in Frieden gegangen. Zuvor hatte er Annie und Henrietta zu seinen alleinigen Erben eingesetzt.

Annie waren nur knapp zwanzig Jahre mit ihm geblieben. Dennoch war er der Letzte, der ihr einen Ring schenken durfte. Ihre ganze Konzentration galt nur mehr Henrietta und dem Unternehmen. Und genau, wie Sophie es wohl geahnt hatte, war es Annie, die dem Namen Hopfstädter zu wahrer Größe verhalf.

Wie zur Ehrenbekundung führte Annie die begonnene Chronik der Familie weiter, und als es Zeit wurde, übergab sie das Buch an ihre Tochter, um sie daran zu erinnern, woher sie kam, und um sie zu ermutigen, ihr ganz eigenes Kapitel in dieser Geschichte aufzuschlagen und zu schreiben.

Epilog

Renata klappte den großen schweren Lederband zu, legte ihn auf dem Schreibtisch ab und streckte sich. Das viele Lesen in der Chronik der Familie hatte sie nachdenklich gestimmt.

Aus der zweiten Reihe war es einfach, über die Zerschlagung von Großkonzernen zu reden und alle Macht den Kleinunternehmen zu propagieren. Obwohl sie durchaus daran glaubte, dass die Zukunft im Microbusiness und ihrer Vernetzung lag, sah sie nach diesem ersten Stück der Lektüre, dass Worte wie Tradition und Familienerbe eben doch mehr waren als nur Worte. Es hingen die Leben vieler Menschen daran. Menschen, die sie teilweise noch persönlich gekannt hatte. Menschen mit schweren Schicksalen, die ihr Leben dem Aufbau dieser Brauerei gewidmet hatten.

Hopfstädter Bier – Der Geschmack von Himmel und Erde war der offizielle Slogan der Familie. Sie hatte nie hinterfragt, woher dieser Ausdruck stammte. Doch nachdem sie so vieles über ihre Urgroßmutter Annie und Arno gelesen hatte, war sie sich sicher, dass der Spruch sich auf diese beiden Menschen bezog.

Arno als die Erde, der Pfeiler und die Stütze, die sich durch nichts umstoßen ließ. Und Annie als der Himmel. Mit ihren erstaunlichen Ideen und ihrer ganz eigenen Verbindung zu Gott.

Sie beide waren die Teile gewesen, die den Namen Hopfstädter zu seiner wahren Größe verholfen hatten. Mit einem Bier, das einem wie ein göttlicher Trunk vorkam. Goldgelb, sprudelnd und belebend, genau wie es sein sollte. Und genau, wie die Liebe zwischen Annie und Arno.

Automatisch wanderten Renatas Gedanken zu Judy. Hatte sie genug für ihre Liebe gekämpft? War das, was sie empfand, wirklich Liebe? Oder nur eine Vernarrtheit, die an ihrem ersten großen Streit gescheitert war?

Eine Frage, die Renata sich jetzt ernsthaft stellte. Es war schwer, seine Gefühle zu sortieren und auseinanderzuhalten, wenn es so viele davon gab, die geballt auf einen einprasselten. Wut, Enttäuschung, Trauer. Aber auch Hoffnung, Sehnsucht und Verlangen.

Mit Judy an ihrer Seite hatte sich jeder Traum erreichbar angefühlt. Wie ein Katapult, das einen über sämtliche Hindernisse hinweg fliegen ließ. Doch an den Einschlag hatte Renata nicht gedacht. Die Konsequenzen, wenn man sich über alles hinwegsetzte und den Feind am Ende im Rücken stehen hatte, kurz vor dem Ziel.

Von einem Tag auf den anderen war Renata von der Seite der Rebellen auf die der bösen Unternehmerinnen gewechselt. Alle Macht in den Händen, etwas zu verändern. Nur dass es von dieser Seite nicht mehr ganz so einfach aussah. Eine Brauerei war nicht bloß ein Gebäude, in dem Maschinen Hopfen, Gerste und

Malz in Bier verwandelten. Dieses Gebäude beherbergte auch Menschen und deren Geschichten.

Menschen ließen sich nicht einfach so wie Figuren auf einem Spielbrett verschieben. Egal, ob es darum ging, mehr Profit zu machen oder den naiven Traum einer gerechteren Welt zu leben. Jede Entscheidung hatte ihre Konsequenzen. Das verstand Renata jetzt.

Sie trat ans Fenster und ließ den Blick über die Anlagen schweifen. Die Menschen hier hatten Angst vor den Entscheidungen, die sie als neue Chefin treffen würde. Denn ihr Leben hing davon ab. Nicht unbedingt im Sinne von leben oder sterben. Aber dennoch würde Renata nie nur eine Entscheidung für sich selbst, sondern immer auch für all jene treffen, die für sie arbeiteten. Für die Großbrauerei Hopfstädter.

Renata atmete tief durch, ging zurück an den Schreibtisch und wählte Judys Nummer. Sie wollte ihre Freundin an all dem teilhaben lassen. Ihr die dunkle Seite ihrer Träume zeigen. Vielleicht würde das helfen, um gemeinsam einen neuen Weg zu entdecken, der nicht mehr nur schwarz-weiß aussah.

Am anderen Ende der Leitung klingelte es mehrere Male, bis jemand abnahm.

„Judy? Ich bin's, Renata. Können wir reden? Bitte, ich habe dir so viel zu erzählen."

Danksagung

In diesem Roman steckt viel meiner eigenen Familien-
geschichte, auch wenn ich nicht die Erbin einer Braue-
rei-Dynastie geworden bin. Dennoch weiß ich, welche
Entbehrungen der Aufbau eines Großunternehmens
bedeuten kann. Ich habe im Leben gelernt, dass man
mit seinen Lieben weder verheiratet noch blutsver-
wandt sein muss und dass gerade die leise, zurückhal-
tende Liebe am Ende so viel mehr schenkt als eine
heiße, verzehrende.

Ich danke meinen Großmüttern für ihre so unter-
schiedlichen Gaben, die sie mir mitgegeben haben.
Zwei Frauen aus zwei völlig anderen Gesellschafts-
schichten und gleichzeitig zwei Vorbilder, weil sie ihren ganz eigenen Weg gegangen sind. Einen Großvater
habe ich nie kennengelernt. Ich danke meiner Mutter,
die immer mein Bestes wollte, auch wenn das Leben für
sie selbst viele seelische Verletzungen bereithielt.

Außerdem möchte ich dem Verlag für seine unerschüt-
terliche Geduld danken und dafür, dass er der Geschichte von drei Frauengenerationen einen Platz in
seinem Programm geschenkt hat. Und danke, Katrin,
für deine einfühlsame Bearbeitung im Lektorat.

Ein großer Dank gilt auch meinen Hunden für ihre
Nachsicht und ihr Durchhaltevermögen, wenn ich wieder nächtelang am Rechner saß und getippt habe, statt

mit ihnen auf dem Sofa zu kuscheln. Ohne eure bedingungslose Liebe, viel zu viel Kaffee und Schokolade hätte ich diesen Roman nicht fertig schreiben können.

Und zu guter Letzt möchte ich dir danken, dass du diesem Roman Platz in deinem Leben geschenkt hast. Ich hoffe, Annies Geschichte konnte dich fesseln und so sehr berühren, wie sie mich beim Niederschreiben bewegt hat. Lass mich gerne deine Gedanken dazu hören. Über einen Brief, eine E-Mail oder den Kontakt über Social Media. Dort könnt ihr mich unter @wortphantastin finden.

Alles Liebe und Gute auf eurem Weg
Frida Cordes